天坑神树

过叙 著

辽宁人民出版社

© 过叙　2024

图书在版编目（CIP）数据

天坑神树 / 过叙著 . —沈阳：辽宁人民出版社，
2024.6

（青铜夔纹悬疑小说系列）

ISBN 978-7-205-11054-3

Ⅰ . ①天… Ⅱ . ①过… Ⅲ . ①长篇小说—中国—当代
Ⅳ . ① I247.5

中国国家版本馆 CIP 数据核字（2024）第 046501 号

出版发行：辽宁人民出版社
　　　　地址：沈阳市和平区十一纬路 25 号　邮编：110003
　　　　电话：024-23284191（发行部）　024-23284304（办公室）
　　　　http ://www.lnpph.com.cn
印　　刷：河北朗祥印刷有限公司
幅面尺寸：145mm×210mm
印　　张：8.5
字　　数：202 千字
出版时间：2024 年 6 月第 1 版
印刷时间：2024 年 6 月第 1 次印刷
责任编辑：赵维宁　孙姈娇
封面设计：乐　翁
版式设计：一诺设计
责任校对：耿　珺
书　　号：ISBN 978-7-205-11054-3
定　　价：58.00 元

目　录

楔子　厨行金九

　　早春，树的枝丫间，星星点点的鹅黄嫩绿还没有完全显现出来，四九城什刹海的冰面似乎还没有解冻，鸽子带着长长的哨音，呼啸着划过这一片不大多见的连片胡同建筑。

　　四九城二环以内，胡同深处，一处封闭的小院落，下午的时候，阳光有点儿昏黄了，来了一辆有点儿特别的车。并不豪华，这一点是肯定的。

　　车的特别之处是，车子的标识不是街面上已然日渐增多的外国奢华高端的牌子，而是四九城人常常能见到的、出现了几十年的普通红旗车，并且，不是新款，而是当年和伏尔加并驾齐驱、长安街上惯常见到的交通工具。

　　这车从外观上来说，远远看上去似乎很新，就像没有开多久的样子。不过走近了，懂行的都会发现，这车尽管被擦拭得锃光瓦亮，也掩饰不住已经老旧的款式。

　　这片胡同周围的住户，极少见到出行的人，也没有多少访客。这个车出现的时候，附近院子小楼里的人不错神地盯着。他们显然不是在注意车，他们看的是那个比较特殊的牌子。

　　牌子比较特殊，在四九城俨然是秘而不宣的象征了。没有人知道，这个牌子是什么单位的。不过，知道这个牌子的人，至少有四十岁以上了。

"人在吗？"

一个四十岁左右的男人动作利落地拉开了车门。一位穿着短风衣的老人下了车。举手投足间，透着清朗干净的感觉。他的这句话带着川音，有点儿山里人说普通话的感觉。不过，从行为举止看，却是满身的优雅与不俗。

这样的一位非富即贵的老先生，到这里要找的是什么人呢？

左边的院子不太大，应该是一个小院，在四九城的四合院风靡一时的时候，想找这样的一个院子，颇为不易，不是光有金钱就能够拿到房源的。

院子的小门紧闭，门口挂着一个小牌，上面用隶书写着"厨行金九"。这倒是寻常人家看不见的。

一般情况下，都是隐去名姓，顶多是挂上"某宅"，还都是老规矩的世家。一般的新贵新富人家，也都不敢有这么大的谱儿。

"人在。"低低的声音，似乎是在回应清瘦老人的问话。"他平时不会出门的，读书、写字、画画，偶尔远行，也都是在京津冀一带，这倒是件有趣的事儿。现在的人，读书的人闹腾着下海经商，倒是厨行和梨园的人，对读书写字情有独钟了。"

清瘦老人，一边说着一边踱步到了小院子的跟前儿，对着院子的大门仔细地端详着，好像要说点儿什么，却又是一副欲言又止的样子。周围跟随的人都没有搭茬儿，显然，他们都习惯了清瘦老人的做事风格，不去上前打扰他。

"厨行金九，好名字，记得住。"

清瘦老人的声音，略高了几个分贝。小院子里的门，悄无声息地开了。一个一身白衣白裤传统服饰的中年人，赫然站立在门内，脸上毫无表情，只是盯着院子外的清瘦老人，一言不发。

旁边跟随清瘦老人的随从，都有些疑惑不解。他们显然是知道，这个清瘦老人的一些来历、身份的，怎么也想不明白，这个"厨行金九"为啥会有这样的架子。跟在清瘦老人身边的那个中年人倒是不慌不忙，沉稳得很。他是知道这"厨行金九"的。

厨行的说法，久已有之，不过在眼前这样的情况下，还是有些令人觉得新奇。要知道，厨行中人在所住的宅院门前挂牌的规矩，清末民初就有。至于是哪一朝哪一代承袭下来的，还真的没有人考究过。

手艺高超精湛的厨师，不开饭馆，平时就宅在家中，专应大规模的宴会和私人堂会，这种厨行的人，门口挂牌，手艺精良。不过，在当年私底下盛行过一段，现在已经消失很多年了。没有想到，竟然在这胡同里看见了。

"快四十年了，1946 年以后，我和你们这一门就没照过面。"清瘦老人率先开口，他的语气里带着居高临下的口吻。

门里的中年人默默地看了一眼清瘦老人，低低声音回道："早就听闻有您这一位，对我们这一门始终是锲而不舍，我想，这绝对不是偶然的事，我们这一门没办法，只能远走海外，您想必也是知晓的，我这一次回来，是处理点儿事，还想求您高高手，放过我们这一门。"

清瘦老人听到这话，脸上的表情有些复杂，说了一句："看来，你是真的只听说了半句，并不清楚我和你们这一门的渊源。"中年汉子一愣，似乎捉摸不透清瘦老人所说的话。清瘦老人没客气，迈步进了这处宅子，口里只是说了一句："你们都别跟着啦，我一个人谈，他压力能够小一点儿，毕竟，我也是这一门中的人。"

院子外，清瘦老人的随从们都傻了眼。他们不知道，这眼前的一切，究竟意味着什么？清瘦老人怎么可能和厨子金九是一个门中的人？当然他们也不会询问。这些人都是受过严格训练挑选出来的人，自然都懂得规矩。

清瘦老人进了院子，门悄无声息地掩上了。没有人知道，这一墙之隔的里面，一位来历不明的老人和一位神秘诡异现身的厨子，将会有怎样的会面和交谈。那一门，又是哪一门？

门内，两人絮絮叨叨讲了一夜的话，直到一丝微光透窗而入。那清瘦老人方才说道："故事就说到这里，我也不知道是真是假。当年的人都不在了，我是南宫家的值日官，这之前我听说你回来了，特地来拜访，就是想见你，说说我们长辈当年的事儿，现在说完了，我该走了。"

金九问道："那我是你说的戴着青铜面具那个人的后裔？"

"我不知道是谁生了你，不过我知道你的父亲杀了你的母亲，至于为什么，我们也想知道。"

清瘦老人是说完这些才走出"厨行金九"的屋子的，房子里只剩下孤零零的、听了一夜故事的金九。

这行随从的人，一直守护到东方鱼肚白，朝阳在水平线上升起，没有一个人离开。遛早的人，手里拎着油饼、糖火烧和蛤蟆蜜、豆腐脑，一路小跑，打这儿经过，没人吭声，只是心里在想，这伙子人出早操，执行任务，真的不大容易。门开了。清瘦老人迈步出来，低头看了一眼门当上的花纹，抬头向东方望去，脸上竟然毫无倦意。

"您回去瞧瞧？"中年人走上前迎接，嘴里这句话故意隐去了"休息"这两个字。在这样的人物面前，绝对不能用"休息"或者"老"的词，这是绝对的忌讳。

清瘦老人点了点头，却说了一句莫名其妙的话："他来了，这摊子支撑起来，也就不难了，只是，不知道那两位什么时候到。"中年男人没懂，自然不会随意搭腔。清瘦老人稍微活动了一下身子，坐进红旗轿车。车子飞快地转出胡同，向长安街的方向行驶而去。

"早上九点，还有一个约的，我还要见上几个人，下午我们去山海关。人不必多，就五个人，你在家等消息。还有合子他身体最近怎么样了，我有三年多没有见过他了。"

"合了，他身体还好，就是没事夜里总说胡乱的话，我已经吩咐人录下来了，文字的整理工作都在进行中。"

"好，一切按照以前的布置进行。"

清瘦老人显然对中年人的回答是满意的。

只是，他们都没有想到，红旗轿车从胡同口行驶出去的时候，有一个卖风筝的老妇人正从车边经过。她的眼神一亮，竟然透过红旗轿车的车玻璃，隐约看清了车子里坐着的人。口中随即喃喃自语道："这老家伙又出面了，他们这还是不肯放过南宫家的人啊，不过，几十年了，现如今他们还能活在世上吗？"

金九从未相信，那些陈年往事是真的。他小时候听自己家的长辈说起过，不过他从没有相信过。厨行跟古董行有很多相通的地方。金九在厨行的造诣颇深，这些年来他专心悟道，一些能力、本事已然超越了行业中的顶流高手。他之前去过不少地方，也在海内外的酒店里做过，无论是烟火气的小馆子，还是星级酒店，金九都会很快地适应对方的环境和氛围。

这也令他逐渐远离了古董世家这个老出身。不过，今天这个莫名的老人的拜访，还是令金九有了不一样的感觉。山雨欲来风满楼，对，就是这种感觉！

他深陷记忆之中。似乎，有时候他都分不清，哪些是旧事，哪些是眼前即将发生的事情。他的紧张和压力，让他有恍惚的感觉。他不知道自己还能不能够回到之前的行当中去。

不过他不知道，同样紧张和有压力的，还有另外一个人，刚才胡同口卖风筝的老妇人口中的南宫家的这一辈人，也就是重新开业的"水心斋"古董铺子的现任主人之一南宫骁。

第一章　夜访

时间的车轮向前翻。

双甲子前，秋。

时令刚过八月十五，兔儿爷、石榴树、黑狗和胖丫头，还是胡同深处四合院里最寻常的场景。月饼还是稻香村的，四九城还是皇城。时间上正赶上大清末年，戊戌变法失败，光绪被囚禁在了瀛台。

乱世里的大清末年，水深火热，各地更是战乱不止。为了抓兵筹饷，这些不同势力的人使尽招数搜刮民脂民膏。枭雄英雄辈出，乌鸦鹏鸟并生。市井之辈，为国为民侠之大者大有人在；贪婪狡诈私通外国、盗卖国家文物和皇家宫廷藏宝，还有盗窃墓地的人也从未消失。

金条成了硬通货。没有钱，就没有军饷，没有军饷，就无法招兵买马。钱的出处，自古就有正道、偏门之说。正道取之有道，没有道的人，则效法古时候的曹操，以发丘、摸金为盗墓偏门的捞钱手段。寻龙点穴、憋宝掘金，成了各处军阀吸金发财的途径。

为了壮大自己的势力，并且不能走漏风声，被别人发觉，这些人效法古时候的摸金、发丘的称呼叫法，改名为憋宝夫子、掘金师傅。只是这些人，都是活在传说中的人物字号，不会轻易地在市井百姓面前出现，故此他们的身上蒙上了一层神秘诡异的外衣。不过，有的时候这些人还是会出现的，譬如眼前的四九城这个中秋刚过的夜晚。

夜凉如水，中天月圆。四九城琉璃厂附近一处僻静的胡同中，一处宅子内的灯光还没有熄灭。周围的梆鼓声隔上许久，偶尔传来。玻璃窗内，一个孤零零的人，影子被灯光拉得很长，越发显得清冷孤寒。

这已经是中秋过后的月份，宅子里的主人是"水心斋"古董铺子的掌柜范三稳。他执掌"水心斋"古董铺子有十八年了，原来的名字叫范稳，就因为他看货掌眼、出价谈价、断代识款三类皆稳，故此业内给他送了一个外号叫范三稳。没有想到竟然被叫开了。

这一处"水心斋"，是老东家的总铺。据说，老东家在南七北六十三省各地，有几十处铺面，大小不一，有明有暗。范三稳虽然一处都没有去过，不过这些事，他身为总铺的大掌柜的，自然都听说过。

只是他有些搞不懂，为啥老东家撒网式地支应了那么多买卖，有一些个小铺户几乎没啥生意可做，又远在东北、云贵川，可是老东家甘愿搭钱，也不肯收手。这究竟是怎样的一个缘由，范三稳想破了脑袋，也没有找出来答案。

有人出谜，有人破谜。这是打灯谜。可是现如今打灯谜的老东家始终不给个说法，范三稳有些坐不住了。一晃儿他在"水心斋"做了十多年的掌柜，按照规矩，到了十八年头上，要是自己个儿不请辞，老东家会拿出来几家店铺交到自己的手上，算是重打锣鼓另开张。行里面管这个叫"养老份子"。相比晋商的养老规矩，虽然是大大的逊色，不过范三稳觉得已经是蛮不错了。东家人厚道，才会有这个处置善后。

"吧嗒！"

院子里传来细碎的声音。范三稳觉得有点儿不安，这是谁，这么晚了？他是经历过江湖历练的，他所说的江湖，不仅仅是街面上的门道，也有这些隐秘的看不见的江湖上的行当规矩。"有夜行的人来了。"范三稳的心提到了嗓子眼。这使得他不能不想，怎么来得这么巧？自己这处宅子，老东家回四九城的时候也是他的落脚的地儿，自然不会忽略安全问题。古董行里面临被盗抢的风险，要远远高于寻常的买卖家。毕竟，都是价值连城的东西。

这一回，范三稳心惊的是家里请的"夜叉行"的人不巧回京西八大处了。这探路打石头的，莫非是内鬼引来的？范三稳心里虽然有些慌乱，却没有动，也没有回避退缩的样子，他是不会让人看出来他的内心是怎样想的。

"咚咚咚。"

似乎是有人敲窗。相隔着十几米远，范三稳已经感受到对方带来的寒意了。窗户是玻璃的，这是富户人家的标配，年前去扬州做客，据说何园的玻璃都是打海外进口运送来的，听说南浔小莲庄里的四象八骆驼，也都是这样的规制，范三稳对自己东家的做派，还是相当认同的。

稍许，窗外的敲击声再次响起。范三稳这才发现对方是用了什么特殊的方式，在距离窗户十几丈开外，鼓捣出这个声音的。他心中不觉松了口气。

范三稳朗声说道："朋友，你来此何意？宅子里贵重物品一样都没有，店里的金贵器物都有'夜叉行'的朋友看守着，你不会是只来讨要一口吃食的吧？若是路上缺少盘缠，你可以到对面房子屋脊上，第三片瓦下面取十两银子的银票，若是把着了记号，第七片瓦下面还有一个七八两的元宝。不知道，好汉你是否够口？"

"朋友，你好大方呀。"范三稳的话音还未落，对面的这位夜行人已然嘿嘿地笑出声来。"这是东家定下来的规矩，我只是萧规曹随而已，朋友，你是谁？黉夜来访，所为何事？"

范三稳果然很稳，知道这个人来意不明，甚至周身上下还带着浓厚的杀气。可是行为举止、谈吐之间，却不失风范。宁要身受罪，不让脸发烧。这是大买卖家，东家最看好的一点。

深夜访客没有说话，一个提气行身，人已经到了范三稳的窗外，他轻轻地一抬掌，门竟然开了，没有震动和掌风，这令范三稳不由得浑身上下有一种寒意在涌动。可这才过八月节啊，兔儿爷的牌位还没有撤下去。

"我想知道你能活多久？听说你对古董能一眼分真假，我想让你看看我戴着的这个青铜面具，是什么时候的物件？"

"这个不难，不过，我还是想请朋友摘下这个青铜面具，我得上手。"范三稳这话还没有说完，对面来人哈哈大笑起来，笑过之后，他说了一句"方言"。范三稳却没有听懂："朋友，你说的是？"

青铜面具人朗声大笑，说道："我说的是，你要是真想上手，我就成全你。不过，念你是个君子，我事先也声明一下，你看完了我的脸，我就会取走你的性命。"范三稳哈哈大笑，开口回应道："无妨，我宁舍一条命，也不会丢了'水心斋'古董铺子的名头。不过，我虽然没看见你的脸，我也知道你来自北川那个地方，你身上修习的是'水功'。"

范三稳此言一出，对面的来人竟然呆呆地愣在了当场，他绝对没有想到，这个古董铺的掌柜的，竟然没看古董，先识破了他的身份。

"莫非？"刹那间，这个人动了杀心。双手向后一甩，肩头上发出七朵鲜红的火焰，火焰一点一点地穿起来，形成了一个椭圆形，向范三稳的身上扑来。"老东家，对不起了，是我无能，没看住店。"

范三稳的话刚出口，青铜面具人的双臂抖动，已经收住了火焰，恶狠狠地说道："你说什么，莫非那东西果然是在你们的铺子里，听我一句劝，你还是交出来吧。"

"不会的，他不会交出来的，我敢打赌。"陡然间，一个声音从院子里飘了进来，屋子里的范三稳和戴着青铜面具的人，都傻了眼。看样子说话的这个人是了解屋子里的情况的，可是院子里没有人，方圆十几米也都是空无一人。那么，来的人能够听到屋子里的对话，显然是修习了无上的心法和技能的。

"老东家，你回来了。"范三稳听出来这个声音，竟然真的是老东家。

青铜面具人，显然是不认识老东家的，他盯着院子里，不敢大意。

"我回来了，我是南宫无量，也就是江湖上传说的没有度量的人，你要是有什么过节，冲我说话吧，我接着。"

"真的是你？"青铜面具人一听到这个名字，一屁股坐在了屋子的门槛上，脸上的面具不停地抖动。这后面发生的事儿，谁都没有对外透露过，一直到他们三个当事人都离开了这个世界。

八十年后。

距清瘦老人去探看胡同小院子里"厨行金九"的时间，已经过去三年了。这四九城里的人，还好，依旧是那样多。混迹各类行当讨生活的人自然不少，只是谁都没有主动留意过"厨行金九"的那座小院子，如今是换了招牌的。不，准确地说，是挂上了另外一块招牌。

"南宫宅小拍卖"，据说这几个字是一位佛学大德高僧所写。一般人听到名号，几乎要吓晕。如今，却松松散散，就挂在院子的门外，风吹雨淋。据这院子主人家的仆人说，这样的字，是不入主人家的法眼的。

不管是"水心斋"的重开，还是之后的小拍行。南宫骁最初的回归，在四九城里并没有引起什么波澜。毕竟他不是个"根红苗正"的胡同长大的孩子，更不是大院文化熏陶出来的，虽然也看得出他是受了传统文化的洗礼，却是少了些许根基。可没人知道，他从小就被秘密培养，耳濡目染，也比一些老古董行里的前辈更有见识些。

那时候大环境如此，一些有点儿文化又特别喜欢钱的人，把古董这一行又兴了起来。毕竟盛世的古董，乱世的黄金。这文化人有自命不凡的，也有嗜财如命的。但这两种人都是那种面上不谈钱，可心里咋想的，那就是秃子脑袋上的虱子——明摆着的。所以古董行里也是乱象丛生，仿古的、做旧的，以次充好那都是讲究的。

要不咋是文化人呢，还总能弄出点儿故事来，甭管啥物件，都能引经据典，再配几句酸文假醋的诗句，先拿出来讲一讲，总能跟哪个王侯将相、美女才子搭上点儿边儿。抑或猎奇故事，灵异、诡秘，总之中华五千年甚至更多的历史都细化到一个个瓷瓶、瓦罐、青铜、玉器上了。说白了就是编故事骗人，骗还不叫骗，那叫赝。组团骗也不叫仙人跳，叫做局。古董无真伪，东西都是真东西，只是值钱和不值钱的区别。

可老古董行里一直有南宫家的传说，但年头多了，知道那些传说的人也都上了年纪，且都是些低调的行家，也不喜欢把那些个陈芝麻烂谷子的事儿在后辈面前说出来显摆，这也造成了一些古董行里的新贵，压根没把南宫骁和他的"水心斋"当回事儿。可那些老行家面上不说，个个心里却嘀咕着，南宫家回来了，说明古董行里的盛事就要来了。

小拍行的重开倒是南宫家里的老关系，毕竟一些小众的玩意儿和一些隐秘的东西还是放到小拍行来交易最为稳妥。但老古董行家里的小范围拍卖，外行人和那些花里胡哨的藏家自是不知道的。

但这样的小拍行也有好处，一来客户稳定，二来更注重私密性，有点儿像现在 VIP 客户的理念，可南宫家老早年便有了，要不咋说人家是古董世家呢，那底蕴可不是张口编故事的那些古董商人可比的。那些用赝品和做局的人，是肯定入不了小拍行的，所以在这小拍行里交易，虽然会被抽成，却十分安全，既而才有了如今的客户群。

"水心斋"古董铺子。

南宫骁看着外边阴沉的天气，长叹了一声，这风雨飘摇的日子，正如眼下的"水心斋"，总给他一种风雨欲来的感觉。料想南宫家历经磨难，如今却也失了对很多事情的控制。也不知何时才能找到那些"蚩尤残卷"的线索。

"唉，今个儿只怕不会再有人来了。"他起身准备开始上门板。现如今倒是没几家店还上门板的，但这"水心斋"的门板可是自打重开后，便一直使用着的，就与那"水心斋"的匾额一样，都是一种传承。

外边已经下起了瓢泼大雨，雨丝繁密，带起了一片浓雾，看不清路上行人，只能听闻急促的雨声。南宫骁苦笑了一声，等待是一种十分消磨人的事情，可眼下，他除了等待也没更好的办法。不过今天的雨确实来得突然，而这个雨夜，也注定不会是个平凡的夜晚。就当南宫骁立起最后一块门板的时候，一辆黑色的轿车停在了雨中，看不清车牌，只知从车上走下来一个人，几步便来到了"水心斋"门前。

南宫骁抬头打量着来人。那人穿着蓑衣，戴着蓑帽，倒也是个怪人。这年头穿蓑衣的人，就跟这"水心斋"的门板一样都是奇怪的存在。来人站在雨里，脸隐藏在蓑帽之下，既看不清长相，又不知他是何表情，但南宫骁并未在他的身上看到敌意，却能感觉到这人的气场。

南宫骁卸下门板，做了一个请的手势，来人微微额首，用力一抖，这一抖也没用上几分力气，却溅起了一片水雾，待来人进了"水心斋"

后，却是没有一滴雨水顺着蓑衣落下。南宫骁不由得感叹，这人好强的内功，定是一位高手。再见那蓑衣在灯光下呈现暗棕色，且随着来人走动，便能听到清脆的沙沙声，不是普通的蓑草，倒像是失传已久的护被。

据说这护被由特殊材料所制，既可防雨，又可当防身盔甲。只这一身的护被，就知此人来历并不简单，且应与南宫家有些渊源，因为这护被在爷爷的笔记中出现过。这人赶这么个时间来访，只怕有着不同寻常的目的。

此时来人缓缓开口："南宫店主，老夫今日冒昧前来，是想拿一张小拍行的入门券。"说罢他摘下头上蓑帽，转过身看向南宫骁。世人知道小拍行的人寥寥无几，而这为数不多的人中，知道小拍行是他南宫家产业的也是屈指可数。

南宫骁淡淡一笑，既然来人语气肯定，那定是知道他的底细，他再藏着掖着，便不是待客之道了。而这个穿着蓑衣的人不是别人，正是三年前夜访"厨行金九"的清瘦老人。其实以他的身份地位，是有专人给打伞的。可他今天借着下雨，特意穿着这身行头，也是为了让南宫骁明白，他与这"水心斋"之间有着怎样的联系。

"不知老先生是想要收藏，还是有好货想要出手？"

清瘦老人回得也直白："一件青铜面具，不知道南宫家对这东西可有什么说法？其实我可以直接去小拍行的，只是我也想来这里看看，这一晃多少年了，也不知南宫家的规矩变没变，不如南宫店主向我介绍一二。"

南宫骁不由得一愣，这人应该是南宫家的旧识，只是他上来便要打听他家的规矩，太过直截了当。不过这青铜面具，倒是让他想到了件东西。于是他又说道："老先生不必在意那些个细枝末节，还是先说说您的那件青铜面具吧。"清瘦老人并未解开蓑衣，而是找了一个椅子坐下，气定神闲地说道："东西你应该是知道的，我也没什么好说的，我倒是可以说说，那东西跟这'水心斋'以及南宫老店主和南宫无量之间的渊源。"

南宫骁一听立马蹙起了眉头，回身快速将门板上好，厚重的门板将滂沱大雨隔绝在门外，"水心斋"内，便是那段尘封已久的往事。

第二章　南宫无量

　　清瘦老人跟南宫骁讲了那夜，那有些怪异的戴着西南氏族原始祭祀面具的神秘之人，黄夜来访。当时的"水心斋"主人南宫无量，一眼就认出来这是西南巴蜀地区，出了都江堰玉垒关后，羌族族群中神秘祭司所戴的，而来人，明显不是那个民族中的人。

　　那人胡乱编造了一个身份，却骗不了南宫无量。假身份、假面具，甚至，是假姓名。这样的一个人出现，意味着什么？南宫无量面上虽然平静，可是，内心紧张得近乎慌乱。祖上传下来的那些秘术，到自己这一代已经失传，仅仅凭借自己的武功修为和江湖秘术，是不是对方的对手，能否抵御得住，南宫无量无法预判。

　　就在这个时候，他看见对方的眼睛也在动，他从气场上感受到，对方也在慌乱中。两只大眼睛，闪烁着青铜的绿光。掌柜的范三稳当时也看出，这个面具不可能是中原的东西。从风格到样式，这面具不是一般的人所能拥有的，它有着浓厚的中原以外的地域民族色彩，它应该出自古时候的北川古羌族，是最神秘的深山中的祭司才能够拥有的。

　　那神秘人故作神秘，可他没想到，南宫无量却直接说出了那青铜面具的来历和传承。"此为秦汉时期传下来的古物，怕是上古川中蜀国蜀王的神传面具。这面具后世被盗走，是明朝时宫廷内失窃的宝物，距今已经过去五百年了……"

戴着面具的人面具背后的嘴里，发出一阵阵诡异的笑声，就像疯狂了一样。掌柜的范三稳吓得大气都不敢喘，南宫无量却毫无惧色，一边冷笑一边对范三稳说道："无妨，让他笑下去，我看着。"

这是两人的博弈，那戴着面具的神秘人笑声底气十足，想必功夫了得。而南宫无量却稳如泰山，也是个见过大世面的人物。此时两人比的是气场。直到一刻钟后，依旧未分伯仲。神秘人这才缓缓开口，说出了所戴面具的来历。

"这面具原先被明朝明武宗藏于豹房，据说，戴上此面具，就可以蛊惑人心，让人不知所措，甚至俯首称臣。这是一个方外的老祭司从蜀中意外得到的，后来这个面具被蜀中的神秘祭司，派人假扮太监进宫盗取回来，藏于重庆附近的一处山岭。不过，能识别出这个宝物的人，也绝非等闲之辈。我找你，就是知道你认识这个宝贝，想让你和我去寻找这个宝贝的所藏之处。"

南宫无量疑惑不解，问道："这宝贝不是已经在你手中了吗？为何还要去寻找？"那神秘人答："不瞒您说，我这面具是个赝品，那真正的宝贝被藏于一处天坑之下。只是那地方十分难找，这世上除了南宫家的人，只怕没人能找得到。且那天坑之中，只怕还有更多宝贝。"

南宫无量面上波澜不惊，心中却在嘀咕，这人话里话外的意思是知晓南宫家的不少秘密，也知道南宫家在找寻着什么。那此人到底是何人？来找他究竟是什么目的？他也知道这可能是陷阱，可他还是答应了。因为这面具，可能与南宫家所寻找的终极秘密有关，所以这一趟他必须去。

待人走后，范三稳上前阻拦："东家，这人来历不明，恐中间有诈，东家万不能轻易前去，防人之心不可无啊！"可南宫无量对范三稳说道："刚才那人我看不透，我这一趟虽十分凶险，却不得不去。"范三稳没再多言，他不知道东家的底细，很多事儿东家也不愿意多言。他是个掌柜的，能为东家做的事儿只有看好铺子，让东家没有后顾之忧，方才是他应该做的事儿。至于东家想要做什么，他不知道，但这些年里，他也看得出，那是个大秘密———一个不为外人所知的大秘密。

"我要做些准备，你现在去东城的铺子里，把阿全叫着，让他陪我走这一趟。"南宫无量又说道。"得嘞。"范三稳连忙应下。自打阿全跟着东家，从来只是个普通的伙计，见天地干些个出力气的苦活儿。只怕四九城的人没一个把阿全这人当回事儿，他却知道，这阿全拿的可不是个普通伙计的月银。这些年里，阿全虽是白拿了那么多的工资，可如今东家点名要带上他，只怕这一趟确实万分凶险。这阿全也算是好钢用在了刀刃上。

其实那阿全原本是个小和尚，法号慧全，却因为机缘巧合，误入了盗门。当时连年灾祸，尸横遍野。覆巢之下无完卵。老百姓没好日子过，为了填饱肚子，都是各想各的辙。有人挖坟掘墓，也有人把那主意打到了庙里的泥菩萨身上。都说那泥菩萨的泥胎里有几百年前的经文，还有金元宝。于是一伙盗贼便夜袭寺庙，杀人越货。

阿全被师父藏于佛龛之下，留得一命，之后便要找那伙盗贼给师父、师兄报仇，这一来二去，便入了盗门。最后他学了一身本领，也手刃了那伙盗贼，只是杀人偿命，他差一点儿被正法。南宫无量之前与阿全有过几面之缘，知道他是个劫富济贫的侠盗，于是使了三根金条，将人捞了出来，之后世上再无慧全，只有闷葫芦一般的伙计阿全。

阿全本就是川西人，三十多岁，却有着不同于这个年龄的沧桑。此时的他距离在佛龛之下的惊魂夜，已过去了二十多年。距离他成了江湖上赫赫有名的侠盗小梁龙，也有十余年。距离他手刃仇人，一心求死，也过去了五年。心境苍凉，相由心生，自然就成了现在的阿全。虽阿全的表情一直不变，他那燕子门的功夫却越发精进了。

阿全听范三稳说东家要让他跟着跑趟外，也没多言，只是将手里的烟袋锅在地上敲了敲，又将其别在身后，就跟着范三稳走了。一路上也不多言，只闷头走路，还真真的对得起"闷葫芦"的别号。范三稳只知他是个怪人，不过料想他拿了五年空饷，也知道会有这么一天。

翌日凌晨，南宫无量辞别店中的掌柜的和小伙计，带着阿全准备出发。就在这时，墙上黑影浮动。南宫无量不由得蹙眉，只怕是有人窥视。

阿全将目光投向南宫无量，意思是问是否要他出手。南宫无量轻轻摇了摇头。阿全是燕子门的人，若是以轻功上了房梁，定会引来不必要的麻烦，这也是这么多年，从未启用过阿全的原因之一。可此去川西山高水远，倒是阿全最为合适。

阿全不像范三稳，知道南宫无量的能耐，他只知南宫无量是个好人，有些本事，却不想也是个深藏不露的高手。只见南宫无量悄然走到窗前，接着便双手扒住窗棂，身子一个空翻，头下脚上，再用力一翻，便上了那屋脊之上。

阿全目瞪口呆，这功夫他识得，名叫"翻神掘"，那是失传许久的功夫，不想现在还有人习得。这正是人外有人，天外有天。范三稳心中虽有波澜，却依旧很稳，不动声色。他这东家做出比这动作更夸张的行为也是使得的。在他的眼里，东家才是四九城里最神秘的存在，要比那大清朝的血滴子，还要神秘几分。

再说那南宫无量用"翻神掘"，隔帘花影击屋顶的窥视者，结果却发现，那偷窥之人不是别人，正是自己青梅竹马的女子云玲珑。

说到这里，就不得不说说云玲珑。这南宫家是古董门世家，云家则是闻名遐迩的轻功道门提纵术的轻功高手一脉，双方家族之间既有来往，也有纠葛。而南宫无量这"翻神掘"也是跟道门中人所学。所以两人多有接触，日久生情，可两家有些说不清道不明的隔阂，所以二人虽彼此相爱，却无法在一起。

不过，几年前，南宫一族的长老曾说过，若是南宫无量能够给古董门做成一件大事，就成全了南宫无量与云玲珑之间的好事。所以，南宫无量才应下了眼前的这一单凶险异常的生意。为心中所爱，铤而走险。

两人许久不见，相见又要分别许久，云玲珑只说："不要去。"南宫无量却也回得简单："为了我俩的将来，我必须去。"云玲珑知道劝他不住，只得含泪答应。又从斗篷中拿出了一把短手杖，说道："这东西送你，必要时可以防身。"

这手杖看着轻巧简单，却是德国制造的。外表上看似登山行路的手杖，实际上是枪剑合一的武器，却只能打三发子弹。

南宫无量带着阿全和那戴着青铜面具的神秘人一路颠簸来到了川西。这一路上算是各种交通工具都用上了，有的地方坐火车，还有汽车，当然更多的是雇用马车。没办法，那个时候交通不便利，有的地方火车都不通，即便有火车，那速度也是很慢的，不但慢，还鱼龙混杂。

那神秘人倒是没再戴着他那青铜面具，但南宫无量依旧觉得，他这张脸也未必是真容。可惜他不会看骨相，不似一些占卜之人，能摸骨相面，否则就能看出他这张脸下边是否还有另外一张脸。

若有那本事，兴许还能看出这人的真实长相。其实他也不好奇这人到底长成个什么样子，是圆是扁，横着这些也与他无关，他好奇的是这个人的身份。要是知道长相，画个画像出来，也好四处打听打听。江湖上的事儿，总是靠些个朋友的。

南宫无量算是阿全的再生父母，因为这个关系，阿全一路上看神秘人的目光都有些不善。再则有本事的人都有个好胜的心，不是非得论个输赢，争得江湖第一，但两个人都是轻功高手，自然想要切磋一二，见识见识对方的能耐有几何。那神秘人却没理会阿全，一路也跟个闷葫芦似的，少言寡语。三个人各怀心事，这一路上说不出的诡异尴尬，特别是住店的时候，神秘人选哪间，阿全便要抢哪间屋子，可神秘人若让阿全先选，阿全却低下了头，眼观鼻，鼻观心，将闷葫芦的原则贯彻始终，最后还是南宫无量出来打圆场，可他也没斥责阿全。所以三个人的实际关系，比三个人表面上的气氛更为微妙。

三个人先是到了城门楼子九丈九的嘉陵江上的朝天门码头，朝天门是秦军灭亡巴国后修筑巴郡城池时所建。这片土地曾经孕育了许多传奇，最为后人津津乐道的便是巴蜀文明。

三个人刚到朝天门码头，便被一伙人给盯上了。这跟踪、盯梢、偷窥可都是个技术活，可不是谁想干就能干的。燕子门的人皆是学了系统功夫的，其中便有跟踪盯梢的门道儿。你要跟着一个人，想瞧着点儿什么事儿，与那人保持多远的距离那可是大有学问的。你跟得近了，人家一准儿知道你的存在；你要是跟得远了，转个弯儿，那正主儿可就没影了。

不只是距离，就连你跟踪什么人，在什么地方跟踪，穿什么样的行头，目的是什么，皆是各有各的说法。可跟着这三人的人，皆是一些粗壮汉子，跟踪起来也没什么章法，只不远不近地跟着，有点儿不怕被三人发现的感觉。码头上的人都是拉帮结伙，各有门派。所谓强龙压不过地头蛇，更何况南宫无量三人也谈不上是强龙。如今在别人家的码头被人盯上了，只能自个儿多加小心，旁的也是无能为力了。

"这些是什么人？"南宫无量小声地问着神秘人，阿全离开川西经年，自然不知道其中门道。可听神秘人的口音，就是带着些川渝味，所以便问问他。神秘人回道："不像是码头上的人，不过一样不好对付。"南宫无量也是这样想的。码头上的人多为船夫，扛大包的苦力，而这些人虽粗壮、皮肤黝黑，却不是跑码头的，倒是有一股子匪气。不过这些人应该与码头上的人有些勾连，所以才对这朝天门的码头如此熟悉。

"既然不好对付，那咱就绕道走吧。"南宫无量说道。神秘人回道："好。那就走陆路，只是要多费些时间。"两人两三句话，就研究出了新的路线。于是三人虚晃一枪，就甩掉了尾巴。可还没等离开码头，就又被人盯上了。

这回遇到的可是个硬茬儿，是懂些技术的人。几人刚刚甩掉了尾巴，还未来得及得意，此时一老妇人打三人身边而过，突然就撞到了阿全的身上。非是阿全没有察觉到那老妇人不对劲，只是那老妇人平常打扮，却不讲武德，突然袭击，且十分坦然从容坚定，阿全本能地躲避，结果又撞到了一旁的老头儿。

阿全一愣，适才身边并没有旁人，那老头儿看着脸上的褶子能夹死几只蚊蝇，行动却十分灵活，迎着阿全就撞了过去。就听"哎哟"一声，那老头儿就倒在了三人的面前，嘴里还哼哼唧唧，说着些方言："出脱，出脱……"

可赶巧的是，这三个人都听得懂。阿全是川西人，神秘人也应来自川渝，自然能听得懂这方言。而南宫无量走南闯北，虽不能完全听懂，可也能听得七七八八。几人明白那老头儿话里的意思是：完了，坏了菜了，别让他们走，他们这一撞，可把我家祖传宝贝给撞坏了。

说罢，那老头儿从怀里拿出了一个嵌绿松石的夔纹青铜牌，牌子不大，上边却镶嵌了几十颗小的绿松石，组成了繁复漂亮的夔纹图案，工艺烦琐，美轮美奂，且这东西世上少见，算是新奇的孤品。虽说时局动荡，可这样的好东西还是值几个钱的。只是此时那嵌绿松石的夔纹青铜牌已经一分为二。老头儿捶胸顿足，只道这是他家传家的宝贝，被阿全撞成了两截，让大家给评评理，该如何是好。

"这是我家祖传的东西，可是个老东西。前些年有个洋人想买我这东西，给我一箱金条我都没卖，现在被这几个人给撞坏了，我对不起祖宗，还不如将它换了一箱金条。"众人一听，值一箱金条，都瞪圆了眼睛，那可是个大宝贝了。

敢情这是遇到碰瓷的了。这碰瓷的在四九城多见，不承想就连这嘉陵江上的朝天门码头，也有这号人了。可见这年头，江湖也不好混，否则也不会跑到这里来碰瓷。

阿全百口莫辩，却也知道这老头儿与刚才的老妇人是一伙的，没准两人还是两口子。有看热闹的人上前，看着老头儿手上的青铜牌。按理说青铜牌不应该如此脆弱，一撞就成了两截。可那青铜牌的中间原有一个陈旧的裂痕，但裂痕上又有新的断茬。那老头儿倒也说："我这祖传的青铜牌中间本就有些裂痕，本想着找人修复一二，结果被他们给撞成了两截。"

众目睽睽，也看得出老头儿没说假话，那断头确有新、旧两茬。南宫无量却蹙起了眉头，这老头儿拿个假东西来碰瓷，也就罢了。可这嵌绿松石的夔纹青铜牌却是个真货，而且还真的是刚刚断开的。这老头出现得十分诡异，难道说这老头儿与他们甩掉的尾巴是一伙的？目的是拖延时间，那成本也委实太高了些。再则那夔纹有些眼熟，貌似与他想找的一些东西有关。就是不知道这老头儿闹这么一出，目的是什么？

那神秘人冷哼一声，道："滚开，少来讹人。"那老头儿却愤慨地指着阿全说道："你这棒槌，说谁讹人呢？这么多人可都看到了，是他撞的我。我好好地走着路，他突然就撞过来了。"神秘人不理会老头儿的话，拉着南宫无量便要离开，却被看热闹的人给围住了。

三人中，南宫无量和阿全从穿着上看，就知道是外地人。神秘人穿着很有特点，可也不是这附近的人。码头上都是一些贫苦劳众，自然心齐得很，不会让几个外地人欺负了当地的老汉。

可奇怪的是，那些被甩掉的"尾巴"却没有跟上来。南宫无量心里明镜似的，眼前这老头儿定是有些本事的江湖中人，且舍得下血本，他们只怕难脱身。不过他也不是吃哑巴亏的主儿，于是他说道："老伯，你不要欺负我们是外地人，刚才你说这是你家祖传的宝贝，可这件东西上只是有铜绿，却没有包浆。就说明这东西做好了，就没有人把玩过。若说是祖上所传，自是会有厚厚的包浆。再则这夔纹不是祭祀所用，便是随葬品。我觉得，你手上这块应该是随葬品的面儿大，说白了就是明器。老伯你家祖上要是能传下来明器，难不成是发丘盗墓的？"

南宫无量话刚说完，所有的人都齐齐地看向那老头儿。在任何地区，盗墓贼都是人人喊打的角色。这些人虽然是码头上的苦力，可也知道明器不是用来传家的。难怪说能卖一箱金条，原来是个盗墓贼。即便这老头儿不是盗墓贼，他的祖辈也肯定是盗墓贼。龙生龙，凤生凤，盗墓贼肯定生不出什么好东西。于是个个目光不善，七嘴八舌，也都是骂人的话。

老头儿一愣，刚要反驳，南宫无量又说道："依我的经验，这青铜牌被挖出来肯定没超过三年。再则，别说你这青铜牌有破损，就算是没有，也值不了一根金条。那一箱金条可得有一吨多重，想来谁也没那么大的力气，拎得动一箱的金条。老伯你说的话，句句都是谎话。想必这东西你是想出手，结果被你给弄坏了，你卖不出个好价钱，兴许是卖家见东西坏了不肯再收，于是你与刚才那个撞向我这伙计的老妇人合谋，见我们是外地人，就准备讹我们。"

第三章　神迹

老头儿一听南宫无量是个行家，准备破罐子破摔，抵赖到底了。他跳着脚道："你们，你们欺负我这老头子。这东西就是我父亲传给我的，他准是刨地的时候刨到的，就是觉得这东西好看，也不知道是不是明器。总之你把东西撞坏了，就得赔给我，别想抵赖，否则我们找地方评评理。"

南宫无量却笑着回道："好啊，那正好，只怕当官的也会问你手里这青铜牌的来历。到时候你百口莫辩，恐怕连家都得被人抄了。"南宫无量倒是没有说错，现在各地都在打仗，最缺的就是军饷。且这青铜器是个小件，与之一起深埋于地下的还有更多的大件和金银珠宝，这都是不小的财富，所以但凡有此类的事情，见了官先各打五十大板，最后谁对谁错不重要，重点是宝贝都得进了当官的府邸。因此碰瓷的都是用假货，就连用真古董碎片的都少，就更别提用土里刨出来的新鲜玩意碰瓷的。要不咋说这老头儿有些诡异呢。

老头儿嘴上硬扛，可心里明镜似的，见了官，他手里的东西定是保不住，也就冷哼了一声："算老头子我今天倒霉，白白坏了我这传家的宝贝。"说罢转身离开了，一点儿都不拖泥带水。倒是让几人有些错愕，这老头儿刚才闹这一出是为哪般，而且刚才跟踪他们的人也不见了踪迹。

　　南宫无量自是知道这其中有猫腻，却只能继续往前。按照他与神秘人最初的约定，三人直奔川西的大山之中。他们此行的目的，是寻找古人留下的废弃山墟。那山中本居住过一个神秘的部落，甚至孕育了一个神秘的文明，而那天坑正是那神秘部落的祭祀坑。当然这些也只是传说，可许多市面上流通的青铜器，都印证了这个说法。且神秘人还说出一段口诀："琼天之巅望南天，玄武朱雀守门边，白虎之后有扶桑，若木之下神迹现。"那神迹之下，便是天坑。

　　川西高原真是很奇妙的地方，八月里有的地方依旧暑热难耐，可有的地方却已经白雪皑皑。因为川西高原大部分是横断山区，就形成了以冰峰雪岭、冰川宽谷、高山峡谷、湖泊森林和高原草甸为主体的奇特风光。那里雪峰连绵，随处可见，其中最高峰便是贡嘎山。而贡嘎山周围有二十多个雪山山峰，海拔都在六千米以下。而贡嘎山海拔是七千五百多米。"琼天之巅望南天"，也就是说从当地最高的山峰往南看。所以他们此次之行，第一个目的地就是贡嘎山。

　　南宫无量去过几次东北，也到黑河跟老毛子做过几笔交易，再则四九城冬天也十分寒冷，可贡嘎山的冷，却是凛冽的冷，那是连鬼到了都会冻得直哆嗦的地方。三人还雇用了当地的两个向导，一来山上常年积雪覆盖，遇到暴风雪时需要人手；二来当地人熟悉地理环境，关键的时候经验比任何东西都能保命。

　　一行五人捂得特别厚，在没膝深的雪里，艰难跋涉。一路上挨冻是免不了的，就连阿全都有些吃不消，可那神秘人依旧精神抖擞。南宫无量有理由相信，这不是他第一次踏足这片冰冷的雪峰。

　　在这样的情况下，睡觉也成了很大的问题，即便几人准备充分，那个时候也没有专业的登山设备，很难爬到海拔七千多米的主峰上。最后南宫无量想到，实在不行，就爬得高一些，这里四周都是雪山，等到天气好的时候，绕山一周，就能把周围的山脉走势都看得清清楚楚。

就这样在几人爬了十多天的时候，看到了一处冰川，那是大的水晶宫一样的存在，洁净得让人心旷神怡。请来的两个向导却跪了下来，一拜一叩，嘴里还念着经文，动作十分虔诚，好像在完成什么神圣的仪式。南宫无量知道，这里的人有着虔诚的信仰，对于这一点，他是十分尊重的。直到几分钟后，两个向导才站了起来，但没有前行，而是围着那冰川绕圈，一边绕圈，一边嘟囔着什么。

神秘人大抵不太懂这里的方言，川西这片有好几种方言，且这里交通不便，所说的方言可不像在朝天门码头时听得那么常见，反而晦涩难懂。还是阿全小的时候走了许多寺庙，所以听得懂不少方言，他听得出："他们在祈祷神迹显灵，让他们得到幸福。对于他们来讲，冰川是很神圣的地方。"

南宫无量和神秘人对视一眼，他们都听到了一个关键词——神迹。原来当地人管冰川叫作"神迹"。"琼天之巅望南天，玄武朱雀守门边，白虎之后有扶桑，若木之下神迹现。"这么说，天坑就在那贡嘎山南边的一处山中的冰川下。可那若木又是何处呢？

几人继续前行，一路上自是艰难险阻，一次雪崩，阿全为护着南宫无量差一点儿被雪埋在了里边，好在神秘人和南宫无量一同出手，才算是躲过一劫，可也因此，丢掉了重要的装备。无奈之下，南宫无量与神秘人商量着，必须提前完成绕山，不管能不能从地势上看出何处是朱雀玄武、白虎若木，都一定要返回山下。

好在几人的运气不错，第二天便是个难得的好天气，晴空万里。天气虽说好了，眼睛却受不了，这白雪刺眼，很容易得上雪盲症。只得背对着太阳，绕山一周。远处的山峰走势倒是十分奇特，却也看不出什么地方是玄武、朱雀之势。且绕山一周的想法虽好，实际操作起来，却是困难重重。有的地方雪十分松软，根本不适合人来攀爬行走，人要走上去，一准就雪崩，连人带雪一起淹没于雪山之中。有的地方还有冰川，一个不留神，就会被掉下来的冰坨子砸成人肉饼。

几人迂回而行，遇到难走的地方，只能绕路，用时两天，也算是绕山一周，可这样走下来，就又有了另外一个问题，南宫无量观察绘图时，所在的高度并不统一，而是一直在下行，这样下来，肯定会造成一定的偏差。

待几人回到山下时，已经没了人样，几人蓬头垢面，胡子拉碴。想想二十几天前，几人出发时，虽然穿得厚实，可南宫无量意气风发，一副儒雅模样。但他此时脸冻得通红，嘴唇干裂，人也极度疲乏。因为丢了不少补给，所以最后几天，几人是硬扛下来的。且四周危机四伏，几人早已成了惊弓之鸟，即便到了山下，只要听到异响，也会机械性地头也不回地逃命。

可就算是这样，几人还是苦撑着遇到山民，方才晕倒。好在当地的山民十分朴实，用车将几人拉到了向导家里，几人吃了东西，又喝了热汤，倒头就睡，这一睡就是三天两夜，直到第三天晚上，南宫无量方才睁开了眼。发现阿全睡在一旁，这些天里，阿全虽不说话，却干了所有能干的事儿。几次在险境之中，若没有阿全，只怕南宫无量早成了冰封的雪人。此时阿全到了安全的地方，才算放下所有的防备，睡得十分香甜。

而神秘人坐在灯下，仔细地画着什么。再观其表象，依旧是那个样子。虽然这神秘人的脸上已然长了胡子，可南宫无量觉得，此人的脸上还有另外一层脸皮。看来天外有天，这天下竟然有此等逼真的易容术，可造出薄如蝉翼的脸皮，薄到可以有细小的毛孔，不影响发须的生长。当然也有另外一种可能，他脸上的脸皮并非是整张，中间留出了须发的位置，毕竟在外多日，若任由须发生长，过不了几天，那假脸皮就会露出破绽。但不论是哪一种，工序都十分烦琐，若有机会，他一定要好好研习一番。

南宫无量没有叫醒阿全，只是披上衣服起身，发现神秘人是在画山峰的走势图。可其笔法不精，虽画出了一些山峰的形，却完全没了其表意，有点儿类似于小孩子的涂鸦。即便这样，那神秘人却画得十分认真。这神秘人记性倒是好，能把多日前见到的山峰记于心底，且还能画出个三四分像，也是十分难得。只是这纸黑乎乎的一片，若不是南宫无量眼力好，还真有些认不出那些山峰叫什么名字。

看了片刻，南宫无量实在是看不下去了，终于开了口："要不，还是我来画吧。"南宫家自有一套不外传的记图方法，叫作丁卯绘，其方法有点儿像背围棋谱，再将棋谱上的每一个小格细化，将方位以一到十和天干地支等来划分，这样便形成一张巨大的网格图。这方法极其考验人的眼力，必须做到分毫不差，再将所记方位以文字记下，方能完成一个复刻一般的丁卯绘。

南宫无量拿出了小本，上边用特殊的符号记下了那些方位的标点。在山上的时候，神秘人就对这本子十分好奇，可料想南宫家自是有些神奇法门的，这测绘的方式新奇，多看几次，倒是能参悟出一二来。而南宫无量的画工也是经过严格训练的，简单几笔便勾勒出了山峰的形貌，却是十分相近。

南宫无量先是画了几张草图，就足以让神秘人啧啧称奇了，却不想这只是丁卯绘的一部分。"这只是草图，因为当时我们勘绘的位置不同，所以未必能还原山峰的走势。且我们并没有到山顶，也会影响勘绘的结果。所以下一步，我要将这些草图反推，尽量模拟出在山顶时看到的周围的模样。最后再上色，方才算真正的丁卯绘。这丁卯便是严谨的意思。"神秘人道："原来如此。"

余下来的几天，南宫无量便一直在忙着丁卯绘，阿全却病了。南宫无量醒来的第二天，发现阿全依旧睡得十分香甜，就连吃饭叫他都不醒，南宫无量这才发现事情不对。可这里缺医少药，总算找来了一位土医，却说瞧不出阿全得了什么病。待土医走后，南宫无量便与神秘人关上门说起了话。

"阿全的事情有些古怪，起初我只当他是受了内伤，却一直强撑着回到了山下，所以才一病不起。但又一想，阿全的身体素来很好，且你看他睡着的样子，睡容恬静，嘴角还隐隐带着一丝笑意。我觉得他不是病了，而是中了毒。"南宫无量小声说道。

神秘人蹙眉，又看了看阿全的表情，确实有些诡异。"你是说，我们找的向导有问题，是他们给阿全下了毒。可他们为什么不给我俩也下毒，却独独给阿全下毒呢？"

南宫无量回道："所以我想问你，你是什么时候醒的？"神秘人表情有些难堪，南宫无量有此一问，定是信不过他。他如实回道："比你早醒一个时辰，你怀疑是我给他下的毒？"南宫无量却笑着回道："不会，若是你对我和阿全有所图谋，一路上有的是机会动手，不用等到这个时候。"神秘人有些讶异地问道："这么说，你信我？"南宫无量说道："至少在这件事情上，我是相信你的。所以我推断，在你醒之前阿全就醒了。阿全一路上都很警醒，这是因为他受过长期的训练。

"燕子门练的是轻功。阿全的师父为了考验他，曾让他潜伏在一个官员的府邸月余，在这个月里，他不能被人发现，除了吃饭、上厕所，只能躲在正厅的房梁之上。若不是时时警醒着，只怕睡着了一个翻身，就掉到了房檐之下。这功夫就叫燕子做窝，极其考验人的耐性和意志力。

"正常情况下，阿全会是我们中最早醒的那个。可是为什么他会被人下毒，只怕是他见到了什么不该见的。那些人若杀了他，又怕会惊动了我们，也许他们当初也想杀了阿全和我们，可他们翻了我们的东西，却只找到了我记的丁卯绘的口诀。所以他们只得等我找到真的神迹，方才会动手。于是他们毒倒了阿全。"

神秘人看了看房门，又小声说道："你是说，给阿全下毒的是向导？"南宫无量点头："你还记得在朝天门码头时那些跟踪我们的人吗，还有那个碰瓷的老头儿。最后他们都消失了，当时我就觉得奇怪，现在想来，他们并没有放弃我们，只是换了更聪明的方式跟在我们的后边。这里人迹罕至，也就那么几个村子。他们只要按照我们走的方向去找，就没有找不到我们的可能。至于给阿全下毒之人，很有可能是向导。但我相信，他们两人也是受了人的胁迫。等我们上山之后，那些人便来到了村子里，打听出了我们的去向。于是他们抓了向导的家人，等我们回来后，他们便以此来威胁两人，不想阿全醒了，发现了他们。此时阿全的身体还没有恢复，也许他真的受了重伤或是内伤。而对方人多，就这样给阿全下了毒，之后他们找到了我写的口诀，却不知道口诀的含义。此时他们有两条路，一是用武力逼迫我说出那些口诀的含义，二是不动声色，静观其变。显然，他们选择了后者。所以这几天我们吃饭的时候，都不见向导来送饭，想必早已被那些人控制起来了。"

神秘人点头说道："若是这样，不如我们杀出去。"南宫无量却立马回道："不妥，不如我们引蛇出洞。"两人相视一笑，算是基本达成统一战线。之后南宫无量又问道："能说说你要找那天坑的原因吗，我不相信你只是为了那青铜面具。"神秘人哀叹一声道："据说那冰川可以找到人们所有过往的事迹，包括一些隐秘不为人知的秘密。我不为别的，只想找到我的氏族之谜。"

每个人都有秘密，神秘人有，南宫无量亦有，所以他并没有追问神秘人，他到底为何要寻找自己的身世。且他在神秘人的眼中看到了痛苦和真诚，所以他选择相信神秘人。此后南宫无量继续忙着丁卯绘，一天后，他果然绘制出了彩图，完美地还原了当时山峰的走势地貌。可那图刚刚画好，就有一伙人冲了进来，手里的大刀便架到了南宫无量和神秘人的脖子上。带头的不是别人，正是那日碰瓷的老头儿。

两人并没有反抗，毕竟他们人少，对方人多，而且阿全还被下了毒，既然不能全身而退，便只能退一步，徐徐图之，也好看清对方的目的。

那老头儿嘿嘿一笑，道了一句："好久不见，还真是来日方长，这么几天，我们就又见面了。"说罢上前一步，抢过南宫无量刚刚手绘的地图。那伙人一直跟在后边，看来这老头儿有几把刷子，也算是有技术的老江湖，只是这做事儿的手法忒缺德了些。

那老头儿拿着地图，边看边笑着说："这便是南宫家的丁卯绘了，果然十分精准，不过我倒是好奇，那句'琼天之巅望南天，玄武朱雀守门边，白虎之后有扶桑，若木之下神迹现'到底要如何来解？"南宫无量回道："我也不知道，这图我刚画出来，还没来得及分析，你们就进来了。"

老头儿又看向神秘人："朋友，你来说说看，若你说的话有些价值，我就不再为难你，也留着你脸上的那半张假皮。若你也跟他一样不识相，那就别怪我不客气，扒了你脸上的半张假皮，让大家伙好好看看你到底是谁，为何会以假面示人。"

神秘人冷笑一声，下一秒一个虚晃，便夺下了架在他脖子上的刀，回头就把一旁的椅子踢飞了出去，那老头儿被打得猝不及防，险险地避开了那椅子，咽喉处却多了一把匕首，就见阿全不知何时已经跳到了他的身后，此时正用匕首扼住了他的咽喉，让他不得不放下手中的图。

"老东西，还敢给爷爷我下毒。"说罢阿全用力一踢，便踢断了老头儿的一条腿。那老头"哎哟"一声，痛得龇牙咧嘴。

事情果真如南宫无量推断的那样，阿全是听到了动静便醒了，可他那时身体还没有恢复，就被人暗算了，中了吹管毒针，那管中针上淬了毒，好在这毒只是蒙汗药。南宫无量常年在各地跑生意，身上一直贴身带着一些解毒的药丸，所以他早就给阿全服用了解药，也控制着时间完成了丁卯绘，就在半个时辰前，阿全就已经醒了，于是三人便将计就计，来了一招引蛇出洞。

因为挟持了那老头儿，其余乌合之众也都缴械投降。几人方才问出那老头儿的底细。原来那老头儿外号"黑瓜皮"，是川渝地区的一伙散帮盗匪的头头儿，也算是老江湖了。一个月前，有两个东北口音的人找到他，让他跟踪南宫无量，并找到神迹的位置。并承诺，得手后一同去寻找神迹，找到的宝物他们只拿走想要的，其余的都留给"黑瓜皮"，并当场付了一根金条当定金。"黑瓜皮"见钱眼开，便应下了此事。就连那嵌绿松石的青铜牌也是那些东北人给"黑瓜皮"的。

第四章　金皮彩挂

　　"黑瓜皮"又说道："几位大爷，我们之间本也是江湖小恩怨，并无大仇大恨。我也无意与几位结下梁子，不过是拿人钱财与人消灾。至于寻找那宝贝，我们倒是可以一起上山。这茫茫雪山，就你们三位上去，说句不好听的，那也是有去无回，所以不如让我们入伙。三位也可以去打听打听，我黑瓜皮虽然作奸犯科，可从未犯过杀人性命的大案，否则也不会逍遥到今天。我们不要多，江湖上的老规矩，五五分账。"

　　阿全冷哼一声："你个老不死的，头上没几根杂毛，想得倒挺美。还五五分，爷爷我现在就把你五五分了。"阿全平时那闷葫芦的样子可是表象，小梁龙的全称是梁上小盘龙，他师父是大梁龙。在四九城里打听打听，哪个不知，谁人不晓，那可不是个吃素的，正经的江湖做派。若是论江湖上的斗狠，自是不会输在气势上。

　　刀往前一送，吓得"黑瓜皮"一缩脖，连忙喊道："好汉，好汉，好汉。刀下留我老命。你听我分析，一来你们人少，需要人手。不瞒你们几位，我带的这几个人，可都是常年在这一片混迹的，前几年我们犯了事儿被当兵的抓得狠了，经常要躲到那雪山上去。"

　　"这么说，我们找的那两个向导也是你们的人了？"神秘人问道。
　　"黑瓜皮"回道："正是，我这人虽然爱财，却不骗朋友，那两个向导正是自己人，你也看到了，他们两个很有经验。”

这下三人皆明白了，原来他们一直没有逃出这伙人的监视范围，而这"黑瓜皮"却是个人精，打得一手好算盘。"黑瓜皮"是想让那两个向导带着他们几个上山，若真找到什么宝藏，就将他们都杀了，可向导上山才发现，三人不是去寻宝藏，而是去测绘的，所以又决定等他们下山之后再做打算。结果却出了意外，阿全突然醒了，发现了端倪，他们不得不迷晕阿全。之后南宫无量发现阿全有异，准备将计就计。"黑瓜皮"知道自己已被发现，自然就得提前行动了。

一个屋子里的两伙人，却是好几个心眼儿，就跟桥头上的狮子般，各不相同。南宫无量与神秘人对视一眼，这一趟雪山走下来，两人倒是生出了不少的默契。此时形势不容乐观，"黑瓜皮"虽然束手就擒，但他算是地头蛇，且人多，若不与之合作，想必也很难走出这片地界儿。但若是与之合作，这人虽个头不高，却真真有一百多个心眼儿，到时候真来个图财害命也是保不齐的事儿。这倒是让他们三个进退维谷了。

于是南宫无量说道："阿全你将人捆了，让我与这位大哥商量一二。"因为不知道神秘人的底细，一路上南宫无量都称呼他为"这位大哥"，那神秘人确也比南宫无量年长些，也当得起一句"大哥"，于是并没有反对。单论称呼，四九城的人更喜欢称爷，正经的会把神秘人叫成"这位大爷"，这哥就要比爷近一些，总像是一家人。所以南宫无量在一个称呼上，就将两人的关系拉近了。

阿全解下"黑瓜皮"拴裤子的绳子，两三下就将人捆了个结结实实，用的可是燕子门独门的绳结，你越是动，那绳结越紧，所以这绳结也有个十分贴切的名字，叫"勒死狗"。"黑瓜皮"也是有自己的小九九，倒也没起什么幺蛾子。

等将人都带下去后，南宫无量开口问道："这位大哥，原本也是江湖的规矩，不该问的不问，不该说的不说。可今天我必须要问问，你可知那些东北人是何来历，眼下这情形，你又作何打算？"这话南宫无量在见到"黑瓜皮"拿着那嵌绿松石的青铜牌子时就想问了，此时那东西的出现，定也是有其目的的。

　　此时三人是拴在一条绳上的蚂蚱，神秘人也只得回道："那伙人是关外的土匪，应该是跟着我来的，只是我的目的是寻找真相，而他们的目的是寻找宝藏。至于眼下这种情况，我觉得即便我们不同意跟他们合作，也很难再找到神迹，除非我们能神不知鬼不觉地消失。"

　　南宫无量回道："既然是合作，就得想个安全的方法，我们与这伙人合作，无异于与虎谋皮。但不合作，他们一定会跟着我们，到时候处处给我们使绊子，定是个麻烦事儿……"

　　两人一商量，毕竟两人此行的目的只是青铜面具，那问题就简单很多，不论是经商，还是土匪盗贼，讲的都是一个"利"字，所以只要在这个"利"字上做足功夫，就能办成许多的事儿。于是两个人叫阿全把"黑瓜皮"带进来，告诉他，如果他们愿意一同寻找神迹，也不需要五五分，就跟关外那些土匪一样，南宫无量等人除了青铜面具之外，什么都不要。这个回答多少让"黑瓜皮"有些意外，他嘿嘿一笑，看上去十分真诚。可神秘人和南宫无量都看得出，这老头儿一直打的就是杀人夺宝的主意。但南宫无量早有办法，他已让阿全找个机会打电话回四九城，将这里的事情告诉范三稳。若他们真有个万一，"黑瓜皮"等人定是没有好果子吃。不只南宫家，就连整个古董门的人都不会放过这个坏东西。

　　"黑瓜皮"得了便宜，自是喜不自胜，便张罗酒席，问南宫无量何处才是神迹所在。南宫无量拿出丁卯绘，说道："朱雀在很多风水学中指的并非是神鸟，而是南方七宿，与八卦为离。玄武是指北方七星，白虎为西方七星。'琼天之巅望南天，玄武朱雀守门边，白虎之后有扶桑，若木之下神迹现。'琼天之巅就是在贡嘎山上望着南边，南边这几座山峰就是朱雀，北边的几座则是白虎，扶桑是太阳升起的地方，而若木则是太阳落下的地方。所以在象征着白虎的几座山峰的后边，那就是这座山峰，它就是扶桑。而若木要在玄武和朱雀中间。"

"黑瓜皮"指着几个山峰说道："可这里有三座山峰啊。"南宫无量又回道："没错，但相传金乌是从扶桑飞到若木，所以这若木应该是这最西边的山。你再看……"南宫无量又在山峰之上勾勒几笔之后，便是日出之景象。"你看日出之时，象征白虎的几座山峰的后边，唯这座山第一个沐浴阳光，所以这才是真正的扶桑。所以日落的时候，那座山峰即在象征着朱雀和玄武的山峰之后，又完全淹没于扶桑的阴影之中，那便是若木，也就是这座山峰。这山峰有很多名字，但这里的人管它叫桑珠山，那神迹应该就在桑珠山上。"

借着去县城购买补给的机会，阿全打电话回了四九城，这事儿也没有瞒着"黑瓜皮"。"黑瓜皮"虽是在川渝道上混的，可也听说过四九城的古董门，他自是会权衡利弊。若是此行顺利，还能与南宫无量交上朋友，多个朋友多条路。可若他动了不该有的念头，古董门可是跟各国各地的古董贩子都有着千丝万缕的关系，那他无异于自掘坟墓。且那南宫无量等人只想找到青铜面具，那应该也是古董门要找的东西，他犯不上为了一件东西，断了自己的后路。

南宫无量用一通电话便解了眼下之困，之后一行人去了桑珠山上，一切还算是顺利。可是到了桑珠山上后，却没有找到任何冰川与神迹相似。眼见着暴雪将至，他们几个无功而返。只道大不了来年夏天再上桑珠山寻那神迹。可几个人的运气确实好，就在下山的时候，出现了一只雪狼，那雪狼倒似成了精一般，靠上前直视几人。"黑瓜皮"不甘心白跑了这一趟，就要打了那雪狼换些银钱，却被南宫无量拦住了。可那雪狼见南宫无量居然露出了笑容，直吓得"黑瓜皮"跪地磕头。

在这雪山之上，若是打了一头狼，最多是引来其他狼的报复，他们正好也多打几头，若能抓到一两头活的卖给洋人，可是能换大价钱的。若抓不到活的，扒了那狼皮也值不少钱。但这只会笑的雪狼定是成了精的。那是雪山之神，可是得罪不起。

那狼转身要走，却又回头望向南宫无量。又走几步，再次回头。南宫无量明白，这雪狼是要带他去一个地方。于是几个人跟着雪狼而行，在一处积雪之后，发现了一个冰封的洞口。几个人用火把向下一照，就见那冰层之下有个封棺。原来此处竟然就是口诀中的神迹，想来之前这里有庞大的冰川，但地壳变迁，冰川融化，当时的神迹不在，却留下了冰封的古棺。

"黑瓜皮"见古棺便来了精神。只因那古棺通体乌黑，像是乌金。他们几个拿出镐头，足足挖了三天，才将那乌金古棺挖了出来。直到找到了这古棺，南宫无量才发现，那"琼天之巅望南天，玄武朱雀守门边，白虎之后有扶桑，若木之下神迹现"这四句口诀，既是方向，也是卦位。若他早些想明白这点，就会少走些冤枉路。

神秘人一路上并不多言，他对风水一学知之甚少，否则他也不会找到南宫无量。可看到那乌金棺的时候，他眼中却闪出一丝不易察觉的杀意。可随即他便立在一旁，默默地看着"黑瓜皮"他们忙前忙后。同样立在一边的还有那头雪狼。它胸前的长毛顺风而动，像是一位长须老者，也不知道这雪狼活了多大年岁，但观其不惧生人，且傲然而立的样子，就知它与那传说中的精怪也差不了几分。

"黑瓜皮"忙着开棺，嘴里还念叨着："雪山神显灵，我回去后定会时常祭拜雪山之神。"他说这话是告诉棺内的尸体，他们是有雪山之神庇佑的。这其实就是个自欺欺人的说法，可一些倒斗摸金的，就素来喜欢这么干。

开棺之后，所有人都傻了眼。那棺中并没有尸体，而是一张雪狼皮。此时就见之前带路的雪狼冲进棺中，在那狼皮之下找到了一颗黑色珠子吞入肚腹之中，然后便蹿出乌金棺，消失得无影无踪了。众人这才惊觉，那雪狼引人来挖棺，是为了那乌金棺中的雪狼内丹。这任何生灵都能成宝，狗有狗宝，牛有牛黄。这雪狼身上结出的内丹，也有说是妖丹的。说明这雪狼也成了精怪，但这也只是个传说，无人见过。但那雪狼倒是精明，利用人挖出那内丹，自己吞下，这真是天下奇闻。

"黑瓜皮"等人白忙活了一场，倒是为一头雪狼做了嫁衣，自是不甘心。将那雪狼皮扔到了外边，准备带走换钱，可那雪狼皮见风之后，便化成了粉末。想来之前也是在那内丹的作用之下，方才保存了近千年。

而乌金棺中，还有一面铜镜。铜镜锈迹斑斑，背后竟然是一个面具的模样，而且与之前神秘人所戴的很是相近。"黑瓜皮"欲将那铜镜收于包中，却被神秘人制止了。"黑瓜皮"自是不乐意了，道："你这是无赖，之前说好的你们只要青铜面具。"那神秘人却回道："这铜镜之后，便是青铜面具。我们只要这个，那乌金棺你可以想办法带走，它可比这破铜镜值钱多了。""黑瓜皮"一听倒也是这么个理儿，于是便招呼人抬棺。

此时狂风大作，南宫无量劝道："不如将这地点记好，等风雪之后再来运棺。"但"黑瓜皮"见财眼开，豁出去性命也要将乌金棺带走。南宫无量见劝其不得，便与神秘人和阿全先行离开。此时"黑瓜皮"等人已然开始破冰，却不想地动山摇，眼见着冰川裂开，那乌金棺连带着"黑瓜皮"等人都向地下滑去。原来那乌金棺之下才是冰川。南宫无量刚要救人，就见山上白雪排山而来，响声震天。那冰裂引得雪崩，几人只得逃命。

就在这时，一头雪狼蹿了出来，向山下跑去。这雪狼就是刚才那吃了狼丹的雪狼，自是熟悉地形，知道什么地方最安全。在那雪狼的带领之下，几人找到了一块陡峭的山岩做掩体，这才躲过了雪崩。等一切平息之后，几人艰难爬到上边，就见刚才的神迹已然被厚厚的白雪所覆盖。"黑瓜皮"一伙人，也自是没有了任何生还的可能。

南宫无量让阿全把所带的肉干都给了雪狼，算是答谢它的救命之恩。他总觉得，那雪狼是故意引领他们避开雪崩的。那雪狼自然也没客气，两三下吃了肉干，目送着三人下山去了。

到了山下，却发现了更为诡异的事儿，他们之前住的村子居然被大雪掩埋了，里边的村民不知道是生是死，三人好不容易找到了另一个村落，也算是九死一生。找了一户人家，给了银钱，好吃好喝地休养了半个月，方才恢复了体力。这次上桑珠山，若不是有"黑瓜皮"等人相助，定也不会如此顺利，可惜"黑瓜皮"等人太过贪财，这才殒命于神迹之下。这些人为非作歹，嘴上不承认，可哪个手上是干净的？落得如此下场，倒也算是天道好轮回。

在休养期间，南宫无量发现那铜镜背后的青铜面具内有机关，向前一推，便能看到铜镜之后刻着四字口诀，皆是上古文字。好在南宫无量识得那几个字，那几个字的意思是："九天悬龙有洞天，神侯一令方开山，北斗星下垂神树，洞前一灯罩九山。"

"看来这便是青铜面具真正的位置。可这'九天悬龙有洞天'又是何处？"南宫无量问道。神秘人说道："据说川渝之地有处九天悬龙之地，大概方位便是在蜀山的东部。"

两人找来地图，对照口诀，圈出了一片方位，此时已是十月末，不是进山的好时机，再则南宫无量久未回家，也需回去处理"水心斋"和小拍行的事务。于是两人约定好，来年清明之后，就在蜀山下见。

待三人休养好，一同回了朝天门码头，却在码头上看到有关外的人在打听"黑瓜皮"的下落。想必那"转业干部""黑瓜皮"没少拿人家好处，此时失踪了，那伙关外人自然是坐不住的。好在下山后，三人皆是当地人的打扮，再加上上山时将脸冻得看不出原来的模样，因此打那伙关外人的身边经过，也未能引起其注意。之后三人分道扬镳，神秘人自是不知去向，南宫无量则带着阿全回了四九城。

这一路上，南宫无量依旧摸不透那神秘人的底细，只是知道他对什么宝贝皆不感兴趣，他寻找这些地方，只是为了找到他们氏族的秘密，且那秘密与上古的"蚩尤残卷"有关。据说那"蚩尤残卷"之中，记载了他们氏族的秘密和登上仙梯的密钥通道。于是方才有了接下来的故事。

从川西回四九城又是小半个月，其中艰辛自不用表。只说南宫无量回了四九城之后，便重回了"水心斋"。范三稳办事依旧稳妥，将四九城的生意打理得井井有条。回了四九城之后，阿全的话又少了，又变成了那个只会闷头干活的闷葫芦。只是他留在了"水心斋"帮忙，只等来年清明之后，再与南宫无量重去川渝。

小拍行的生意不温不火，时局动荡，街头巷尾都传又要打仗了。横竖这仗是打不完的，今天东边打，明天南边打，不过是为了争地盘。政府也是一天一个幺蛾子，今天增了赋税，明天又开始征兵，搞得人心惶惶。

四九城里虽表面上看不出什么，身边却在不断地变化。正如那句话，这世上唯一不变的就是变化。这四九城里什么都在变，房子在变；当官的在变，一会儿皇帝，一会儿总统；身边的人也在变，几天不见，不是少了这个，就是走了那个。南宫无量有几个月没去天桥，就少了不少熟面孔，却也多了几个生面孔。

生的自不用说，那熟的便是那"金皮彩挂"中的金，也有叫巾的，也就是指算命看相的人，尊称为"金点儿"。正所谓"金皮彩挂，全凭说话"，这走江湖算命，那必须口齿利落，行话叫"纲口"。察言观色，看人说话，琢磨算命之人的心理，琢磨其中道理，再随机应变，也叫"把簧"。自是口若悬河，话半真半假，即便没一个字是真的，也定让你信以为真。

其实南宫无量盯着这天桥的卦摊也不是一天两天了，但最近这算命的老头儿连生意都不顾，四处打听他此次去川西的事儿。十余年来，这老头儿或多或少对"水心斋"的事儿都很上心，可也不见有什么动作，南宫无量只当他是对手放的眼线。可现在想想，那"黑瓜皮"也未必说的是真话，他兴许是收了那伙关外人的好处，可他又是怎么知道自己的底细的，只怕他离开四九城便有人盯上了他，不过眼前得探探这老头儿的底细。

于是南宫无量便坐到了卦摊之前，对那算命的老头儿说道："今天便给我卜上一卦吧！"那老头儿看了看南宫无量，先是眼前一亮，随即就问道："您今个儿是问事儿，还是卜前程？"

这问事儿一定是卜个吉凶，一般就是算命之人遇到了什么难心的事儿或过不去的坎儿。一般这样的情况好办，算是说话两头堵，既要引得你担忧，又要让你见到希望，最后再哄得你自愿拿出银钱来帮忙平事儿。而卜前程也是一样，先夸后哄再横插一杠。先说你红光满脸，又说你是有福之相，这叫先夸后哄，最后来一句，但命中犯小人，恐要坏了您的运势。最后还是要拿出银钱来破小人。

南宫无量回道："相八字。"这相八字就是给未婚男女批八字，看是不是合婚。南宫无量自然是要试一试这算命老头儿到底是真有些本事，还是只会些骗术。

第五章　仙家

这四九城里的"金皮彩挂"，小有名气的人可不少，但东城的"布衣神相"赖龙可算是金字头一号的人物。赖龙这人是有几分能耐的，这一点单看他能在东城置办得起房产就能说明。赖龙自称是神相。但此人却有另外一个本事，那就是憋宝。

憋宝，就是若南宫无量将在桑珠山遇到雪狼的情形一说，那赖龙自然会跑去川西，登上那桑珠山，找到那雪狼，再将那狼丹取出。此时这狼丹不只是那千年前雪狼的精华，又被那吞了它的雪狼滋养了许久，定会功力倍增，是天底下难得一见的宝贝。这便是憋宝。

所以赖龙也算是古董门里的老前辈，虽没有武功，却长得一双火眼金睛，且还有着一张神算子的铁嘴。多少年前，那赖龙曾给南宫无量和云玲珑卜过一卦，说两人是天、地、人三才占全了的婚姻，好到极致，后又从中撮合，也算是南宫无量与云玲珑这对恋人的半个媒人。而眼前这老头儿自称"铁算子"，名头不小，也不知道是真有那个本事，还是徒有其表。

以前的人，也宝贝自己的生辰八字，只怕有心人拿着生辰八字做一些巫蛊之事，坏了一生的气运。南宫无量将他的八字与云玲珑的八字改了一下，方才给了那老头儿，问他这两人是否合婚。

那算命的老头儿看了一眼那八字，捋着胡须，一副高深莫测的模样说道："这生辰八字只怕不对，不过即便不对，老夫也能看出。这八字中的爷儿与他心中慕恋的姑娘，看似天造地设的一对，世上难有的好姻缘，却生不逢时。只怕鸳鸯落水未成对，蝴蝶入林雾中飞，有缘无分啊！"

南宫无量蹙眉，他总觉得这老头儿话里有话。虽然他换了八字，可这老头儿意有所指，说得好似他与云玲珑的婚缘。听到此话，他自是不悦，便扔下一块银圆，转身离去了。回头他便让范三稳去天桥打听打听，看看这"铁算子"的底细，他又与何人走得近。之后便能得知是何人十余年来，一直在密切关注着"水心斋"的动向。此时的南宫无量并没有把那老头儿的话放在心中，却不想他与云玲珑还真应了"鸳鸯落水未成对，蝴蝶入林雾中飞"两句谶语了。

范三稳在这四九城里摸爬滚打了这么多年，又替东家支应着"水心斋"和不少的产业，虽不是江湖中人，却也知江湖之事。且他就生在这四九城里，打小儿就在天桥上走来走去，倒是比常年走南闯北的南宫无量，还要了解这四九城大街小巷里的奇闻逸事。

南宫无量问他天桥"金皮彩挂"的事儿，他立马便想到一个趣闻，道："东家今天说的那算卦的老头儿，自称'铁算子'，铁口直断。见了人便要与赖龙相比，每每说赖龙那不是金口，只是见人下菜碟儿。他才是铁口直断。不过此人却是与众不同。据说他收摊之后，总要买一只鸡，然后便不知了去向。这些年来，愣是没一个人知道他收了摊儿都去了哪儿，他的家住在什么地方。只有人说，在城外见着他拎着鸡走。但一猫腰的工夫，人就不见了。"

"哦？倒也是个新奇的事儿。"南宫无量觉得这"铁算子"身份诡异。这年头什么怪事儿都有，四九城里天天都有新鲜事儿，什么猫脸老太太，城外的黄皮子坟，千奇百怪，世道乱啊，人心也乱了。但装神弄鬼之人，必有猫腻儿。于是让范三稳跟着那"铁算子"去探探此人的底细。

范三稳应下，第二天就换了一身装扮。做"水心斋"的大掌柜的，平日里是要有排面的，褂子要体面、板正，还得随身，这说明这身衣服是找了裁缝量身定做的，要是大了，就是成衣铺子里现成的。范三稳为了跟踪"铁算子"脱下了平时穿的衣服，换了一身泛旧的衣服，还带着儿个褡子，戴着一顶破帽子，倒也掩了平时大掌柜的威风。

他老早来到了天桥，远远地看着"铁算子"给人批八字，说得那叫一个口若悬河，念叨了半天。这是最平常不过的事情，可奇怪就奇怪在那个批八字的人身上。这人坐在卦摊前东张西望，既不像有事儿要卜吉凶，也不像给适婚男女合姻缘。临了，那人留下了一个包袱和几个铜板，便离开了。

不多时，便又有一个人来到了卦摊前，这人是测字的，就见他大笔一挥，也不知道在纸上写了什么，不多时那人也离开了，只是手里多了一个包袱。显然，这"铁算子"除了算命卜卦，还有其他的营生。范三稳不动声色，等着"铁算子"收了卦摊，便不远不近地跟着"铁算子"去了菜市场。

到了菜市场"铁算子"直奔卖鸡的摊子，那卖鸡的摊主见了"铁算子"满脸堆笑着拿出了一个大红鸡冠子的公鸡，"铁算子"拎着公鸡就走，一看便知是常客。然后直奔城门而去。出了城门，范三稳依旧是不远不近地跟着，也没走出去多远，就见那"铁算子"一猫腰，可再一看，那人竟然不见了。

虽说是天色渐晚，可也没到伸手不见五指的地步，这一个大活人，还拎着一只雄赳赳的活公鸡，怎的一眼没瞧清就不见了。范三稳上前去查看，可前边一切如常，也没个隐蔽的地方，地上也没有机关陷阱，这人就这么消失不见了。范三稳心道这"铁算子"定是使了什么邪术，于是便回了家，将今天的所见所闻禀告给南宫无量。

到了第二天，范三稳依旧跟在"铁算子"的身后，可还是一猫腰的工夫，那人又不见了。这也是奇了怪了，今个儿的天比昨个儿还要亮些，范三稳眼睛都没眨一下，可这人就又消失了。到了第三天、第四天，直至第五天，依旧如此，只是每一次"铁算子"消失的地点都不一样。

到了第六天的时候，范三稳叫上了阿全，阿全可是四九城里有名的小梁龙，跟踪个人什么的，定是不会错的。可到了城外，"铁算子"一猫腰的工夫，人还是不见了，留下范三稳和阿全面面相觑，这又是哪里来的邪乎事儿？

阿全最为恼火，想他堂堂的小梁龙，跟个人居然跟丢了，真丢不起这个人。"这人难不成会遁地术？"范三稳却说："遁地术倒不至于，他没有那个本事，但既然你都跟不上，说明这事儿透着古怪。"

到底怎么古怪，就要从几年前说起了。城外本就有一片乱葬岗。那几年城里边闹得凶，朝廷出兵镇压，天天都有一车车的人被拉到菜市口砍头。一刀下去，身首异处，临了也没人敢去给这些人收尸，最后这些尸体便被拉到了城外的乱葬岗，草草掩埋。杀的人多，那些官差本就不爱干这样的脏活，就更为懈怠。那土坑挖得也不够大，封土也填得薄。到了夜里，便有野狗野猫出没啃食尸体，时间长了，那地方自是臭气熏天，常人不敢靠近。

就这样经年之后，便传说一日，有一个戴着瓜皮帽的小孩子时常出现，可到了天亮，那小孩子便钻进一个坟包里。这事儿叫一个批殃榜的道士看到了，便说那小孩子是个小黄皮子，所以郊外有座黄皮子坟的事儿被传得神乎其神。甚至有人说，那小黄皮子到了晚上便要迷惑那赶夜路的人，饮其精血，方才成了人形，只是还未能开口说话，一旦开口说话，那便再难被降伏。这本是传说，可真有道士、和尚去那郊外降妖，结果弄了个在乱葬岗中转了一夜的圈，口吐白沫的下场。打那儿以后，那片乱葬岗便很少有人敢去。

范三稳说了黄皮子坟的事儿，阿全却想到了另外一桩旧案。四九城外到处是坟地，有公主的，有王爷的，还有达官显贵的。那郊外的乱葬岗，之前好像是葬过一个大太监。太监本是无根之人，死后也没有家人来收尸，可那大太监是受了主子恩典的，所以风风光光地被葬到了郊外，不想过了几百年，那里就成了乱葬岗。又因没有后人祭拜，也就连个坟包都找不见了。前些年便有人要找那太监坟，说里边埋藏着一个宝贝，具体是什么宝贝，阿全也不知道。他们只做梁上君子，从不屑做挖绝户坟的事儿。

"难道说那小黄皮子，就是进了那太监的坟？而那'铁算子'与那小黄皮子有勾连，所以才天天带着活鸡去喂养小黄皮子？"范三稳问道。阿全点头，觉得很有可能，不然一天一只活鸡，一不宰杀，二不褪毛，带回家又能有什么用？

于是到了第二天，两人便不再跟踪那"铁算子"，改成了守株待兔。两人埋伏在乱葬岗附近，只等着那"铁算子"上门。可还真让两人猜对了。待到第二天天刚擦黑的时候，就见远远一团雾气飘来，两人背脊一凉，不多时就见那雾中走出了"铁算子"，而他身边还跟着一个戴着瓜皮帽的小孩子，长得尖嘴小眼，还真真的像个小黄皮子。接着两人拎着活鸡便来到了一个不起眼的坟包前，两人一猫腰，便又不见了。

此时范三稳虽表面淡定，可腿也有些哆嗦，阿全直接起了一身鸡皮疙瘩。这两人都是见过大场面的，可此等邪乎事儿，谁看了都要生出白毛汗。"那'铁算子'，原来是个老黄皮子。难怪见天地不见他吃喝，只一天拎走一只活鸡。"阿全说道。

范三稳摇了摇头："这事儿太邪性了。要不我俩上前查看一番。"此时天已大黑，两人可也胆大，直接摸到了那坟包前，两人上下查看，就是没看出个端倪来，只觉得脖子一凉，待回了家后，便发起了高热。南宫无量给两人请了大夫，那大夫也瞧不出个子丑寅卯来，只道两人是中了邪了。

南宫无量倒是不觉得两人是中了邪，只道你两人好了之后，只管打听打听，这四九城哪个地方有请家仙的。再去看看，那些人是否与"铁算子"有所勾连。两人并不知南宫无量是何意。南宫无量却说："我猜想你们两个不是中了邪，而是中了毒。只怕那'铁算子'和那小黄皮子都使了障眼法，又引得你们去了那坟包前，最后让你们中了毒。"说完便拿出两颗药丸，给两人服下。那药丸入口便有冰凉的清幽之气，两人第二天就恢复如常了。

范三稳在四九城里打听，最近可有什么关于仙家的事儿。很快就得了信，城南还真有个叫万宝斋的铺子，据说这铺子里供着一个保家仙，那保家仙不会瞧病，也不会驱邪，专门会鉴宝。不论是古董字画，还是翡翠瓷器，是样样精通，自称比那"水心斋"还要专业。

之前范三稳倒是听说过这万宝斋，却也没当回事儿，因为古董门里没这一号人，说明这万宝斋并非四九城里的老人儿开的店，想必也是些坑蒙拐骗的铺子。这样的店多了去了，所以他也没太在意。今个儿倒是头一回听说，那店里还供奉着保家仙。

既然东家让他查，范三稳便一查到底，发现那两个常去"铁算子"卦摊的人，其中一个，便是万宝斋的伙计。那伙计每每是空手而去，却带着一个包袱而归。那伙计回了万宝斋便直奔里屋。老古董铺子，很多都是前边是店面，后边是库房。有老熟人要看大货，也皆是请到库房里相看。那包袱里，定是大货。

范三稳压了压帽子，便进了那万宝斋。今天范三稳又是穿了一件半新不旧的衣服，再加上他故意低着头，估摸着也没人能认得出来他来。他进了铺子，便打量了一下，只见那铺子里还坐着一个抽烟袋的老太。那老太手里的烟袋就是宝贝，单那翡翠烟嘴，就已经价值不菲了。而那老太的身边，便是个老家堂，正是供奉保家仙的地方。那老家堂上供奉的是一个黄皮子的雕像。那黄皮子如人一般，穿着长袍马褂，立于山丘之上，且目露凶光，看着好不吓人。

范三稳今天也是有备而来。他从衣服里掏出了一把扇子，便问掌柜的："这东西可能收？"这邵弥的书画扇子，虽没有唐伯虎的值钱，但也不逊色，按现在的行情，怎么也得值十块银圆。若放在盛世，只怕两根金条也不换。范三稳这是投石问路，一探这家仙是不是真如传说的那么神奇，二来是看看这万宝斋的水有多深。

那掌柜的接过扇子，看也没看，便放到了香案上。一看便知这掌柜的不是个内行。这也是怪事儿一件，古董铺子的大掌柜的不是个内行人，而且不认识他范三稳。虽说此时范三稳换了行头，可若是有心人自然认得。且这掌柜的长得流里流气的，不但不像个大掌柜的，倒像是个莽夫。

那老太也没磨叽，放下烟袋便开始点香。一般点香有三观，先观火，后观烟，再观香灰，青烟袅袅自然就是吉兆。出马香也有许多的说法，主香代表着什么，左右两香又分别代表着什么。

正经的出马仙，仙儿没上身，单看香就已经能断定不少的事情。眼前这老太却是点了香，看也不看，一屁股坐在了蒲团之上，身体抖擞着，哼哼唧唧，如同家仙上了身，可一看就有表演的成分。总之与正经的出马仙套路完全不一样。

不多时，那老太嘴里念念有词："上拜神来下拜仙，东西南北宝气来，若问家仙是何物，宝贝值银钱二块。"说罢，那掌柜的便拿出了两块银圆放到桌子上："大仙说了，你这东西值两块钱。咱这银货两清。"

范三稳没有收那钱，只上前去想要将扇子取回。可那掌柜的立马变了脸色。"哎哟呵，你这上了香堂的东西还要往回收，你这是对仙家的大不敬。"说罢便有几个粗壮的汉子，穿着也十分古怪，从后边的库房跑了进来，凶神恶煞般。

范三稳向后退了一步，说道："这扇子最少值十块钱，两块我不卖。"这扇子现今的行情是十块银圆算是公道的价格，若遇到喜欢的，兴许就卖得高些，也有老行家压价儿，最少也要八块出。就算是收，一般的古董铺子，只要懂行的也不会给两块这么低。"

"这扇子仙家说了值两块，就是两块。你要十块，那仙家可是要不高兴的。若你再这么胡搅蛮缠，惹得仙家生气了，他老人家的子子孙孙遍地都有。"掌柜的冷哼一声说道。言外之意，你要不知足，小心被黄皮子报复。

范三稳也是见过世面的，怎会被几个大汉吓唬到。他一拍桌子道："你在这四九城里，还敢强买强卖不成？"就见那老太一翻白眼，便倒在了地上，嘴里还是念念有词："道是世上遍地是恶人，今天恶人把我来缠，若是本仙不显灵，只怕恶人要翻天。"

那几个大汉冲了上去，拎起范三稳便往外边走，直接将范三稳和那两块银圆扔到了门外，将人摔了个仰八叉，摔得范三稳头晕眼花，好半天才缓过劲儿。范三稳捡起那两块银圆，灰溜溜地回了"水心斋"。范三稳行事老练，一辈子没出过大错，这次算是吃了大亏，那也是他大意了，没想到在四九城的古玩界，还有人敢直接将他范三稳扔到大街上去。得亏他换了衣服，这要是让同行知道了，是要笑掉大牙的。

范三稳吃了大亏，回到"水心斋"便大倒苦水："这哪里是古董铺子，简直就是仙人跳，根本不讲理，咱四九城的古玩界里可没有这号人。"南宫无量让阿全给范三稳沏茶，压压惊。他听说过那万宝斋与正经的铺子不一样，却也没想到如此霸道蛮横。在这四九城里，敢如此做买卖的，只怕背后的人一定大有来头。

阿全沏了茶后便说了一句："东家，我晚上请个假，出去转转。"范三稳和南宫无量皆明白，阿全晚上只怕是要去会会那仙家。南宫无量道："你小心着点儿。"范三稳拱手说道："辛苦阿全兄弟了。"

晚上，阿全换了一身夜行衣，飞檐走壁，直接上了房梁。他是小梁龙，功夫自是不一般，这一去便是一天一夜，直到第二天晚上，方才跳回到了院子中。阿全一身的疲惫，洗了把脸说道："昨个儿我就等在那万宝斋里，倒是没什么情况，直到天快亮的时候，方才见了一个小孩儿进了那香堂之下。这一天里倒是有几个人来过，皆是那小孩儿在香堂下动着帘子做暗号，那装仙弄鬼的老太太，方才说出了货的价格。您猜猜那小孩儿是谁？"

南宫无量立刻明了："定是那日你与范掌柜的在乱葬岗见的那个。"

阿全一拍大腿："正是那长得跟小黄皮子似的小孩儿。这倒是对上了，看来相宝的是那小孩儿。难不成这小黄皮子真会鉴宝？今个儿我还瞧见一万宝斋的伙计，抱着一个包袱回来，应该就是从'铁算子'那拿来的。里边放的是一个佛像。虽然不大，却是石雕的，一看就是从石壁上抠下来的。"

这一下算是对上号了，"铁算子"、长得像黄皮子的小孩儿、万宝斋里的保家仙，原来都是一伙的。还有那包袱里的东西，想必都是些文物，还都是偷盗而来。这些年世道乱，许多石雕、石刻都被人偷走了。为了好销赃，多半是分成小件儿，最后运到国外再重新拼组。难道这万宝斋还干这样的营生？如果是这样的话，那他就得管上一管了。

第六章　林家

南宫无量听了阿全的话，心中自有一番计较。第二天便拜访了几个古董行的老前辈，将这事儿说了说，倒也没说范三稳的事儿，只说万宝斋这样行事，只怕要坏了四九城古董界的行规。这经商有商会，唱戏的有梨园，古董铺也是自有一套规矩，没规矩不成方圆。

可那几个老前辈说，早也听说了那万宝斋的事儿，只是那万宝斋自称是替仙家寻找遗失的宝贝。这是仙家的事儿，跟古董行不搭边，按理说仙家的事儿，本就邪性得很，自然也是少掺和为妙。再则那万宝斋还是有些门路的，据说它用的那铺面，便是政府某个官员的私宅，还是挂在其小老婆名下的，而那小老婆家里就供着老家仙。

南宫无量这才明白，为何万宝斋如此行事，却没有掀起大风浪，原来是背靠大树好乘凉。只是不管是那摆在明面上的家仙，还是香案下的小孩儿，就连那铺面的所有人，保不齐都是个幌子。古董界的水深似海，越是时局乱，水就越深。现在每个省都设有关卡，雁过拔毛，你若没些门路，有些东西送不进来，有些货也走不出去。单靠着四九城内的人，可养不起这么些家的新旧铺子。

不过既然老前辈都这么说了，这事儿南宫无量也不好摆在台面上管。可若要把老祖宗留下的好东西卖给洋人，那他必然不同意。虽说南宫家世代只为保护"蚩尤残卷",可所有中华的宝贝,都没有眼看着流失海外的理儿。于是他让阿全找了几个人,跟着那"铁算子",看看那些东西都是打哪儿弄来的,若是发现了,直接将东西截获下来即可,做得神不知鬼不觉。

到了年底,小拍行也有几个藏品的拍卖,许多好东西,就等着这最后的拍卖,俗称"放大招"。南宫无量也是联系了几个藏家。小拍行做到了今天,靠的就是老主道。可清早儿,便有人敲了云板,秦府的老爷子过世了。

南宫无量收了丧帖,心道这秦老爷子前几天还见着了,在河沿上遛鸟,怎么两三天的工夫,就没了。来的是下人,只管跑腿,自然是不好多问。南宫无量便让范三稳去打听打听,这秦家老爷子是如何没的,可是得了急病。

秦家本是官宦之家,后来改朝换代,便也没落了。主要原因是儿女不成器,吃喝嫖赌,但凡正经事皆不沾边,但凡无用的,是样样精通。捧戏子、抽大烟、逛窑子,好在秦老爷子还在,所以家里还存着一些老物件,年底的小拍会便有秦家老爷子珍藏的斗彩瓶。若不是家道中落,支应不起家用,连年关都难过,谁会舍得在这个时候卖了斗彩瓶?

范三稳很快就打听到,那秦老爷子是暴毙而亡,据说死得很是凄惨,双眼圆睁,口吐鲜血而亡。那是被不成器的儿子活活气死的。事情的来由是这样的,秦府虽挂着府字,可早已外强中干,只是勉强维持着。那斗彩瓶,算是秦家最后的体面。可眼下年关难过,儿子又欠了一屁股的债,只怕不将它换了银圆,再过几天,债主就能把家里的房檐给掀了。

秦老爷子等着用这斗彩瓶渡过难关,那不成器的儿子却偷拿着那斗彩瓶去斗宝。结果斗输了，瓶子输给了万宝斋。秦老爷子得知此事后，便气得吐血而亡，死不瞑目。南宫无量一听，也只能无奈地摇头，像这样家破人亡的事情他见得多了。只是这万宝斋居然也弄起了斗宝的事，这他得好好打听一下。他亲自去秦家吊唁，为的是全了秦老爷子的情面。然后便让范三稳又去打听了斗宝的事儿。

斗宝在古玩行也是常见的事。喜欢收藏什么就斗什么，形同于赌博，规矩也都差不多。斗什么的都有，有斗古钱的，也有斗玉、斗字画的。拿着几个藏品上场，将自己要拿出来斗的东西用红布盖上，到时候掀开红布，谁家的东西最值钱、谁家的宝贝最出彩便是赢家，赢家可任意挑选一个输家的藏品当彩头。

斗宝一看运气，二看判断力。规矩是你带去的藏品，一样只能拿出来斗一次，以免谁有个国宝级的东西，大吃四方。这一场，你若是拿出了大宝贝，可别人拿的都是不值钱的小东西，你即便是赢了，那也得不到多少好处。可若你拿出个大宝贝，其他人拿出的也皆是同等规格的东西，那便有了斗的趣味。大家你一言我一语，最后再由主办方请来的鉴宝行家拍板，定出个头彩来。这样赢上一局，自然是收获颇丰。所以这斗宝，也要靠头脑分析。

秦家公子斗宝，就把那斗彩瓶放到了最后，本想着赢个大宝贝回家，到时候秦家老爷子也不会再絮叨他无能了，还能还上债，更能上那烟馆当上几天的活神仙。可不想被万宝斋带去的定窑瓷瓶给拔了头彩，最后自家的斗彩瓶还被万宝斋收了去。

原说这定窑瓷瓶也是个好东西，可那瓷瓶有些存疑，但请的两位行家皆称是好东西，这才成了头彩。若说那定窑瓷瓶是真的，那秦家公子输得不冤枉；可若不是，那事情可就是另外一个样子了。想来那秦公子虽不学无术，可也不会是个傻子，带着东西去斗宝，自然是打听好了各家都带了什么东西，若没有几分把握，他怎会出手？

范三稳又说道："说来那万宝斋也是十分古怪，斗宝之前，便让那神婆上香，自然是哼哼唧唧，说是保家仙上了身，每一局那仙家说押什么东西，便押什么东西，最后赢了个盆满钵满，还真真是个怪事儿。"

"那斗宝的局是谁攒的？"南宫无量问道。范三稳回道："林家，据说是林家攒的，请的可是古董行里的齐老和魏老给掌眼鉴宝。"

林家可不是古董行里的老人，算是新贵，也就是近几年才兴盛起来的。林家在关外有买卖，青岛和营口，说是倒卖洋货的，也不知道为何就进了古董行。齐老和魏老与林家早有勾连。那两位爷倒是老四九城的人，也是古董界的前辈，只是不知道为何总是为林家跑前跑后的，想必是有着些不为人知的利益纠葛。

"看来，那万宝斋与林家也有关系。原本也是，他们弄来的那东西，一没出手，二没放到铺子里卖。倒是林家有这门路，能将东西卖给洋人。"南宫无量早也猜出，这万宝斋定是与四九城的古董界里有勾连，否则一没有销售渠道，二无法站稳脚跟。之前他去拜访的几位前辈，林家应该也去拜会过，所以才三缄其口，对万宝斋的小人行径睁一只眼闭一只眼的。

没过几天，一波未平，一波又起。秦家再次敲了云板，送来了丧帖，这次死的却是秦家公子。原来那秦家老爷被气死后，秦家公子越想就越不对劲儿，那日万宝斋的定窑瓷瓶明明就是个赝品，怎么就赢走了他家那宝贝斗彩瓶，这分明是欺负他老实。于是他先找到了万宝斋，那万宝斋自是称头彩是古董界里的前辈定的，秦公子事后来闹那便是一没赌品，二不厚道，三又得罪了仙家。

那秦公子在万宝斋吃了瘪，自然又去了林、齐、魏三家闹了一番，结果，也被人家一顿排挤、嘲笑，周围的人都在说他不学无术，气死亲爹，不孝在先，又来胡搅蛮缠，坏了古董界的老规矩，不仁不义在后。秦公子被骂得体无完肤，无力反驳，只憋出一句话来，那定窑瓷瓶是赝品，他要林家出面，让万宝斋再拿那定窑瓷瓶出来，让"水心斋"的南宫无量给掌眼。

林家本不想搭理此人，可怎奈看热闹的人多，就有那不嫌事儿大的。再则烂船还有三斤钉，秦家也有亲戚想找个说法，若是那定窑瓷瓶是赝品，那万宝斋不只要归还那斗彩瓶，林家和齐、魏两人，还得抵偿秦老爷子的一条人命。林家无奈，便说会找万宝斋协商，但万宝斋拿的是真东西，他们也不怕再当面鉴宝，也免得有人诋毁了林家和万宝斋的声誉。

可不想，秦家公子回家后，家里便出了邪乎事儿。夜里便来了群黄皮子，追着秦公子咬，直咬得秦公子四处乱窜。秦老太爷刚刚没了，树倒猢狲散，那秦府的宅子只怕很快也要被人收走。所以走的走，逃的逃，只留下老弱病残，谁都不是那些黄皮子的对手。秦家公子被那些黄皮子追得紧了，一个不留神就摔了个头破血流。他原本就被酒色财气掏空了身体，这一摔又没钱瞧病，第二天人就没了。

秦府几天之内两次办丧，秦家算是彻底地没落了，众人唏嘘不已，却没有再提那定窑瓷瓶和秦家斗彩瓶的事儿。街头巷尾，皆传的是那万宝斋里的仙家大有本事，定是那郊外的黄皮子坟里的仙家出了山，想要寻回的便是当年给了黄皮子气运，方才助其成仙的大太监坟里的宝贝。这常人自是得罪不起的。传得神乎其神，风头都盖过了十年前那灯影化妖的悬案。

过了几天，那秦家的斗彩瓶便出现在林家的外宅之中，这自然是阿全查出来的。同时阿全又偷偷地将万宝斋库房里那定窑瓷瓶偷了出来，不用南宫无量出面，范三稳就待在外边不远处的马车里，东西到手，范三稳上手这么一看，便知道是十足的赝品。阿全趁人不注意，又将那定窑瓷瓶放回了万宝斋的库房之中，神不知鬼不觉。

两人回去后，将结果跟南宫无量一说。南宫无量一拍桌子，道："欺人太甚，可惜了那秦家老爷子，一生爱国爱民，结果落了个被人做局，活活逼死的下场。"古董界的水深，可那定窑瓷瓶总能有几个人看出端倪，但当时斗宝的，居然没有一人为秦家说话。只能说明，当时参与斗宝的，多半是林家找来的托儿，他们弄了一个局，为的就是秦家那斗彩瓶。其余的人，即便不是托儿，在古董界里也人微言轻，自然也不敢得罪林家人，这便弄得秦家家破人亡，人财两空，真真的丧尽天良。

秦家的东西被债主们拿的拿，抢的抢，连宅子也被收走了。秦公子的老婆也跑了，只留下秦家小孙子，不满三个月，好在还有个忠心的老家仆，一老一少，大冬天的只得乞讨为生，南宫无量让人将这一老一少送出四九城，又派人定期送些银钱，照顾一二，好歹也给秦老爷子留个后。南宫无量让阿全再跑一次，去林家盗取那斗彩瓶。

阿全高来高去，几天后就将事儿给办成了。那斗彩瓶自然是进了小拍行的库房，只等着秦家的小孙子长大成人，再完璧归赵，权当是看在秦老爷子的分上。却不想，南宫家与林家就此结下了梁子，直到百年后，依旧水火不容。秦家小孙子长大后去了东北，走的时候将那斗彩瓶换了盘尼西林，说是去投奔了游击队，也算是一番壮举，不枉费南宫无量的一番好心，这些都是后话。

又过了几天，林家运往青岛的货被人劫了，两伙人大动干戈，最后劫匪仓皇而逃，却带走了林家的三箱货，里边皆是从西北运来的石刻佛头。林家四处查找，也未能找出是谁劫了林家的东西，这事儿最后不了了之。

眼看着就要过年了，南宫无量刚好收到了关外的来信。南宫家在东北也有根基，是旁支，这一带的话事人是南宫衍，那劫下了林家三箱货的自然也是南宫衍安排的人，这样任谁也找不到"水心斋"的头上，可老祖宗留下来的宝贝，是绝对不能流失海外的。南宫家虽势单力薄，可也能尽力而为。

过了腊月二十三，祭了灶王爷，这年味也就"噌"的一下子蹿上来了，什么艾窝窝、枣泥酥、萨其马、驴打滚，南货铺子、稻香村里的京八大件果匣子，都比素常好卖。四九城府的胡同大街，人是没有闲着的，各家各户都在准备着年下的东西。

南宫无量却依旧不敢懈怠，想着林家大费周章做了个局，得了秦家的斗彩瓶，一定是有什么原因。这世上没有无缘无故的事儿，秦家的斗彩瓶再好，也犯不上林家人下这么大的力气。四九城说大不大，说小不小，秦家的事儿很快也传遍了。这一来，外人虽不知其底细，古董界的人不愿得罪林家，可也多少知道些林家的手段。

正当南宫无量掂量让范三稳张罗着给相熟的各家买卖铺户和主顾家送年礼，给伙计们做件新衣服的时候，四九城的古董行里就又出了一件大事——柳四爷家的宝瓶子要拿出来让大家掌眼了。

要说这柳四爷是谁，那是梨园里的老人儿，唱的是反串青衣，虽没唱出来太大的名气，可因为打小儿爹妈给的男生女相，再加上后来做科时的训练，当年也曾火遍大江南北，算是赖龙当年捧过的角儿。

据说若不是欧阳家的三爷，曾经有恩于柳四爷，柳四爷也不会委身于欧阳府中。欧阳三爷不是长子，却是文采了得，冬天跑去香山给柳四爷折梅花，结果回来就闹了风寒，天妒英才，四十不到人就这样没了。欧阳三爷走后，柳四爷就被撵出了欧阳家，好在欧阳三爷临走前留了后手，给柳四爷置办了房产，这才让柳四爷有了栖身之地。

再说那柳四爷家的宝瓶子，还真是个新奇的玩意儿，这古董界里什么样的瓶子没有，玉的、瓷的、琉璃的、水晶的，却唯有一个铁瓶子最珍贵。那瓶子是寒铁所铸造，也不知道为何所铸。铁本爱氧化，没有铜留世久，可这寒铁的瓶子留传了不知多少年。这铁瓶子是柳四爷唱戏的时候偶然所得，本也没当个宝贝，可赖龙说那是个宝贝。自是有人听过那铁瓶子，却没几个人瞧见过，不过赖龙说是个宝贝，那就指定是个宝贝。

这宝贝也分很多种。

一种就是本身稀有或是价值不菲的，比如和氏璧；二是可以间接带来巨大的价值，这寒铁瓶子应该就是第二种。憋宝人憋的宝贝，多半是第二种。就像之前说的那雪狼丹，那狼丹就是个宝贝，也有传食了那狼丹能延年益寿，先不说其药用，毕竟是有灵气的宝贝，自然有着神奇的功效。就说那食了狼丹的雪狼，便会长出一对慧眼，能在雪山之巅找出那千年雪莲。若人杀了那雪狼，食了那双狼眼，便也能得其慧眼。

一株千年雪莲已是难得，可相比于一株雪莲，能得到这种识宝的能力便如同获得了万金。且若能在千里冰封的冰寒之地挖到千年雪莲，还就得一张雪狼皮，方才能御寒。所以这雪狼，便是憋宝人眼中最难得的憋宝。那铁瓶子自然与那食了狼丹的雪狼一样，否则赖龙也不会说它是个宝贝。

多少年前，南宫无量倒是听赖龙说过那铁瓶子的事儿，说是与关外龙脉有关。南宫无量也收到了邀请函，腊月二十七，柳四爷家里举办茶话会，顺便将那宝瓶子拿出来让大家掌掌眼。

柳四爷倒也是个奇人，腊月二十七是那欧阳三爷的生辰，他找了这么个日子办茶话会，倒是让人猜不出缘由。再则办鉴赏会也就那么几个目的，一来，是为了卖派炫耀，谁家若得了什么新奇的好东西，十分难得，那便是古董界的大事，定要邀请行家来看看，张扬卖弄一下主家的实力。二来，就是得了个东西，却不知其真假，便邀请业界里的行家里手，详细地掌掌眼，看看这东西是宝贝还是赝品。三来，是想将东西出手，便说让行家来掌掌眼，实则是想卖个好价格，谁出价高就给谁。

这柳四爷开茶话会，却请了四九城不少的行家去掌眼，若说是显摆吧，倒也不像，毕竟柳四爷梨园出身，欧阳三爷走后就很少抛头露面，有人戏称柳四爷这是为欧阳三爷"守寡"。可若说是想看看真伪，赖龙都说那东西是个宝贝，那也基本不会打眼。但要说柳三爷想将铁瓶子出手，却也没有人透过话，所以也摸不出其真正的用意。

最近四九城真是怪事儿连连，日子过到年底了，郊外那伙黄皮子倒是闹得凶了，已经咬了许多的人。被咬之人皆会高烧不退，浑浑噩噩，有了三魂没了七魄，据说这些被咬的人，皆与万宝斋有些关系。大多是被万宝斋坑了，却不愿意吃哑巴亏的人。但这些，也没有赖龙突然来访更让南宫无量觉得意外的。

此时外边下着飞雪，皆说瑞雪兆丰年，这雪下得好，可也是几家欢喜几家愁。总有那沿街乞讨的花子乞丐，只怕熬不过今夜的大雪。范三稳撩开棉布帘子，便从外边走进了一身寒气的赖龙，他还穿着一身护裰。这护裰一抖，倒是片雪不沾身，真真是个好东西。赖龙算命是主业，憋宝是副业，鉴定古玩权当是玩儿。而且人也不贪，虽说也收罗了不少的天材地宝，却也没招人嫉恨，更是在圈里有些名声，受人敬仰。

"赖爷您怎么大晚上的来了，可是有什么要事儿？"南宫无量立马起身拱手迎接。心也明镜儿似的，赖龙贪夜而来，只怕是无事不登三宝殿，这事儿还不能是个小事儿，一准是那急上房的大事儿。

赖龙坐在火炕上，从身上解下个酒葫芦。那酒葫芦上边已经出了一层封蜡，自是用了很久的老物件，也是他憋的宝贝。不论多烈的酒倒入这葫芦之中，那酒只留香醇，却不醉人，倒是爱酒之人的福音，也算是一个宝葫芦了。赖龙喝上两口酒，咂巴了一下嘴，便说道："今儿个天是真冷。这还下着雪呢，那明儿个雪停了，只怕能冻死个人。"

南宫无量一听那酒葫芦里的声音，便知已经空了，就让范三稳将刚弄来的女儿红拿来，倒进那宝葫芦里。赖龙一听，倒是眉开眼笑，直道："好小子，知道我好这口儿，算是你会来事儿，要不我也不会把这好事儿告诉你……"

第七章　留仙枕

阿全将酒拿来，赖龙打开蜡封，酒香四溢，一闻酒香，再看酒色，是陈年的女儿红。赖龙眯着眼睛，笑着说道："这酒与我这宝葫芦倒是正好般配，就像你和那云玲珑一般。"

一提起云玲珑，南宫无量便红了耳根，只得岔开话题道："酒本就是准备过年的时候孝敬您的，赶巧您来了，一会儿一起带回去。"赖龙一听，倒是耍起了无赖，道："那可不成，这酒你定是买了不少，今儿你得拿出三坛子孝敬我这宝葫芦，还得配点下酒的点心。南方的桃花酥、蜜饯，东北松子，我不挑，什么都行，最好是样样都有。等过几天，你再去我那儿拜年，再送上几坛子，那才是真正孝敬我的。"

南宫无量也只得认栽，这赖龙算是四九城一宝，活宝的宝。"行，您倒是不糊涂，算得门儿清。那现在倒是说说，有什么好事儿。"

赖龙喝了好酒，便缓缓开口，说起了一桩陈年往事，与那郊外的黄皮子坟有些关联。"说到这事儿，我倒是要说说那东北的仙家。这仙家也分好多种，你家东北有亲戚，应该也知道一些。有出马的，有供保家仙的。据说城外的那太监坟里的太监，世代就供奉保家仙，他家的保家仙便是黄仙儿，也就是咱说的黄皮子……"

东北是大清朝的根基，东北一带一直有很多禁地。宫里的主子和奴才，有不少都是跟着清军入的关，自然也信奉萨满，也有供保家仙的。那大太监在宫里的时候，没少帮主子做些巫蛊之事，据说死的时候，一不是老死，二不是得了疾病，而是因为请仙替主子挡灾祸最后被反噬而死。

本来这样的尸身是要烧毁的，可这尸体一烧，身上的东西就散了，只怕不好处理，只能囚禁于尸身之中，葬于郊外。当时还找了风水先生，寻的就是一囚尸地，却对外称找了块风水宝地。若真是风水宝地，怎会变成了乱葬岗？当时那大太监的尸体被送出宫的时候，就有人见一黄皮子蹿到了棺材上，立于棺材头，一双小豆眼阴恻恻地看着前方，好不吓人，但无人敢惊动。因此，黄皮子也就跟着送丧的队伍进了那太监坟，后来就成了黄皮子坟。

赖龙未说正事儿，倒是旧事重提，说出了郊外黄皮子坟的事儿。南宫无量知道，赖龙绝不会说无用的话，也没多言。心里却嘀咕着，那宫里规矩多，也不兴奴才做巫蛊之事，只怕那关于太监坟的传说未必属实，但那太监坟是囚尸地是无疑的。

赖龙继续说道："最近城里也闹起了黄皮子，都说那些黄皮子就是郊外太监坟里黄皮子的子孙，且越传越凶。我说的这些，你只怕也听说了一些。想必柳四爷的请柬你也收到了，我这大晚上的来，可不是只图你这点儿女儿红，说的便是柳四爷那铁瓶子的事儿……"

原来这铁瓶子出自关外，是个卖参的贩子偶然所得，也不知道中间倒了多少手，只知道是一个抬棒槌的从老林子里挖出来的。那贩子喜欢听戏，就把这铁瓶子当个玩意儿送给了柳四爷。柳四爷最初也没把这东西当回事儿，毕竟铁的东西，即便再好看，也不是古董，更不值几个钱，更何况那东西并不好看。直到赖龙一次去看柳四爷，看到了那瓶子，直说那瓶子是个宝贝。

赖龙说这话的时候是在戏园子的后台，这话就被有心人传了出去，不想还害了一条人命。害得哪一条人命，自是那欧阳三爷的。当初赖龙说那铁瓶子是个宝贝，柳四爷当即就要送给赖龙，其实赖龙还真收下了，而且还带着那铁瓶子去了东北。待回来之后，又将那铁瓶子送还给了柳四爷。一日欧阳三爷亲手给那铁瓶子做了一个木头匣子，原来也是闲着无事，可坏就坏在他这人做事就得往好了做，还找了匠人，在那匣子上镶嵌了几个碧玺宝石。他本是想讨柳四爷欢心，可不想那匣子里的铁瓶子就此被人看到，还被传扬了出去。

"那铁瓶子虽形似瓶子，可原本是把钥匙，是用来开机关锁的。这东西放到平常人的手里自然没任何用途，就跟没了锁的钥匙一样，废物一件。可那铁瓶子是与关外的一个秘密宝藏有关，因此我当年才说这是个宝贝。其实我也带着这东西去了东北，却没找见任何线索，还差一点儿惹上大是非。我憋宝一生，也知道有些事情本就是缘分。老天爷不让我找那东西，我回来后就又将铁瓶子还给了柳四爷，只说让他好好收起来，指不定这东西与他会有些缘分。其实欧阳三爷那年上山折梅，并不是受了风寒，而是被一群黄皮子给追咬了。后来人就浑浑噩噩的，发着高烧，胡言乱语，如同撞邪。欧阳府上是和尚道士、萨满巫医找了一遍，可依旧无力回天，这事儿不好乱说，对外只称欧阳三爷是受了风寒而亡。"赖龙一拍桌子，"一群宵小之辈，还逼着柳四爷在三爷的灵堂上起誓，一辈子供奉三爷的灵位。"

南宫无量这才明白，欧阳家若是真容不下柳四爷，柳四爷怎会好好地在外宅活了这几十年。只是柳四爷此后闭门谢客，倒是与外界再也不联系了。用一个死人将一个活人困住，倒也是那些世族大家干得出来的。

继而南宫无量说道："这么说，三爷之死与黄皮子有关，目的是那铁瓶子？可这些年柳四爷活得好好的，也没有招来什么黄皮子。"赖龙又回道："那是因为欧阳三爷走后，那铁瓶子就不见了，估计是被人偷走了。当时人都顾不上了，谁又会去管一个破瓶子。即便当年是黄皮子咬了欧阳三爷，谁也没往那铁瓶子上面想。直到前些天柳四爷遇到了当年那匠人，那匠人说，当年有人使了银钱，让他画了那铁瓶子的图样。"

南宫无量恍然大悟："这么说，柳四爷是想利用这鉴宝会，引出当年害了三爷的人？"赖龙一拍桌子回道："是了。那是个死心眼儿的主儿，一心想为欧阳三爷报仇，也不知道那欧阳三爷哪里好，短命鬼，还坑害了他一辈子。哎呀，就是个文不通、武不成的纨绔子弟，有什么好的。哎呀，死心眼儿啊！还有，你可知当年是谁拿走了那铁瓶子的图样？"

"可是林家？"南宫无量回道，"只是柳四爷若真想报仇，弄个假瓶子可不行，须得有那真瓶子，方能引来当年之事背后之人。"

赖龙又一拍桌子："就说你小子脑袋好使，打小儿就机灵。这些个事儿都是柳四爷自个儿查出来的，我也去打听了一下，还真是那林家。所以我才来找上你啊。小子，你跟我说实话，那秦家的斗彩瓶，可是让小梁龙给弄去了？"

赖龙的话说到这里，南宫无量还有什么不明白的，只怕那铁瓶子到了谁的手里，需要用那斗彩瓶去换，所以林家才会大费周章地设了个局。要不怎么说林家这事儿做得太绝，以林家的实力，莫说是一个斗彩瓶，十个也拿得出钱来买，可他们偏生要做局，逼得秦家家破人亡。即便是怕那斗彩瓶上了小拍行，落入别人之手，林家以防万一，可也不能如此行事。

　　不过这事儿也说明了，虽然阿全的事情已经过去经年，可四九城的人还没忘了小梁龙，阿全只露了一面儿，这赖龙便找上门来了。看来他得让阿全去其他地方躲避一下，以免节外生枝。

　　南宫无量不答已是最好的回答，赖龙也不是个刨根问底的人，他继续说道："那瓶子放在你手里，只怕是烫手的山芋，不如给了我，我拿去换回铁瓶子。想来林家的人也只当那瓶子是我偷的。待事成之后，那铁瓶子我再还你，就当抵了秦家的斗彩瓶。而且那东西兴许你以后用得着，它跟你家一直在找的东西有关。"

　　赖龙点到为止，言外之意，那铁瓶子与"蚩尤残卷"有关。若是如此，还真是件好事儿。赖龙说完话便穿上护被，拎着点心和女儿红回了家。倒是没急着要那斗彩瓶，是想让南宫无量再考虑一下。

　　南宫无量打开库房，看了看那秦家的斗彩瓶。明成化的盘龙斗彩瓶，本应该是一对，但秦家只有一只，若是一对，只怕那宋代的定窑瓷瓶也不抵其之二三的价格，前提是真瓶子，而非赝品。他从库房里找到了一个品相和市价都高于那瓶子的斗彩瓶，算是换下了秦家的那只，等到秦家后人长大后，再将事情原委告知一二，以瓶换瓶，便也没什么可难的。他就是在想，是谁能在欧阳家拿了那铁瓶子，且还有另外一只斗彩瓶。若不是有另外一只，也不会非得秦家那只才能换了。

　　收好了那瓶子，南宫无量让阿全换了夜行衣，将瓶子送到赖龙的府上，然后让阿全也别耽搁，连夜带着他的信件去川渝的铺子里等他。四九城是非之地，阿全已经多次露面，自然是不能再留了。

　　到了腊月二十七，铺子里的大事儿小事儿都交代得差不多了。小拍行的拍卖是二十八的晚上，往年倒也不用这么晚，实在是今年的事儿太多，且秦家还出了那档子事儿。下午南宫无量和范三稳带着礼品便赶着车来到了柳家。

柳家并没什么年味儿，连窗户上的尘土都没扫，几个古董圈子里的老人坐在一起喝茶吃着瓜子，说的都是黄皮子坟的事儿。"我跟你们说，那郊外的太监坟里根本没有什么太监，据说里边是前朝的遗物，本是埋在宫里地下的，后来被人挖了出来，不敢动，就直接弄到郊外去了。就连孙殿英都不敢动，你们就想啊，那得是什么东西。""哎哟，还有这事儿？不过我倒是听说，那坟早就被人盗过了，偷走了里边的东西，所以城里才闹黄皮子。"

南宫无量听着，却不见赖龙，也不见柳四爷。年底了，家家都有事儿，大家等了半天，也没见主家出面，更不见那铁瓶子，便去问下人。那下人只道，柳四爷在换衣服，很快就带着瓶子出来了。林家的姗姗来迟，这次来的是林家的大掌柜的，姓吴，叫吴有树，大家都称吴大掌柜的。

吴大掌柜的来了之后，柳四爷和赖龙方才露面。柳四爷穿着简朴的棉大褂，面容清瘦，手上挂着一串佛珠，手里则捧着一个木头匣子，想必就是当年欧阳三爷亲手所制的，上边做了掐丝，还镶嵌了八宝，一看就知十分上心。那柳四爷虽上了年纪，可也保养得不错，还看得出当年的风采，却似云中缥缈之人，不带半分的人气，倒是带着一丝的仙气。特别是他那一双杏眼，只有看到吴大掌柜的时才有了一些波澜，其他人等，在其眼中，可有可无。

再观那吴大掌柜的，看到柳四爷手中的木头匣子便瞪大了双眼，虽没有多言，可眼睛没从那木头匣子上挪开半分。柳四爷将那木头匣子放到了八仙桌上，将其打开，露出了里边的寒铁瓶子。

南宫无量也是第一次见那寒铁瓶子，通体乌黑，巴掌大，上边有些简单的花纹，也没观赏价值，也就是个玩意儿。可这东西真的不简单，在油灯之下依旧泛着黑光，不见锈迹。说是寒铁，可也像乌金。

"这东西老夫也是第一次见，说不上是什么宝贝，也看不出是什么物件，不知能否上手？"说话的也是一个古董铺子的掌柜的。柳四爷点了点头，那人将铁瓶子拿到手中掂量了一下又道："若按重量，也说不明白是不是内有乾坤，可是这东西入手的感觉，却不像是铁的，更不像是铜的，似铁非铁，似金非金，哎呀，这可有些意思了。"

接着又有几人上了手，还真是似铁非铁，似金非金。大家众说纷纭，却也没说明白这是个什么物件。吴大掌柜的也上了手，却摇了摇头，说自己才疏学浅，说完便退到了一边。表面上十分平静，目光却依旧落在那铁瓶子上，直到离开柳家。

众人看了宝贝，虽没说出个子丑寅卯来，可也没白来。柳四爷给所有人都准备了年礼，大家吃了点心品了茗，东家长、西家短的也说了不少的新鲜事儿，大家也权当是小聚了。至于那铁瓶子，大家心里也知道值不了几个钱，还没有今天柳四爷待客的茶叶点心贵呢，可也不好驳了柳四爷的面子，说了些恭维的话，只说是宝瓶。

众人离开了柳家，一些人便开始嘀咕起来："原来就这么个破瓶子，早知我就不来了，好在这礼还不错，否则岂不瞎耽误了工夫。"说话的那人离开了柳家，脸就拉得老长，可见心里老大的不乐意。

"可不是吗，就这么一个破瓶子，我还以为是这柳四爷要拿欧阳三爷留下的宝贝卖呢。"七贤阁掌柜的也说道。

钱爷以前是皇亲，虽现在没落了，却是古玩鉴定的高手，他说道："你们有所不知，柳四爷离开欧阳家的时候，东西可是里里外外被翻了三遍，一点儿值钱的东西都没带出来。三爷当年藏的好些个好东西，都让大爷的儿子败得差不多了。不过我倒是听说，这铁瓶子与那太监坟有关，我是因为好奇才来看上一看的，不过如此，就是不知那铁瓶子是不是实心的，没准儿里边还藏着别的宝贝。"

南宫无量从旁听着，却感觉身边什么东西一闪而过。他猛地回头，就感觉四周寒气聚拢，心道不好，便说道："您几位先回，我刚才茶吃得多了，得找个地方放放水。"说罢一拱手，便往柳家而去。范三稳自是紧跟其后。

天色已晚，天上倒是没有一丁点儿的月牙。一阵寒风吹过，南宫无量和范三稳停下了脚步，就见柳家大门已敞开。那逼仄的小院内，竟然有无数双眼睛，正发着幽幽绿光，看着好不瘆人，是一院子的黄皮子。

南宫无量被堵在了门外，就见赖龙穿着护被站在房门前。南宫无量问道："赖爷，您可还好？"赖龙冷哼一声："我这一身老骨头无妨，只是柳四爷受了些惊吓。小子，这里与你无关，我还没死，看谁敢进了这屋子。"说罢又仰头对着那空中喊道："你们来得可倒快，是英雄的就滚出来，不要躲在一群畜生的后边，装神弄鬼，你们当我赖龙是吃素的，不知道你们这些年干的勾当。"赖龙虽有霸气，可毕竟上了年纪，只怕也震慑不住这一院子的小黄皮子。

南宫无量纵身一跃，便跳到了屋门前，与赖龙齐肩站着，看着那一院子里的黄皮子。赖龙哀叹一声："小子，你不该回来蹚这个浑水。"南宫无量却道："只怕此时走已然来不及了。"赖龙是他的长辈，那铁瓶子还关系到"蚩尤残卷"，不论从哪方面说，南宫无量都不得不蹚这浑水。

此时一团黑雾由远而近，不多时便见屋檐之上立有两人，一个手拿着烟袋锅的老太，另有一个戴着瓜皮小帽、尖嘴小眼的小孩儿，正是万宝斋的神婆和小黄皮子。"只怕今天谁也走不了了。"那老太说道，说罢盘腿坐在屋檐之上，那小黄皮子蹲在一旁，眼睛里闪出幽幽的红光。红眼不比那绿眼，话说已经修炼到了一定的级别，若这小孩儿真是得了道却还没完全修成人样的黄皮子，倒也法力无边了。

这时柳四爷推门而出，身上多了一件白色的银鼠毛的披风，未曾说话，先是猛咳了几声："来得正好，我倒要问问，当年三爷之死，可与你们有关？"一声说完，又是猛咳了几下。可见人不只是受了惊吓，下午的时候定是用参汤、药丸吊着，方才应付了那许久。想来柳四爷这是不太好，所以才急着引这些人现身，可此时来的只有黄皮子和万宝斋的人，林家的人只探听了消息，却是没露过头儿。

"你怎么出来了，回屋去，这里有我呢。"赖龙说话间就将人往屋子里推，可那柳四爷看着弱不禁风，一个闪身却又回到了房前，一双眼睛要比下午的时候有神得多，只一动不动地盯着对面房上的老太，只等她的答复。

"谁叫他不识时务，早把那铁瓶子交出来不就好了。还有赖龙，当年你将那铁瓶子藏了起来，可叫我们好找，今天这笔账，仙家也要跟你算上一算。那铁瓶子本就是仙家遗落的东西，你们非拦着不给，便是与仙家作对。再有你南宫无量，仙家本与"水心斋"桥是桥路是路，你非让小梁龙跑到万宝斋去兴风作浪，你以为神不知鬼不觉，要知道仙家可是有法眼，这天底下的事儿，就没有能逃过他老人家的。今天你们若识时务，便将那铁瓶子交出来，否则仙家的法宝留仙枕在此，让你们尝尝仙家的厉害。"说罢，不知从哪里掏出一只瓷枕，放到了腿上，便开始摇头晃脑，念念有词。

柳四爷回头瞪了赖龙一眼，那赖龙嘿嘿一笑，只道："这事儿我事后再跟你解释。"柳四爷也冷声道："那我等着你给我个交代。"说罢又看向那老太说道："老神棍，你有什么手段便放马过来，今儿个不是你死就是我亡，我得替三爷讨回公道。"说罢从袖中飞出一桃核大的东西，直奔着那老太而去。

可那东西还没等近老太的身，就被那小黄皮子给打了下来。那东西落了地，南宫无量方才看清，居然是柳叶飞刀。不想这柳四爷也是有些本事的，还会使暗器。柳四爷一击不成，一抖衣袖，又是两把柳叶飞刀飞出，但皆被小黄皮子截下。

第八章　我的祖辈庞铁山

那老太一拍留仙枕，喊道："黄子黄孙们，给我上，弄死这些东西，食了他们的心肝脾肺，看看谁还敢再拦着仙家寻回自个儿的东西。"说罢手一挥，那小黄皮子便蹿上了另一个房梁，嘴里还发出奇怪的声音，接着院子里的黄皮子就如同发了疯般，向着几人一拥而上。

南宫无量掏出了云玲珑给的文明杖，让范三稳先躲起来，黄皮子是来一只，他便打一只。范三稳虽躲在后边，可也没进屋子，黄皮子无孔不入，进了屋也未必安全。他找了一根烧火棍防身。赖龙那身护被既可防身，也是武器，只是他还要支应着柳四爷，不过也还能应付得来。那柳四爷看似文弱，可身手也不凡，毕竟唱戏的，大多有些功底，这柳四爷也五十多岁了，可动作轻盈，应该也是练过软功轻功的。

黄皮子龇牙咧嘴，爪子锋利无比，扑上了便是用力撕咬。几番攻击之下，一只黄皮子找到空当，直接咬住了范三稳的脖子。范三稳丢下了手中的烧火棍，两手往下拽那黄皮子，可那黄皮子越咬越狠，直把范三稳咬得喉咙漏风，鲜血喷溅，血湿了半片衣领。好在南宫无量一手将那黄皮子拍飞了出去。范三稳脖子上的伤口却是血流如注，两只手也按不住，人眼见着就要没了意识。

赖龙和柳四爷护在两人身前，借着房前的风灯，南宫无量看到，范三稳的伤口红里透黑，他大喊一声："那些黄皮子有毒。"好在他身上备着药丸，他掰开范三稳的嘴，塞了一粒进去，又用手帕倒上药粉，让范三稳按住伤口。赖龙和柳四爷也应接不暇，还得跟那些黄皮子斗一斗。

三人见范三稳伤得不轻，也发了狠。柳四爷一抖衣袖，这次这柳叶飞刀正好打中了那老太的肩膀。那老太吃痛，哼哼唧唧，只道："你这恶人，胆敢与仙家作对，待我使出留仙枕，定打得你们屁滚尿流。"

柳四爷强撑着精神，说道："滚你的留仙枕，一群偷鸡摸狗的畜生，今儿个我就打碎了你的留仙枕，让你与这些黄皮子都到阴曹地府做梦去吧。"说罢借着窗棂上了屋顶，倒也是身轻如燕。

赖龙一见，也要上房，却被一群黄皮子困住，只得对南宫无量喊道："小子你快上去，别让那死心眼儿动了真气。"南宫无量翻身也上了屋顶，却被那小黄皮子拦住。此时就见那小黄皮子眼睛一眨，一团黑气就将南宫无量笼罩其中。

南宫无量顿感四肢动弹不得，眼前的事物虚虚实实，一样样从他的身旁划过。等他缓过神来，便见一坟包立于面前，那墓碑上书着黄仙保家。他也不知如何就到了郊外的黄皮子坟。接着便见一老头儿坐在坟前，手里拿着铁算盘，竟然是那"铁算子"。

"南宫无量，天堂有路你不走，地狱无门你闯进来。今天我就让你看看，仙家铁算盘的厉害。""铁算子"冷笑着说道。

南宫无量方才明白，自己这是入了这留仙枕中。这留仙枕原本就是个邪物，说是能造一方仙境，人睡之可梦入那境，在那境界中方可修仙飞升。古往今来，睡了那留仙枕的人不少，可也没见一个成了仙，想必这东西就是一个巫蛊之物，可摄人魂魄，让人困于梦境中，永生永世走不出去。

再说那"铁算子"手中的铁算盘，也是件邪物。这算盘可算人的生死，也可逆天改命。就见那"铁算子"一扒拉那算盘珠，南宫无量便感觉自己的身后一凉。那"铁算子"笑着说道："南宫无量，你可知人身上有三魂七魄，方才保得住阳气。我只要动一下这算盘，就会散了你的魂魄，我先散了你的七魄，再散了你的三魂。"

说罢他又动了一下那算盘，这次南宫无量的腿就如同被冰封了一般。他心道不好，这"铁算子"会邪术，可他也不是吃素的，用力咬破舌尖，便有一股清明之气注入体内。他口中念念有词，就见一只黑猫蹿了出来，直奔那"铁算子"而去。

那黑猫一双暗紫色的瞳仁，直视那"铁算子"的双眼，看得那"铁算子"呆愣在原地。南宫无量讥笑说道："你先尝尝我南宫家的厉害再说。不要以为你装神弄鬼的，我就怕了你，你可知这勾魂摄魄，也不是禁术的专属。我南宫家的秘法一样使得。"

说话间那黑猫"喵呜"了一声，已然蹿到了"铁算子"的面前，一爪子便将"铁算子"挠得皮开肉绽，破了相。那"铁算子"哎哟一声，心道大意了。"好你个南宫无量，不想你南宫家也修得邪术伤人。"

南宫无量回道："这不是邪术，而是《驭兽经》。"这黑猫本是南宫家先祖练习那半本《驭兽经》时修出的魂体，只有在危急时刻才会现身。南宫无量的《驭兽经》练入了瓶颈，并没有能力驭使万兽，所以只有在这留仙枕中，方能让这灵猫出现，倒也是借势而为。

"铁算子"大惊，不想这《驭兽经》依旧存于世上，可他也不是吃素的，又扒拉了一下铁算盘，只见一只黄皮子飞将过来，与那灵猫打成了一团。一时间叫声凄惨，斗得是死去活来。而那"铁算子"又要扒拉算盘珠，却见南宫无量已然来到了近前。

那"铁算子"虽然会些邪术，他手上的功夫却弱，倒是破瓶子长了一个好嘴。见打不过，便说道："南宫无量，你若想与云玲珑修成正果，不如与我们合作，到时候你与云玲珑成双成对，我们也替仙家找回了遗失的宝贝，岂不是两全其美？再则云家与南宫家有些纠葛，你不要以为单凭你的本事，就能让古董门的人说服云家，将女儿许配给你。我'铁口'神断，现在我就给你卜算一卦，就知你与那云玲珑中间有多少磨难。"

南宫无量一直在攻击，那"铁算子"左右闪躲，虽狼狈，可他口中之话，却也搅扰了南宫无量的内心。他与云玲珑之间是有些阻碍，可他却说道："赖爷已经算过，我与玲珑是好姻缘，自是不劳你费心。如今你倒要想想退路，不要再助纣为虐。"说罢一棍子下去，打得"铁算子"嗷嗷直叫，却也来了脾气，找出空当又扒拉了一下算盘珠，就见那戴着瓜皮帽的小黄皮子蹿了出来。

那小黄皮子一双赤红的眼睛，上来便是一团臭气，熏得南宫无量鼻涕眼泪一大把，结果被那小黄皮子蹿到近前，眼看着就要吃个暗亏。就在这时，赖龙突然出现，道："天地昏黄，日月无光，尔等丧尽天良，金口非断你要断，命里无财你却拿，如今到了清算时，看你如何断命崖。"说罢手中掐诀。就见那"铁算子"身上一抖，一团黑气飘散而出。那小黄皮子却趁机扑向了赖龙。

南宫无量借机抹了一把鼻涕眼泪，一棍子便打向了"铁算子"的算盘，就听得"嘭"的一声巨响，那铁算盘四分五裂，散落一地。"铁算子"哎呀一声，口吐鲜血，当即倒地不起。他指着南宫无量说道："你，你，你断我算盘，我与你不共戴天。"说罢将口中鲜血抹在了那散架的铁算盘上，嘴里念叨了几声，又捡来一颗算盘珠子，用力一敲，生生将那算盘珠子敲得一分为二，可也用尽了力气，又是吐出一口老血，最后睁眼而亡。

当时那小黄皮子与赖龙和南宫无量缠斗，皆没注意到"铁算子"最后的动作，若当时赖龙见到，后来想些办法，兴许也能挽回一二。这也是天意使然，赖龙先是破了"铁算子"的禁术，南宫无量又打坏了那铁算盘，那铁算盘便是"铁算子"禁术的本源。禁术被破了，"铁算子"本就受了反噬，而铁算盘毁了又伤了其根本，一气之下，拼了最后一口气，坏了南宫无量的命格。"铁算子"一生，视赖龙为最大的劲敌，作恶无数，不想自己不堪一击，被人破了他的一生所学，可临了他还要害人，也算是死得活该。

再说那小黄皮子，被两人一起暴打，打得嗷嗷直叫，却不是那黄皮子的叫声，倒像是失语的小孩。最后南宫无量用力一敲，将那小黄皮子打飞了出去，之后他眼前一片清明，原来二人还在房梁之上。而院中满地皆是黄皮子的尸体，那"铁算子"横在中间，手里还攥着半颗铁珠子。

柳四爷喘着粗气，想必刚才与这老太斗了几十个回合，怎奈身体亏损严重，自然不是那老太的对手。

那小黄皮子蹿回到了老太身边，嘶吼一声，表情十分痛苦。那老太恨铁不成钢地说道："你学艺不精，如今让他们出了这留仙枕，只怕我俩都难逃此劫。"说罢飞身而起，看来也是个高手。

几人再次缠斗起来，那柳四爷找准了机会，再次飞出柳叶飞刀，就听"哐当"一声巨响，那留仙枕被打了一个大窟窿，接着一团黑气散去。那老太原来花白的头发瞬间变得银白，就连脸上的褶子都加深了不少。

赖龙说道："老妖婆，你学了禁术，就装神弄鬼，是出马仙还是保家仙，你只怕都不知道真正仙家是何模样，便在这里开假堂口。你坑蒙拐骗，给林家当走狗，将老祖宗的宝贝卖到了国外去，你真真可恨。刚才我替金门清理了门户，现在就轮到你这老妖婆了。"说罢赖龙出手就是一掌，南宫无量与之配合，一闷棍就打到了那老太的头上。那老太护体的邪术已破，现在自然不是三人的对手，几下便被打得头破血流，最后柳四爷一刀直插其心脏，倒是给了这老太一个痛快。那小黄皮子趴在那老太的尸体上哀嚎，见几人又要过来，便一个闪身，不知蹿到了哪里，逃命去了。

那小黄皮子只是真叫小黄皮子，却不是真的小黄皮子，是那老太和"铁算子"在乱葬岗捡回来的弃婴。"铁算子"说这小孩子命硬，却天生失言，是个哑巴，倒是可以培养了为他们所用。于是两人给这苦命的小孩起名叫小黄皮子，还找人教其鉴宝的本事。那小黄皮子也有几分本事，学东西极快，只是从小就被当成黄皮子养，又与一群真黄皮子在一起，长大了行为举止如同真的黄皮子无二。此时那"铁算子"与那老太皆已毙命，他自然是逃回了万宝斋。

事情解决了之后，赖龙将那被打了一个窟窿的留仙枕摔得粉碎，看谁还能拿这邪物害人。南宫无量先张罗着给范三稳瞧病，人虽受了伤，命却保住了，之后吃些解毒清热的药，却也休养了一个多月方才大好。

柳四爷命人将那些黄皮子的尸体和"铁算子"以及老太的尸体一并送到了林家。之后柳四爷便口吐鲜血，倒在了赖龙的怀里。"赖爷，承蒙您一生照拂，算是我柳四的荣幸，如今我大仇已报，再无牵挂。柳四一生不够豁达，我虽亲手杀了害死三爷之人，那老妖婆背后的林家却还没倒，我心里不甘，到了黄泉路上也不敢去见三爷，是我无能，如今这事儿只能求您了。替我扳倒林家，为三爷讨回公道。"说罢便只有进的气，没了出的气。

这一日是欧阳三爷的生祭，赖龙给柳四换了他当年的戏服，又守着到了深夜，柳四便咽了气，只听他最后还是小声说了一句"只恨不是女儿身"。想那柳四一生孤苦，从小就被当成女子养着，却还是男儿身，注定一生没有好归宿。

在柳四弥留之际，赖龙方才说出，当初欧阳三爷死后，他便查出了那些黄皮子与林家有关。可林家那时有皇家背景，又与洋人勾结，虽做的都是断子绝孙的坏事儿，却不是欧阳家和柳四爷能抗衡的。于是他偷走了铁瓶子，就是为了让柳四爷能平安度日。

可不想纸包不住火，这事儿还是让林家查到了。为了逼他拿出铁瓶子，林家使了计谋，让柳四爷得知了当年欧阳三爷惨死的真相。柳四爷本就体弱，这一气便差一点儿过去。他求赖龙帮他最后一次，赖龙知他时日不多，怎能不有所作为。

林家此时已经查出，柳四真的不知那铁瓶子的下落，便又弄出个假卖家，称自己有那铁瓶子。林家正好弄到了另外一只斗彩瓶，做局得了秦家的斗彩瓶，瓶子却被小梁龙阿全偷走。林家只得将计就计，谎称可用秦家斗彩瓶换铁瓶子，也是想拉南宫无量下水。

柳四爷求赖龙想办法，赖龙不敢将实情告诉于他，怕他知道后因激动病情加重，于是便找上南宫无量，谎称借斗彩瓶，实则也是找个借口掩人耳目，好将自己手里的铁瓶子拿出来给柳四爷。接下来便是那鉴宝会，吴有树看到真的铁瓶子，便回去报信。林家便让"铁算子"和那老太出马，解决此事。结果几人出马，却不敌南宫无量等人，最后只跑了一个小黄皮子。

那小黄皮子跑回了万宝斋，比比画画，将整个事情告诉给了掌柜的。那掌柜的本就是个土匪，只是与那老太合伙挣着黑心钱，见老太和"铁算子"已死，唯恐赖龙等人找上门，便要收拾细软逃出城去。这时一群人冲了进来，接着便是火光冲天。

万宝斋夜里起了大火，烧了整整一夜，方才被救火队熄灭。此后在万宝斋的废墟里边发现了好多焦尸，看着像是什么动物。另外还有二男一女，皆已烧焦，看不出个模样来。老百姓便传，那仙家为了寻找遗失的宝贝，便坑害无辜百姓，最后惹得天怒，受到了天谴，可见坑害百姓的，不论是人，还是仙家，皆会受到报应，倒是大快人心。

众人不知其真相，南宫无量却知道，这是林家杀人灭口，弃车保帅，若是他们勾结神棍之事传扬出去，只怕会被古董界赶出四九城。

一眨眼便过了年，赖龙年前便带着柳四爷的棺椁离开了四九城，也不知去向，走之前将那铁瓶子和明成化的斗彩瓶，一并送到了"水心斋"。那铁瓶子是用普通的锦盒装着的，想必欧阳三爷亲手做的木匣，是跟着柳四爷一起入棺了。那锦盒之中还有一个字条——欲知铁瓶其用法，可到关外寻我。

范三稳受了重伤，南宫无量自是忙里忙外，直到范三稳身体痊愈，方才空闲下来。他看着那铁瓶子想着，若得了空定是要去趟关外。就在这时，"水心斋"里走进一人，只见那人头戴一顶裘皮帽，身上一身貂皮氅，圆脸微胖，笑起来露出一排大黄牙。一看就是标准的地主形象，而且还带着一股子匪气。

"你就是南宫无量，哎呀，长得不错，人模狗样的。"一句话就把南宫无量说得愣住了，这人一听就是关外来的，且关外之人都是这么夸人的吗？说人长得好，有成百上千种的修辞，但怎么都不应该是"人模狗样的"。

"在下正是南宫无量，人模担得，狗样不敢，娘生爹养，一世为人，可不敢与畜生为伍。"南宫无量笑着回道，虽指出了来人的不妥，却也保持了自己的修养。

那人自觉说话有异，继续笑着说道："哎哟，误会误会，俺们那说话就这样，我是夸你长得好俊。不是骂的意思。自我介绍一下，我叫庞天然，庞铁山是我的老爹。今天我来这儿就是想见见你，现在你我见着了，觉得人还不错，咱俩能做个朋友，以后去关外就提我，肯定好使。"说罢转头就走，来得突然，走得更是莫名其妙。

南宫无量只觉好笑，这天底下的人还真是千奇百怪，什么样儿的都有。这就是南宫无量与庞天然的第一次见面，他对庞天然的第一印象就是没什么城府。却不想那庞天然是冲着云玲珑而来的。

几天后便传来关外庞家向云家提亲，相中的正是云家小姐云玲珑。这事儿说来也巧，正月十五闹花灯，虽然年景不好，四处打仗，但老百姓对幸福生活的向往是从未改变的，且为此会尽最大的努力，年节便是对此的体现。五谷丰登时过节是庆祝，天灾人祸时过节则是祈祷日子会越过越好。四九城的老少爷们儿喜欢逛庙会，看花灯，猜灯谜，吃元宵。

庞天然从关外而来，本是为父亲庞铁山办些私事儿，正巧赶上正月十五的大热闹，自然也要去热闹一番。四九城是真的热闹，好吃的，好玩的，还有西洋景。走着走着，便瞧见点儿不那么和谐的场面。

大清亡了，留下了不少没落的贵族，剪了辫子，却还留着一身的臭毛病，当街吆五喝六，对个卖元宵的老叟大打出手，只是因为抽大烟没钱，饿了还想吃白食。老叟小本经营自然也不容易，说："爷您都赊了一年的账了，不逼着您大过节的还……但今儿个的账却是得结了，也图个吉利。您这大十五的就赊账，还不得赊一年去。"

那爷们儿便不乐意了，动起手来，正好被云玲珑瞧见了，说了两句公道话。那爷们儿见云玲珑长得俊俏，便用言语挑逗。这时被坐在摊子上吃元宵的庞天然看到，便仗义出手。那爷们儿仗着自己身上有两下子，会个三脚猫、四门斗的庄稼院把式，外带着人又是本地的，就先动了手。

没料到，把式把式，可不是光凭着架势，手上有没有斤两，身上懂不懂规矩，上了阵，才能够见分晓。这人活该遇上了对手，作为对手的庞天然，站着倒像一座铁塔，有点儿笨重，可是动起手来，完全就不一样了，身子上下转动得比谁都快，那人才闪躲了三五个照面不到，见庞天然抬腿就是一脚，顿时将那人踢飞了老远。踢飞了还不算完，硬让那爷们儿交出了怀表，抵了他前一年赊的账，末了还自报了家门，告诉那爷们儿，若他以后敢为难那摊主，他庞天然定会打得他满地找牙。说罢，便带着随从转身要走，却不想那爷们儿是个小人，抄起一旁的火钳，就要从背后下黑手，这时云玲珑方才出了手。

第九章 "水心斋"主人

表面上看，庞家向云家提亲是千里姻缘一线牵。可抛开表象瞧事实，那就是另外一回事儿了。先说这庞铁山，是何许人也，那可是关外鼎鼎有名的"黑煞神"，单听名号就知道了，在关外可是如雷贯耳、人人得罪不起的人物。手上不只有钱，还有着自己的武装力量，且掌握着关外许多买卖的经营权。那些年关外的武装，多半是土匪出身，自然是黑白两道通吃。

经营权是个好听的说法，实际上便是土皇帝，海外的特产要想卖出去，就必须走他的门路，或是直接卖给他，价格自然是他来定。一根上好的人参，他几块钱就收，至于卖多少钱，那自是打了滚地翻倍涨。您要是自个儿找个买家，那可不成。要是让"黑煞神"知道了，您可就得小心了，天黑甭走夜路，晚上小心屋子会起火。可即便你是千防万防，那也只有一个下场，那"黑煞神"三个字，可不是浪得虚名的。

所以这么一看，庞家向云家提亲，可不是横刀夺爱这么简单，那是要联姻，只是不知道现在云家是何想法。

正月十五那天，本来南宫无量约了云玲珑，一年到头，也就几个日子能正大光明地跟云玲珑在一起，两人拉着小手，逛着庙会。只是后来范三稳差人来找南宫无量，南宫无量便先回了。不承想，此后云玲珑就遇见了庞天然。

庞天然一眼就相中了云玲珑。他从小就喜欢听大书，对侠女一词有着一种近乎狂热的执着。那云玲珑不论从长相，还是从气质到武功，都是妥妥地从大书里走出来的侠女。庞天然满脑子想的都是两人骑着高头大马、浪迹天涯的美好画面，却忽略了四处战乱，你又上哪儿浪迹天涯去。

云玲珑得知庞家人来提亲，直接回绝了庞天然，就说自己已有心上人。那庞天然就四处打听，只听说南宫无量与云玲珑两小无猜，也不知道是哪根筋搭错了，便跑去"水心斋"。却见南宫无量一表人才，穿着长袍，既有着庞家人没有的文化气息，眉宇之间还带着几分英气，却也不是个文弱之人。一见之下，倒也开心，只道自己果然没看错人，能有个这样的情敌也不跌份儿。若两人公平竞争，他能抱得美人归，岂不证明了他更有魅力？

南宫无量想的却是，"黑煞神"与林家有何勾连？庞天然此次来四九城去的正是林家。庞天然要找云家提亲，也是林家人帮忙张罗的。庞天然不知其中门道儿，可那林家就是在故意硌硬南宫无量。不承想，没过几天，那庞天然又找上门来。这次庞天然穿着眼下流行的中山装，但身后带着两个穿着军装、腰里还挎着手枪的警卫，倒是有点儿军阀的气质了。

庞天然来了就一句话："南宫无量，咱俩得干一架。我赢了，云玲珑就是我的。你赢了，我认你当我干哥哥，云玲珑就是我嫂子。"说罢那两个警卫就将"水心斋"的门给堵上了。门堵上了不要紧，古董铺子本就是三年不开张、开张吃三年的地方，熟客自是会提前打了招呼，散客多半也就是为了转转。可门被两个带枪的警卫给堵上，却是引来不少人围观，说东说西的，只怕这么耗下去，就成了四九城里下酒的趣闻。

南宫无量说道："切磋一下可以，但话咱得说在前头儿，云玲珑是我心仪的女子，我与她两小无猜。而且现在可不兴比武招亲这一说，她喜欢谁、嫁给谁，自然是她自个儿拿主意。"

可那庞天然又说："就是她说的，让我来找你打一架，要是我赢了，再跟她讲提亲的事情，要是我打不赢你，即便云家答应了，她肯定也不会嫁给我。所以这架咱俩必须打。"

南宫无量有些哭笑不得，想来云玲珑也把这庞天然的性格摸得透透的，便把难题抛给了他，一来是笃定这庞天然定是打不过他，二来也是急了，想让他早些得到云家的认可。

于是两人便去了后院打了一架，庞天然是个直性子，喜好都摆在脸上，可他身上的功夫不简单，练的也是硬功夫，下盘稳，出拳快，出腿也十分有力，动作很有章法，却不死板，一招一式皆用全力。

南宫无量本也只是应付几下，毕竟他不想得罪了"黑煞神"，但也被逼得出了真本事，却是四两拨千斤。两人你来我往，最后南宫无量一个佛手拨云，将庞天然打倒在地，又上前一步，以手做刀，扼住庞天然的咽喉处。这若是用武器，只怕庞天然早就人头落地，输赢立现。

庞天然输了，坐在地上，不肯起来，耍起了小孩儿脾气。"你这人不厚道，我诚心找你来打架，你却掖着藏着的。其实你早就能把我打趴下了，却不肯用真本事，与我过了这么多招。你这是瞧不起谁呢。不行，我打输了，可也得赢一次，咱俩比喝酒，你准保喝不过我。"

南宫无量也不知道这庞少爷脑子里到底是怎么想的，他之前只怕是赢得太轻松，让庞天然下不来台，毕竟他还带着两个挎枪的，此时就站在门口。民不与官斗，而他平素也尽量不去招惹这些带枪的，不论是兵还是匪。不过这庞天然拿得起放得下，输了便是输了，虽然也想找回面子，却也没再胡搅蛮缠。

庞天然叫人去买来酒菜，两人就在西厢房里喝起了酒。关外的人豪爽，喝酒都是用大碗。这庞天然酒量确实是好，两个人喝了好几坛的酒。庞天然虽脸红得跟关二爷似的，可也没醉得舌头打结。南宫无量喝酒也不无量，倒是使了点小伎俩方才不至于醉倒。

庞天然喜欢江湖上的事儿，什么燕子门和盗门的往事，两人倒是能把话说到一处去。喝着喝着，两人便开始称兄道弟。庞天然好胜，就连放水都要比个高低远近。两人一顿酒来，倒是把话唠开了。庞天然说好汉不愁无妻，南宫无量也说你定能找个好媳妇。说着说着，南宫无量便套起了话，毕竟林家最近招兵买马的，总似憋着什么阴招。庞天然没有城府，几句话便如竹筒倒豆般说了个一干二净。

事情要从清末说起。八国联军进北京的时候，几位大学的教授与古董界的爱国人士，收罗了一批古董，其中几件现在就在博物馆里，那可是国宝级别，且还是明令不能出国展出的文物。而那批文物之中，似乎有着关于"蚩尤残卷"的线索。当时这批东西就被送到了关外，藏匿起来。年前的时候，政府里有人旧事重提，说是要把那文物运回四九城。

庞天然这次来只是为林家送信，信里的内容不详。说完后，他倒头就睡，南宫无量的酒却醒了两分。现在的形势并不乐观，觊觎那批文物的各路人马皆有所行动。关外的土匪、武装力量，勾结一些无良古董贩子，还有一些洋人也打着歪主意。之前林家便利用万宝斋，与政府勾结，打着仙家的幌子，将不少的好东西卖给了洋人。这次只怕也是预谋许久，搞不好政府内部那些提出运回文物的人，就与林家勾连，为的就是里应外合，在半路劫取这批文物。

南宫无量准备修书一封，再请南宫衍出山，毕竟这事儿不只是他南宫无量的事儿，更是"水心斋"和南宫家族的事儿。可信还没等写，半夜里便出了状况。夜里起了风，只怕又要下雪。外边静悄悄的，那桌子上的蜡烛却突然亮了起来，且不是正常的颜色，时而红，时而蓝，时而绿。

烛火忽明忽暗，周围的温度不断下降。就见一个人影出现在窗外，飘来飘去，依稀能看出长发细腰，未见脚步声，却听到诡异的笑声，虽不聒噪，可声声入耳，听得好不吓人。

南宫无量头有些昏，却不敢多动，只静静地听着窗外的动静，心里却在想着，这窗外究竟是女鬼，还是魍魉。可此时庞天然却猛地坐了起来。就见他满眼堆笑，对着窗外的影子说道："云玲珑你来找我了，哎呀，你别急，我这就来。"不知是梦魇，还是耍酒疯。

此时窗外那人勾了勾手指，庞天然便起身下了地，边走还边脱衣服，两三下就脱得只剩红裤衩了，可大冷的天，就这么出去，只怕一会儿就得冻成冰棍儿。

南宫无量起身将人拦住："你干什么去？你好好看看，那窗外的人是谁。"

"看什么看，你是不是也想，别管我，我不用你管，我就要去找她。"庞天然依旧喊着云玲珑的名字，光着脚继续往外边走。

南宫无量这才发现，此时的庞天然双眼无神，时睁时闭，不光人是在梦魇之中，好像身体也陷入了更严重的失魂状态，像是着了什么魔。

"庞天然，你给我醒醒！"南宫无量加重了语气高声喊道。

谁知道，这样做没有一丁点儿效果，庞天然不仅没有听南宫无量的话，还笨手笨脚地朝着南宫无量率先动起了手，一边动手一边嘴里还不停地嘟囔着："南宫无量，你小子是不是妒忌我，告诉你，我老早就看出来你没安什么好心，你肚子里的鬼主意，我是早就看明白了。告诉你，这是云玲珑自个儿要嫁给我，你若再拦着我，小心我跟你没完。"说罢一拳打了过去。南宫无量来不及躲闪，被打得一个趔趄，酒又醒了一半。他这才发现，屋子里弥漫着一股臭气，好像那小黄皮子上次放的烟雾。看来这庞天然定是中了魔障，他拿起一旁的茶碗，一口凉茶便喷到了庞天然的脸上。

庞天然一个激灵，总算是睁开了眼，人虽醒了，可意识还在梦里，嘴里依旧念叨着："云玲珑呢，我还等着跟她洞房花烛呢。"一听这话，南宫无量就气不打一处来，哪个爷们儿也听不得别人觊觎自己的恋人，更何况此时庞天然的表情猥琐，于是他一巴掌拍了过去，只用了几分力气，倒是把庞天然彻底打醒了。

此刻庞天然方才看清，屋内烛火诡异。南宫无量熄了那烛火。刚才外边暗、屋里亮，就觉得窗前那影子似一长发女子。此时外有月光，倒是外边亮、屋里暗，就能看清那外边站着的，根本不是什么长发女子，而是那小黄皮子，搔首弄姿，勾着手指，似要迷惑屋子里的两人。

南宫无量一阵后怕，若刚才庞天然出去了，只怕凶多吉少。思来想去，这事儿就是林家所为。若庞天然真的死在这里，林家便可以嫁祸给"水心斋"，还能进一步促成与庞铁山的合作。若是此计不成，也查不到林家去，到时候还是"水心斋"的责任。

庞天然倒吸了一口凉气，看着自己单薄的衣衫，想着刚才自己差一点儿被个不知道什么的东西给勾搭走了，就觉得丢人。于是拱手说道："多谢大哥相助，这情我庞天然记下了。只是外边那黄仙该如何是好？不如我给他一枪，明天咱就起火烧黄皮子肉。"庞天然虽嘴上说着黄仙，心里却没几分敬畏。

南宫无量说道:"你小心着些,外边那长得像黄皮子的是个哑巴小孩儿,你刚才就是中了他的瘴气。"

说话的工夫,就见房梁上有什么东西跑来跑去,不多时房上掉下了几片瓦,接着几个黄皮子便蹿了进来。庞天然还没来得及穿上衣服,只穿着红裤衩就与黄皮子斗到了一处。南宫无量倒是还好,可前夜喝了太多的酒,此时不比那日在屋外,他施展不开,黄皮子却灵活得很。

不用问也知道,他们这么大的动静也没惊动院子里其他人,还有庞天然带来的两个警卫,想来他们也是中了瘴气,所以想要脱困只能靠自己了。屋里边的黄皮子不知为何比那日还要疯狂,个个赤红着眼睛,拼了命地往前冲,嘴里还发出犀利的叫声。

庞天然跳上了柜子,不知从哪里掏出了一把短刀,与那些黄皮子拼得你死我活,可也吃了没穿衣服的亏,此时白花花的身上,被开了好几个口子,虽伤口不深,却带着毒。他边打边嗷嗷叫道:"哎呀我的妈呀,我说这些黄皮子是咋了,咋跟我们杀了它们亲爹亲妈亲祖宗似的。大哥我跟你说,东北的黄皮子最多,这东西记仇,你好好想想,你到底怎么得罪它们了。"

南宫无量手里只有一把铁钎,淡定地回道:"不用想了,年前我不只杀了它们的爹娘,估计连祖宗都杀了不知几辈子的了。"庞天然瞪大了眼睛:"大哥你够狠啊,我说烧着吃那是句玩笑话,我这就是吹吹牛,没想到大哥你馋这口是真敢动嘴啊。"

南宫无量是真不知道,这庞天然的脑袋里想的都是啥,他只得回道:"不是你想的那样,年前我遇到一伙人,那伙人图财害命,这些黄皮子就是他们养的。你仔细听听,正是窗外那小黄皮子的叫声。也不知他在外边使了什么邪术，驱使着这些黄皮子袭击人。"

说罢一只黄皮子已经蹿到了南宫无量的头上，张嘴就要咬上南宫无量的眼睛。南宫无量抬手发力，将那黄皮子打飞了老远，回头又是一铁钎，穿进了另外一只黄皮子的身体，那黄皮子肠子流了一地，却依旧向南宫无量扑来，如同疯魔了一般。

南宫无量心想，就这么打下去，他们两人消耗不起，便对庞天然说道："这么下去不成，咱俩得想个办法。"庞天然被咬得嗷嗷直叫，身上也因中毒有点儿发飘，他问道："有啥办法？""擒贼先擒王，得先制服了外边那小黄皮子。"南宫无量话音刚落，就见庞天然从柜子上跳了下来，左躲右闪，边跳边喊道："大哥，你掩护我，我衣服里有枪。"

南宫无量跳了出去，又挑了两个黄皮子，脖子上也被咬了一口。庞天然动作敏捷，跳到炕上找到了衣服，可掏了半天，才掏出了手枪。打开枪栓，想都没想，对着窗外"砰砰砰"就是三枪。

外边传来小黄皮子的哀嚎之声，窗户上的玻璃也碎了一地，屋子里的黄皮子立马如同泄了气的皮球，纷纷停了下来。等两人将屋子里的黄皮子都处理掉后，跑到院子里一看，就见那小黄皮子身中三枪，瞪着眼睛，早已经蹬了腿。

"好一个听声辨位，没有个十年的功底，绝对练不成这一手，我看，你这枪法准啊。"南宫无量嘴里是这样说着，心里却想着，这小黄皮子虽可怕，可也是个苦命的孩子，只是这人死了，却死无对证了，林家定不会承认这事儿与他们有关。

庞天然不以为然地咧嘴一笑，露出一口大黄牙："那是，别的我不说，只要能让我听着声，我一准就能打得到，日盯着香火头，夜里瞄着北斗星，这可是昼夜里下全了的功夫把式，到后来，光看不行，我还进了老林子，这回瞧见了吧，我这可是在东北的老林里用活物喂练出来的本事。进了林子里，我就是最好的猎手，这是祖辈上教化我的。在我们那，说起我这两下子，没人敢跟我叫嚣，真动起手来，你信不，谁也不好使，就连我爹都比不过我。"

粗壮的庞天然一阵白话，扯得天上地下、前八百年后五百载的，话是越说越大。正当听着的人也都半信半疑的时候，出了岔头。

就在庞天然说话的间隙，突然听见房上发出"啊"的一声，是人的动静。

到了这会儿，他们一下子全都惊到了，刚才还兴奋得张牙舞爪的庞天然也不说话了。站着的这两人几乎是同时间抬头，天蒙蒙亮，就见云玲珑捂着双眼，好在看不清她绯红的脸。两人这才发现，那庞天然出来得急，只披着外衣，里边穿着一个红裤衩子。庞天然一闪身回了屋子，脸也羞得通红，恨不得找个地缝钻进去。

这年头半夜打枪是常事儿，老百姓听着枪声，老实人家的人只会猫在屋子里，不敢出去看热闹，可是到了白天，官面上的人，不会不管的，地保见了，也会报官，要是牵扯上周围的买卖铺户、贫苦人家、衙门或六扇门中的人，还会趁机敲诈一把。甚至能把没有靠山的人家，搞得倾家荡产。

这尸体得早些处理，南宫无量将尸体装进麻袋，但他身上的伤口需得先处理了。

两人上了药，穿好了衣服。云玲珑下了面条端上了炕桌。"我来瞧瞧你俩谁打赢了。"云玲珑说道。她是借着练功偷着跑出来的，否则也不用上房，走正门儿就好了。庞天然吸溜了一口面汤，咂巴了一下嘴："这面做得好吃，比我小妈做得好多了。要说昨天我和大哥干架，他打是打赢了，喝酒却输给我了，咱俩算是扯平了。所以你先别急着做决定，等再考虑考虑，虽然我大哥这人也不错，可我觉得，你跟着他卖古董，还不如跟着我浪迹天涯好呢。对了大哥，有蒜吗？"

南宫无量与云玲珑互看了一眼，没想到"黑煞神"能生养出这么个活宝的儿子，还真是龙生九子不像龙。庞天然又说道："大哥，刚才光顾着打黄皮子了，我也没问，你年前遇到了那伙人，为啥那小黄皮子昨天才来找你报复，这事儿是不是跟我有关？"

南宫无量便将那万宝斋和"铁算子"以及郊外黄皮子坟的事儿说了一遍。这庞天然虽性格直来直去，可不是个傻子，他一想就能明白。他一拍桌子，说道："林家居然算计到老子头上了，那是太岁头上动土。"

一院子的人，确实是中了魔障，到了点儿也就自个儿醒了，也包括庞天然带来的两个警卫。此时云玲珑也离开了，她只是惦记着南宫无量来看看。有庞天然在，他们也没说上几句体己话。

庞天然让那两个警卫将那装着小黄皮子尸体的麻袋带回林家去。南宫无量说自己去找人安玻璃，实则是去给南宫衍发电报，用的是南宫家的暗话，让他想办法在半路上阻止林家和庞铁山的行动。

一个月后，一批文物悄悄地被送回了四九城。没人知道，这批文物在出发后便被调了包。假的一路上被好几伙土匪拦路，护送的警卫与土匪开战，死伤众多，可还是在第四次被劫之后，全部被人抢走。这伙土匪与之前几伙并不相同，他们用的是一水的新式武器，便是庞铁山手下之人假扮的。

等人将东西送到了庞铁山的面前，打开一看，却发现里边装的根本不是古董，而是一箱箱的石头。庞铁山大发雷霆，可此时真的文物已然偷偷地被运进了四九城。一路护送文物而来的还有南宫衍。

许多年了，关外的南宫家的人没有再踏入过"水心斋"。其实"水心斋"真正的主人并非南宫无量，而是整个南宫家族。而南宫也不是整个家族的姓，而是一个代号。

第十章　铁瓶子

南宫无量见了南宫衍那是真见到了亲人，就差没两眼泪汪汪了。见了亲人也好说说年前年后他那些糟心的事儿，毕竟南宫衍是南宫家资历最老的人，不但掌握着南宫家在东北的势力，其关系网也渗透到了整个关外，而且还是有着丰富经验的老江湖。

南宫无量将人请到了里屋，上了炕，热乎乎的茶喝上一口，便直入主题。自从南宋崖上之变后，"长生库"的资料尽失，南宫家的分枝有隐匿于市井的，也有远走海外的。"水心斋"能开到今天，委实不易。眼前的事儿有几件：一是见天儿要把古董往外倒腾的败家子林家；二是清明之后与神秘人的川渝之约；三就是赖龙留下的铁瓶子。

"大哥。"虽说南宫衍长了南宫无量几十岁，两人却是平辈的。没办法，辈分就是这么论的。以前大家族老的给少的拜年那也是常事儿。南宫无量说道："黄皮子坟，'铁算子'还有秦家、柳家的那些事儿，再就是'黑煞神'庞铁山与林家的交易，我有一种大胆的猜想，那铁瓶子会不会与这批运来的文物有关？"说罢拿出锦盒打开，露出里边似铁非铁的瓶子。

南宫衍定睛一看，一眼便认出，这东西定是什么机关的钥匙。"那赖龙说得不错，这东西确实是个钥匙。至于这批文物，大件小件都有，瓷器字画，最多的就是浮雕石刻。别的倒没什么，就是有几个拓片，倒是与'蚩尤残卷'有关，也不知是从谁的墓里拓下的。里边有一幅是关于青铜面具人的。我也给你带来了，你好好瞧瞧。"说罢，拿出拓片，在桌子上摊开。

就见拓片之上，一个戴着面具的人带领着一群人与什么东西交战。那面具与那神秘人所戴之面具十分相像。只是那拓片有所损毁，只能看到面具人对面有一些长着眼睛的触角，却看不出是什么东西。

"这拓片从何而来？"南宫无量问道。南宫衍摇头说道："据我分析，应该是在川渝之地的某个深山之中。这上边戴面具的人，倒与我国现在的羌族很是相像。但也有人说，这面具人兴许是蚕丛。史料上对于那段历史的记载太模糊，也不知道是因为文字不达，还是人为毁灭。总之，这拓片上的部落皆是异人后裔，你看他们骑的马，也与现在的战马不同，也许是些灵马，想必早已绝迹。"

因为要寻找"蚩尤残卷"，南宫无量对那段历史倒是研究得颇深，对此他也有着独到的见解。他认为，蚕丛并非一个人，而是一类人，所有戴着面具的人皆被叫作"蚕丛"。而蚕丛正是那古老而神秘的部落的首领，带领着子民抗击外敌与天灾。

两人又是研究了一番，决定清明之后南宫无量再去川渝，而铁瓶子则由南宫衍带回去研究。只是那拓片上长着触角的是人还是什么妖魔鬼怪，抑或是什么怪兽，依旧无法得知。许多上古神兽多已绝迹，两人推断，那长着触角的兴许也只是哪个部落图腾的象征。

说完了正事儿，自然便谈起了南宫无量的婚事。南宫衍说道："你这独当一面，也没有人给你操持着，虽'水心斋'在四九城有些根基，可毕竟也没多少年的底蕴。所以这亲事，你需得上些心。现在是新思想，说什么自由恋爱。可这婚事儿，总得讲究个门当户对。之前我便是听说你与那云家的姑娘有些好感，云家虽不如我们南宫家底子厚，但也还算凑合。明个儿你把那姑娘叫出来，让大哥我瞧瞧。明个儿望月楼订下个包房，我要宴请那云姑娘。待我把好了关，再与那古董行的老家伙们商榷商榷。那些老东西一个个贴上毛比猴都精，不过是各有各的小九九。他们那点儿小心思啊，咱南宫家还出得起，就不妨满足了他们。之后再由着他们出面，南宫家与云家这事儿也就成了。前提得是这姑娘好，否则云家也好，燕子门也罢，总归跟我们隔着一个山头儿。"

长幼尊卑在那，南宫无量也不好多言。便亲自去云家找了云玲珑，还买了些胭脂水粉花露水，将事情与云玲珑一说。云家对云玲珑与南宫无量之间的事情有些暧昧，既不反对，也不赞成。不说云家与"水心斋"有些纠葛，但那也是陈谷子烂芝麻的事儿，只说两家确实隔着行。

按照云家的规矩，云玲珑习了一身内门的功夫，就只能嫁门内之人，或是招个上门女婿，否则要自断筋骨，将武功还给门里，也绝不能将这身本事带到门外去。以前的旧思想，传男不传女，虽然现在改朝换代了，可这说法依旧在。且那日庞天然上门提亲，云家也没应下，却也没把话说死。云家这样的态度，确实让南宫无量和云玲珑心里没底。

到了第二天，云玲珑穿着一身眼下最流行的学生装，黑缎子般的秀发披散着，头上戴着一个发卡，透着几分俏皮，又带着几分羞涩。人到了礼也到了，送的是稻香村的八大件。嘴巴也甜，一口一个大哥，直叫得南宫衍频频点头，也难怪走南闯北的南宫无量都如此动心。这姑娘不只长得俊俏，还自带着一股子的韧劲，既没有小门小户家闺女的做作，可又比大宅门里的小姐平易近人。两人往那一坐，怎么看怎么般配。南宫衍掏出一块水头极好的玉佩，交给了云玲珑，算是代表南宫家对她的认可。云玲珑也不扭捏，知道这玉佩的含义，自然是笑着接过。

这大姑娘自是不好一个人来赴宴，跟着一起来的还有云家的一个婶娘，这婶娘之前得赖龙相助才得以活命，所以并不反对南宫家与云家这门亲事。来了后也不多言，只说了几句客套话，便甩开腮帮子吃了起来。虽吃相不雅，却不招人烦。

一顿饭吃到一半，和和气气，却不想中间还是出了岔子。云家婶娘吃得正兴起，一口小酒一口肉，吃得满嘴流油，就听隔壁有人吵闹，不多时一个一身酒气之人闯了进来，进来便笑着说道："哎哟，这桌的席面不错，有肘子还有爆肚。让我来尝一尝。"说罢拿起一双筷子，也不管是谁的，便往嘴里夹菜。

南宫无量蹙眉，这人他认得，是风门之人。旧时江湖上有四大门八小门，四大门风马燕雀，八小门金皮彩挂、评团调柳。风门说白了就是集体行骗，有把风的、探风的、放风的、贩风的和护风的。那是群蜂蜇人。这些人行起事来，比那地痞流氓还不如。眼前人送外号"小擀面杖"，他爹"大擀面杖"算是风门中的老资历。

平时的时候，这些人不会主动招惹他们，今儿个也不知道是中了邪，还是真吃醉了酒。总之来得有几分蹊跷。南宫无量并不是怕风门中的人，但这些人正是那阎王好管、小鬼难缠的主儿。

南宫无量拱手说道："既然爷们儿饿了，那就多吃些，我们就先告辞了。"说罢拿出银圆让小二结账。可那"小擀面杖"将门一拦，说道："我来了你就走，你这是瞧不起谁呢？不过你要走也行，擀爷我想吃酒，你让这娘们儿陪我吃些酒，你爱哪儿去就哪去。"说罢上手就要去拉云玲珑。

南宫无量一把将人拦住，那"小擀面杖"一手抓空，又要起身。南宫无量也没了好脾气地说道："爷们儿想喝花酒也成，移步宜春院，这酒菜我让店小二给您送过去。""小擀面杖"却不依不饶："八大胡同的娘们儿哪里有这个水灵，我就要她陪我，怎么着，不给擀爷我面子是吧？"

云玲珑哪里受过这气，可又一想，若是旁的人如此孟浪，只怕南宫无量早已动了手，如今他定是有所顾忌，于是冷哼一声："睁开你的狗眼，我云家虽不是什么名门望族，可在江湖上也是有几分薄面的，你言语轻佻，就不怕云家和燕子门的人找你理论？"

"哎哟，好一个燕门，风、马、燕、雀，都是四大门的人，难怪长得这么水灵，你伺候谁不是伺候。"说罢"小擀面杖"又要伸手去拉云玲珑。南宫无量气得脸色发白，云家是轻功燕子门，可不是那风、马、燕、雀的燕门，燕门却是那靠容貌出去行骗的。

"爷们儿，我算是瞧出来了，你今儿个不是缺吃，也不是少钱，就是专门来找我南宫无量晦气的。不过我今儿个有事儿，不愿与你计较，等哪天我闲了，也让你知道知道，我'水心斋'也不是吃素的。"说罢拉着云玲珑要走。

就冲"小擀面杖"今天这一出，他与风门的梁子算是结下了，只是此时云家婶娘也在，南宫衍此来四九城也不好节外生枝，所以他才暂时咽下这口窝囊气。南宫衍也不多言，毕竟四九城的水深，大丈夫能屈能伸，不必计较这一时之勇。

云家婶娘也不是多事儿的人，自然先一步离开，只可惜新上的爆肚还没吃上几口。几人正要出门，那"小擀面杖"却追了出来，伸手就要拉人。南宫无量忍无可忍，正想给"小擀面杖"一点儿教训，可不想一个人冲了进来。

"你把你那爪子给老子收回去，否则信不信老子给你剁了。"来人瞪着牛眼，指着"小擀面杖"骂道。来人正是庞天然。今天庞天然没带警卫，穿着也朴素，扎人堆里就找不见了。

"小擀面杖"一看，有人敢指着他的鼻子骂，这人不是坐地炮，还是关外来的，才不管三七二十一，直接便冲了过去。南宫无量心道不好，他即便动手也有分寸，可庞天然这二世主可是不管不顾的主儿。"庞老弟，这事儿你别掺和。"

"大哥你太窝囊，这种小人蹬鼻子上脸，就得打到他服为止。让他以后还敢乱伸爪子，谁都敢动。"说罢便冲了过去，拦都拦不住，一巴掌拍了过去，在东北这一招叫大耳雷子。要的就是快准狠，一下子下去，准保把人打得耳膜穿孔。

这"小擀面杖"虽长得跟个擀面杖似的，身上还真有功夫，滑得跟个泥鳅似的。庞天然重拳脚使的是硬功夫。"小擀面杖"见打不过庞天然，就玩起了敌进我退的套路。庞天然火气上来，好不容易抓到了，按到地上就是几拳，直打得"小擀面杖"人脑袋赛过猪头，叫声也跟杀猪似的。

这一叫嚷，便又冲进来一群人，高矮胖瘦，也都是风门的人，进屋也不多问，抄起家伙就开始动手，一看就是有备而来。这下子几人都走不成了，一时间场面十分混乱。那一桌子的好酒好菜被砸得稀碎，桌子椅子也被打得七零八落，就连包房的门都被庞天然一脚踹飞了出去。直到警察局的人来了，将几人都带去警察局，两伙人分开关，大铁门一锁，这才算消停下来。

风门的人经常出没于警察局，上了车便偷偷地往警察手里塞钱。南宫无量本想大事化小，可那些警察压根不搭理他，只称让他们在警察局里候着，等长官开会回来再处理。庞天然一直嚷嚷着："我爹是庞铁山，是他们先动手的，快把我放了。"那警察却冷哼一声："管你爹是庞铜山、庞铝山，都得在里面候着。"

若问庞天然为何跑去了望月楼，他是跟踪云玲珑去的，所以才穿着十分朴素，且没有警卫。他在外边听着，心里就不是个滋味，可毕竟大丈夫一言九鼎，打架输了自然是要认栽。可这时那"小擀面杖"出来搅局，他在外边听了半天，忍无可忍便冲了进去。进去之前，心里就带着气呢，这一动手，自然就收不住了。

南宫无量和南宫衍站在一旁，这警察局关人的号子里什么味都有，且还冷，两人边踩脚，边寻思着这些风门的人为何来闹。好在警察局来人之前，南宫无量让云玲珑和云家婶娘先走了，否则要是一起关进号子里，岂不坏了云玲珑的名声？

这一等就是小半天，直到黑了天，范三稳才来捞人。他们冻了好几个小时，腿都僵了，也没等来长官。倒是换了一个老警察赔着笑给几人开了门："对不住了列位，误会误会。"

一句误会，南宫无量几人这几个小时算是白关了。几人坐着马车往家赶，南宫无量越想越觉得不对劲。他小声嘟囔道："这风门的人，怕不是调虎离山吧？"可怕什么来什么，等几人回到家后，方才知道家里出事儿了。

两个伙计被人打了闷棍，倒在了院子里，虽过了立春，可天还冷着，两人冻得不轻。再看几间上房，皆进了人。这院子里没有好东西，只丢了一些银钱，南宫衍进门便见他带来的皮包被人打开了，里边的东西被扔得四处都是，却也没丢，唯独丢了南宫无量给他那锦盒。"铁瓶子丢了。"南宫衍说道。

南宫无量并无意外之色，他在回来的路上便想到了。风门的人不会无缘无故地来纠缠于他，警察局的人一点儿面子也不给，就连庞天然都关了小半天儿，也就只有林家有这本事了。"丢了就想办法夺回来。江湖上的事儿，就是你来我往。人没事儿就好。"南宫无量回道。

待两个伙计醒来之后，南宫无量便问他们可看清来人模样。这两个伙计是年前范三稳受伤后调过来的，身上有些功夫，平时在铺子里帮忙，晚上就睡在厢房里。这两个伙计以前也是跑江湖的，可挨的是闷棍，所以也没看清来人是何模样。不过其中一人说道："人虽没看见，可身上有一股子的膏药味，倒像是皮门的人。"

皮门就是卖药的总称，也有叫批或瓶的，也有叫挑汉儿的。其种类也繁多，各有各的叫法，卖膏药的叫挑炉啃的，卖大力丸的叫挑将汉的。

南宫衍不气反笑："哟呵，最近倒是热闹啊，四大门八小门的人，倒是来得全乎。不过也理当如此，打年前到现在，我们没少挡着人家财路。没办法，道不同不相为谋。正好我在四九城，咱就去会会那林家。"

第二天南宫无量和南宫衍坐着马车，直奔了林府。要说这林府的院子就是气派，最好的地段，四进的宅子，中间还有个小花园，以前是个贝勒府。林家前些年也住着四进的宅子，可地段和排面就大不如这房子。

敲了门自报家门，不一会儿的工夫，便有人将两人请到了客厅，主客寒暄几句。南宫衍便打量起这客厅来。这客厅倒是西式的，珐琅的茶具，还有西洋落地钟，就连墙上挂的都是长发碧眼的外国美女。这外国的画虽好，裱得也漂亮，就是上边的女子太过丰盈，且袒胸露怀的，有的还长着一双翅膀，叫啥"天使"。

"这洋神仙可不如咱们嫦娥好看，供着也是白供着，管不到这片儿的天。"南宫衍说道。他的声音不高不低，正好传到了林家家主的耳朵里。表面上看，这是一句露怯的话，听了会让人笑话说这话的人不懂西洋文化。可林家家主听得明白，南宫衍这是拐着弯地骂他崇洋媚外，还说他与洋人勾连，最后竹篮打水一场空。

"南宫先生说笑了，洋神仙也好，嫦娥也罢，都在那九天之外呢。活人还得顾着眼前。"林家家主这也是笑里藏刀，言外之意是指南宫家眼前的困境。

"也对。我南宫衍初来四九城。听无量说，林家家主您是个识货的。赶巧我手里有个东西，不知道真假，就让无量带我来这里，让您给掌掌眼，看看这东西是个什么路数。"说罢从兜里拿出一个小盒，将小盒放到了桌上，由下人递给林家家主看。

那林家家主本来洋洋得意，以为南宫无量带着南宫家远在东北的亲戚上门，是主动来认错，低头服软的。却不想这南宫衍看着其貌不扬，土里土气的，却一点儿也不普通。

林家家主打开盒子，就见里边躺着一铁瓶子，似铁非铁，上边的花纹有些磨损，可样式与之前柳四爷家的铁瓶子是一模一样。林家家主大骇，却强装镇定。"这，这瓶子倒是有点儿意思啊！"

那南宫衍却嘿嘿一笑："这东西啊，年前我在长白山里找的，兴许是个窑口，专门铸造这铁瓶子，当时我挖出来没有一千也有八百，您要说有点儿意思，那就放到林家的铺子里寄卖，价格您定，要多少我有多少，利润按行规来就成。"

一句话已把林家家主气得七窍生烟，他费尽心思找了风门的人拖住南宫无量，又让皮门的人去偷走了铁瓶子，不承想人家手里还有不少这样的铁瓶子，说明这铁瓶子并非关外宝藏的密钥。他被骗了。

可又一想，相传南宫家里有一门绝技，叫做古，据说能仿制青铜器，足以假乱真。这铁瓶子没准就是新仿制出来的。可若是这样的话，这铁瓶子也仿得太逼真了。如今南宫无量和南宫衍亲自登门，看来是挑衅来了。

"好，那得看您手里有多少这东西，要真有个八百一千的，那也值不得什么钱。"林家家主应付道。

"也对啊，没有一千也有八百，我还真没点算过，那这东西确实也不值什么钱。哈哈哈，看来我们还得找别的东西来合作，那我就不打扰了。不过我倒是想说一句话，事儿有可为，有不可为。有些对不起老祖宗的事儿还是少做，否则下了黄泉，只怕没脸见自己的列祖列宗。"说罢起身告辞。

说起这铁瓶子，倒是当年赖龙去东北的时候，找上南宫衍，让南宫衍帮忙仿制的。其实当时就做了两个。而真的瓶子一直在南宫衍的手里，这事儿除了赖龙无人知晓，就连南宫无量，也是在来时的路上才知道的。南宫家确有做古的本事，可这铁瓶子当时也就做出了两个，做一对本就是为了确保成功率。一般做两个，便要取一个好的留下，剩下那个便会被毁掉。可这铁瓶子也没什么价值，于是两个都留了下来，不承想今天就用上了。

第十一章　杖中剑

出了林家，南宫衍便一脸的严肃，待上了车便说道："待我回去之后，一定让林家在关外的生意都做不成。做生意你来我往都是正常，他却不该坏了那宴席，搅扰了你与云玲珑的姻缘，更不该当着我老头子的面为难云家姑娘。再有，我这一来，算是向林家下了战书，你接下来的日子就该不好过了，你可做好了打算？"

南宫无量却无所谓地说道："就算没有今天这一趟，'水心斋'与林家的梁子也结下了，来就来吧，我接招儿就是。与林家对立在所难免，他们早晚也会知道，这批文物也是我们截获的。倒是大哥您要有所防备，只怕'黑煞神'盘踞于关外，势力不容小觑。他早晚也会找上南宫家，您在关外也要多加留意。"

两人的话音未落，就感觉什么飞将过来，接着那马便嘶鸣了一声，撞向一旁卖杂货的铺子，将赶车的车把式给甩到了路旁。那杂货铺子里正有几个妇女抱着孩子挑着花线，这马要冲过去，只怕死伤不少。南宫无量手疾眼快，一把拉住了马缰绳。可那马已经惊了，根本不受控制。南宫衍见势不对，也过来帮忙，两人合力拉着缰绳。就见那马的肚子上开出一道口子，鲜血汩汩地往出涌。两人合力控制马车，可也无法让受了伤拼命逃跑的马儿停下，两人只得将马车往城外赶，以免伤了无辜百姓。

马车一路颠簸，很快就到了郊外，南宫无量方才跳上马头，用力一掌，那马受了重伤，又跑了半天，本就已经是强撑，被打了这一下，直接倒在了地上。南宫无量大喊一声："跳车。"南宫衍立马弃车而去。两人落在地上，就见那马车翻滚了一下，滑下了路旁的阴沟，摔了个粉碎，两人好一阵后怕。

"不想这林家如此丧心病狂，我们刚出了林府，就敢公然对我们下手，连避讳和伪装都懒得做了。"南宫衍说道。南宫无量也说道："他们本就做的是损阴德的买卖，早已没有了顾忌。这些年来，也不知道害了多少条性命，只怕他们自己数也数不过来，又怎会顾及我一个小小的'水心斋'。"

两人没了马车，拍了拍身上的尘土，往城门走去。可不想刚走几步，就感觉四周烟雾缭绕。这场景似曾相识，记得那日阿全与范三稳在那黄皮子坟前便看过此等景象，待眼前浓雾散去，便见一黄皮子坟立于眼前。

南宫无量心道："又是黄皮子坟，还真是没完没了了。"原来一直以来在郊外装神弄鬼的不只"铁算子"和那老太、他们养的小黄皮子和真黄皮子，还有这皮门的人，而这浓雾，便是皮门的一种秘药，既能当障眼法，又能在药中加料，使人产生幻觉。好在两人在看到浓雾之时，就已屏气凝神方才无恙。

不远处传来一个鬼祟的声音："哈哈哈，大掌柜的，咱可有些日子没见了，今儿个我们兄弟俩在此候着两位，就是想跟两位做个了断。您两位也别记恨我们兄弟俩，不过是受人钱财，与人消灾，怪就怪你们太多管闲事儿，今天又送上门来。"说罢，就见一胖一瘦两个人走到了近前，正是天桥上挑炉啃的膏药李和挑将汉的赵大力。

若说这皮门中有谁是这四九城里的名人，那就是挑炉啃的膏药李和挑将汉的赵大力。这两人平时就在天桥上，一个卖膏药，一个卖大力丸。膏药李的膏药能治风湿、口眼歪斜，还能治杨梅大疮。其实都是些骗人的把戏，若膏药能治花柳病，那医院里的盘尼西林也不会一支能换一袋雪花花的精面粉了。不过上当的人也是有病乱投医，受了骗也不敢声张，你总不能满大街地说自己得了杨梅大疮，上了当也只得打碎牙往肚子里咽，自个儿认倒霉。

卖大力丸的就更不用说了，说是强身健体，还能治老爷们儿不久也不举。还是那个套路，您要说他的大力丸不好使，那赵大力必会一拳头打过去，问你是不是有什么隐疾，要不凭啥说他卖的大力丸不好使，当着天桥上老少爷们儿、大姑娘小媳妇儿、半大老娘们儿的面，你自然不敢认，你敢承认，那还不如脱光了，走天桥上来得体面，丢不起那个人。所以皮门的人做的就是这样的生意。

可不想这两人是师兄弟，卖膏药、卖大力丸是幌子，背地里还卖些小孩儿药和少妇散。这小孩儿药也叫拍花子药，是用来专门拐卖妇女儿童的，这是损阴德的恶药。那少妇散便是那催情散，只要指甲盖那么一点点儿，多刚烈的女子都得乖乖听话。就只这两样的药，就不知道害了多少人。

"看来你们昨儿个去我家偷东西，是故意留了活口，好引我们找到你们。可不想我们直接去了林家，于是你们便改了计划，半路上打伤我的马。早知道你们专门坑人，你却不该装神弄鬼，与那林家勾连。今天既然拦着我们的去路，那也正好做个了断。你们就放马过来，看看最后鹿死谁手。"南宫无量笑着回道。

挑炉啃的膏药李和挑将汉的赵大力，手里皆拿着大刀。那是赵大力平时卖大力丸时耍的，不想那瘦小枯干的膏药李也能耍得动。南宫无量手里是云玲珑送的文明杖，南宫衍手里却是刚才赶车用的鞭子。

眼见南宫无量就冲向了赵大力，有如破竹之势，本想将赵大力一下放倒，可那赵大力也不是吃素的，十几斤的大刀抡得虎虎生威，南宫无量一击不成，抬腿又是一脚，正踢到赵大力手里的大刀之上。那大刀锋利无比，平时要带着刀鞘，此时大刀出鞘，就是想要人性命。

南宫无量却是不躲，直接用文明杖打向那刀背，重力使然，那赵大力连人带刀便向前而去。南宫无量回手又是一杖，直打到赵大力的后腔之下，这一下用了十成的力道，顿时就把赵大力那带着补丁的破裤子打成两截，掉到了地上，露出里边许久没洗过的灰裤衩子。

那膏药李也与南宫衍战到了一处，手里的大刀直攻南宫衍的要害。南宫衍抬手就是一拳，直接打到膏药李的头上。虽不是重拳，出拳却极快，还没等膏药李反应过来，头上便已经挨了三拳，打得脑袋如同糨糊，脸色也变得煞白。只道："你个老头儿还挺不好对付，且看李爷伺候你一贴神药。"说罢掏出一贴膏药，便向南宫衍飞了过去。

膏药李这贴膏药名叫乎死狗，那东西只要贴在皮肤上，想要拿下来，就得带着一片皮肉。且没有皮肉之后，那伤口还会溃烂流脓，即便不死人，也能折磨得人生不如死。这也是皮门对付异己的阴招。

南宫衍回手一鞭，将那乎死狗打飞了出去，抬腿踢上了膏药李的大刀，虽不见发力，却把膏药李踢得跟跄了一步，与此同时，他手中鞭子一挥，就将那乎死狗抽到了膏药李的脸上。只听膏药李"哎哟"一声，便抡着大刀与南宫衍拼上了命。

那边赵大力也没占到便宜，于是掏出了金刚大力丸，也就是个实心的钢球，要是被那东西打中脑袋，准得头骨碎裂，脑浆迸发而死。南宫无量手中的文明杖用力一磕，就听清脆的碰撞之声，接着那金刚大力丸便偏离了轨迹，却被赵大力反手接住，又一次飞向了南宫无量。南宫无量继续四两拨千斤，卸掉了那金刚大力丸的力道，顺势腾出手将那金刚大力丸握于手中，又反飞了出去，这一次直奔赵大力的命门。

战到此时，膏药李和赵大力都没占到便宜，两人也急了，便使了一个眼色。接着赵大力又冲了过来。此时膏药李从兜里掏出了一贴膏药和火折子。这边赵大力一对二，那边膏药李用火烤着那膏药，就见药气扑面，辣得南宫无量和南宫衍两人眼泪横流。赵大力临门一脚，将南宫衍踢飞了出去。南宫衍一个鲤鱼打挺，却感觉浑身无力。他立马提醒南宫无量道："不好，那膏药里有毒。"可为时已晚，南宫无量也觉身上无力。

就在这时，膏药李又飞了一贴乎死狗，南宫无量用袖子一挡。本以为那乎死狗最多贴在衣服上，也伤不到他里边的皮肤，却不想那乎死狗若遇到皮肉，便会贴上无法撼动。可若贴在衣料之上，便会起火，且那火会贴着皮肤烧。

南宫无量见袖子起火，也没犹豫，直接将外衣脱掉，扔到了一旁，可此时膏药李的乎死狗又飞了过来。他口里还恶狠狠地说道："去死吧。"好在这时南宫衍出手，一鞭子将膏药打飞出去。却吃了赵大力的一记重腿，人摔倒在地上。那赵大力的大刀便要落下去。南宫无量按动文明杖的机关，只见一把利刃被弹了出来。南宫无量飞身而起，直冲赵大力的命门。赵大力一心在南宫衍身上，此时没有想到那文明杖中有剑，待反应过来的时候，已经身中一剑。他出刀要反击，南宫无量迅速收剑，直接挑了赵大力肚子一剑。

赵大力血已染红了破衫，跌坐在地上，有了出的气，没有了进的气。膏药李大喊一声："兄弟，哥哥给你报仇。"说罢又一贴膏药飞了过去。却被南宫衍手中的鞭子带飞了出去，那鞭子一个回旋，正好落在膏药李的右眼之上。南宫衍用力一带，那鞭子扯下了膏药，生生将膏药李的右眼带了出来。膏药李捂着眼睛哀号倒地。

见两人再无还手之力，南宫衍方才起身说道："我二人无心取你们的性命，此时天色已晚，你二人能否活下来，只凭运气。想来，你们平时作恶多端，以后也不会有好下场，我俩不杀你们，也是怕脏了我们的手。"说罢两人相携回了家。

那膏药李和赵大力却是没死，可也伤得不轻，特别是膏药李，被他自己的两贴乎死狗折腾得骨瘦如柴，那赵大力却再也使不了硬气功。这两人后被仇家寻仇，惨死于城隍庙外，这都是后话。

只说南宫无量和南宫衍虽然赢了膏药李和赵大力，可也都受了内伤。南宫衍休息了几天，便启程回了关外。过了几天庞天然也回了关外，走的时候南宫无量出城相送，就在十里亭外，庞天然哭着说不想离开，让南宫无量一定要好好待云玲珑，倒是个有情有义的人，可不比他爹"黑煞神"，也不知道这样的性格是福还是祸。

二人走后，南宫无量便忙着小拍行的事儿，其实这小拍行最早起始于大唐安史之乱年间，世道不稳、兵荒马乱之际，总有大户人家和宫廷内府中的人，将自己家的珍贵物件，寄托给当时江湖朝野闻名的"长生库"，希望太平年后，自己的家人或后代可以找回当年的寄卖物器，得以生活温饱。现在四处打仗，这"长生库"便又兴了起来。

时间倒也过得飞快，眼看着就快三月了。自打上次膏药李和赵大力被打得半死之后，林家便没有了任何动作，安静得让南宫无量都快以为林家离开四九城了。四九城的事情已经处理得差不多，南宫无量便着手川渝之行。

临行前云玲珑来送南宫无量，两人手拉着手，坐在院子里说了一阵子的体己话。南宫无量说待他从蜀山回来之后，自会让古董门的前辈帮忙提亲。云玲珑既欢喜，又有些忧心，欢喜的是可以与心上人双宿双栖，忧心的是，此去蜀山本就路途遥远，再加上兵荒马乱，南宫无量只身前行，自然让她忧心忡忡。便让南宫无量一定要小心再小心，说着说着，那眼泪就跟断了线的珠子似的，吧嗒吧嗒地落下，这让南宫无量好生心疼，恨不得留下来，再不让心上的人儿伤心难过。只道此去他已经准备充分，而她之前送的文明杖，他也定不离身。两人相拥良久，难舍难分。第二天，南宫无量带好了所需的物资，直奔目的地——蜀山东部。

"九天悬龙有洞天，神侯一令方开山，北斗星下垂神树，洞前一灯罩九山。"南宫衍在时，两人便用伏羲八卦推算过位置，最后在地图上锁定了一片区域，这便是九天悬龙洞的方位。而他早在半个月前，便让阿全做好准备，在朝天门码头等着他和神秘人会合。

按计划，南宫无量提前出发，一路上正好还要处理一些别的铺面的事务。路上南宫无量还收了不少的货，正好也送到夜叉行去，让夜叉行送回四九城。

一路上路途劳顿，南宫无量找了家不错的客栈，准备好好休息休息。可刚一进客栈，就见一人用枪指着一个老汉，嘴里还大声嚷着："你敢骗老子。你说你这斗鸡天下第一，结果我十块银圆买回家去，一宿就蹬腿了。"

那被枪指着的老汉吓得腿直哆嗦，却还嘴硬地回道："军爷，那鸡是真的天下第一，我也不知道它怎么就蹬腿了，想必是吃了什么不该吃的东西。""放屁，你再胡咧咧，信不信老爷我崩了你。你当我傻，我都打听了，你那鸡原本是十战九赢，可年纪大了，前几天就有些苶拉头，也不知你给那鸡灌了什么药，方才让它看上去雄赳赳的，要不我也不能出十块银圆。现在你就说吧，是连本带利还给我二十块钱，还是让我一枪崩了你。我数三个数，一——二——大哥，你咋来了？"

南宫无量被抱了个满怀，心想着十块钱买了一只快要死了的老斗鸡，果然是那二世主庞天然能干出来的事儿，只是这庞天然怎会来到了川渝之地？

庞天然见了南宫无量，也顾不得那骗人的老汉，拉着南宫无量便喝起了酒。"这边的酒不好喝，没有二锅头和烧刀子有劲。"庞天然喝了一口酒，又嚼了一口花生米说道。南宫无量却问道："你怎么跑这儿来了？"庞天然也没掖着藏着："找你呗，我爹说你会去朝天门码头，让我找着你，一路跟着你进山，盯着你都找到了什么宝贝。要是平时他让我出这么远的门，我指定不干。不过听说这次要盯着的人是你，我就自告奋勇地来了。哥，你说我够意思不？"

庞天然这话倒是直接，若是换成旁人，只当他是在开玩笑。倒没听说过谁要盯谁的梢，上来便直接跟人家说："哎，我是来盯你梢的，我够不够意思？"不过南宫无量也委实感动，说明这庞天然确实把他当了朋友。

"你爹就没细说说，让你跟着我干啥。"南宫无量又问道。庞天然回道："说是去个什么九天悬龙洞，具体在哪儿，我爹也不知道，就说你知道在哪儿，我只管跟着就行。"南宫无量又补充道："等到了山里，让你留下记号，等我找到了九天悬龙洞，再将我杀了灭口。"庞天然"嘿嘿"一笑，笑得十分尴尬："我爹倒是真这么说了，可我也不能真这么干啊。

咱俩可是兄弟，什么宝贝不宝贝的，在我这儿一文不值，都不如我俩这兄弟情。"

南宫无量不知道庞天然此时心里如何想的，这人若是真骗他，那他的城府则深似海，否则他不会在他的眼中看到真诚。想来一路上有庞天然跟着也不错，一来有他一路上不会无聊，二来有他在，一般的牛鬼蛇神也不敢动他们。这一路上，倒是少了许多的麻烦。

至于庞铁山和林家，南宫无量出发前就觉得他们皆没有任何动作，只怕是憋着暗招，敢情就在这儿等着他。不过没有庞天然，还会有其他的人。把敌人放在眼皮子底下，总好过放到身后，谁都不会嫌自己的命长，这样倒是最好的选择。

南宫无量却也没猜错，有了庞天然一路上确实不寂寞。可时间久了，庞天然二世主的本性就都出来了，喝花酒逛窑子，非逼问南宫无量是不是早就不是童子了，直问得南宫无量无言以对，红了耳根。可庞天然还不肯罢休，找个花魁塞进南宫无量的房间，搞得他十分狼狈。

庞天然真是个十足的纨绔子弟，除了喝花酒，斗鸡、斗蛐蛐就没有他不玩的，就连看到路边的土狗都要撩一下，真是闲不下来的主儿。虽然一路上畅通无阻，可庞天然根本不是来找宝贝的，就是为了游山玩水，一路走得十分慢，好在他们是提前出发，要是再晚走上几天，只怕会误了与神秘人约定的时间。

而庞天然这次带了四个警卫、一个副官，那副官姓黄，虽不多言，可步伐稳健，手上满是茧子，一看就知是会功夫、时常练枪的。不论是副官，还是警卫，对庞天然一路上的荒唐行为皆是熟视无睹，显然已见怪不怪了。

好不容易到了朝天门码头，时间已经是清明。阿全提前五天便到了，他的身边还跟着一个别着菜刀的壮汉。阿全说这壮汉叫周权，表面看是个厨行的人，其实还是个赊刀人。这人是南宫衍派来的，说一路上可以护南宫无量周全。

周权和阿全一听庞天然是"黑煞神"庞铁山的儿子，皆面露难色，两人都是走江湖的，怎会没听说过关外"黑煞神"的名号？他们总是觉得，这庞天然终日装傻充愣是包藏祸心，所以自打见了他的面，便一直提防着他。

阿全说他来了五天，天天在码头上转悠，但一直没见到神秘人的身影。庞天然方才知道，南宫无量此行还约了一个神秘人。于是他说道："大哥，你们说的那个戴青铜面具的神秘人，倒是与一人十分相像。"

南宫无量问道："何人？"庞天然回道："关外蒋裴延。"

第十二章　蜀山

说起这蒋裴延，倒是个人物，且与庞天然有些渊源。那蒋裴延本是山海关外大胡子雷战彪的二当家的，可他背叛雷战彪，之后他又千里迢迢地投奔了庞铁山。话说到此，庞天然戛然而止。

南宫无量再三追问，庞天然方才小声说道："其实我爹并不信任这蒋裴延，所以他之后就离开了。我爹说他心深似海，表面上贪财好色，骄奢淫逸，实则他是迷惑雷战彪，盗取雷家祖传的山海神书。而他又来投奔我爹，那也是因为我爹的手里有'神侯令'。"

"'神侯令'又是何物？"

庞天然解释道："那'神侯令'一旦插入香火，便可燃烧起来，山中精怪和万物生灵都会拜服其下。只有这'神侯令'才能打开九天悬龙洞，而只有进了九天悬龙洞，才能拿出那青铜面具。"

"你爹有'神侯令'只是不知九天悬龙洞的位置，所以你爹才跟踪蒋裴延找到了我，继而让你继续跟着我。看来你爹的目的也是那青铜面具。"南宫无量推断道，这样此前神秘人与庞铁山的种种迷惑行为便说得通了。

可庞天然摇头道："说实话，我也不知道我爹到底有没有'神侯令'，至于他为什么要找到九天悬龙洞，我觉得他是想得到里边的宝贝，这也是我在林家听到的。我爹让我送来的信里，提到九天悬龙洞只是一系列的藏宝洞之一，这些藏宝洞分布在全国各地，所以我爹才要与林家合作。"

那神秘人到底是不是蒋裴延，南宫无量并不确定，他只知事情变得越发复杂。眼下时局不稳，只怕是对他和南宫家最大的考验。

几人在朝天门码头又等了几天，却没见神秘人出现。庞天然倒是自得其乐，毕竟他对什么青铜面具、九天悬龙洞，皆不感兴趣。他此行是为了游山玩水。且川渝之地有不少美食，初来此地，食之过于辛辣，可多吃几天便也习惯了。他成日没什么正经营生，可南宫无量各地还有不少的铺子，他可干耗不起。

"掌柜的，难不成那位大爷是遇到了什么麻烦事，所以晚了，或是他不得已直接去了蜀山。不如我们在这朝天门码头上留下记号，约那位大爷蜀山相见。"阿全说道。南宫无量一想，这倒也是个办法。于是让阿全在朝天门码头找了几处明显的地方，刻上一些江湖暗号，若那神秘人看到，便会赶去蜀山与他们相会。

于是几人踏上了去往蜀山之路。蜀山，现在也叫瓦屋山，位于四川盆地西眉山市洪雅县西南部瓦屋山镇境内。巴蜀风光，十之六七于蜀山。传说蜀国蚕丛就葬于蜀山。在那片神秘的土地上，以及广袤的原始森林里，孕育了许多上古文明。

这一路算是风景秀丽、气候宜人，再加上有二世主庞天然在，自是各种好吃的好玩的一应俱全。一路上南宫无量想到了"黑瓜皮"，一晃他们去雪山寻找神迹已过去半年，真是世事无常。

行大路时方还好些，可连着走了几天的小路，庞天然便有些吃不消了，且天气越来越热，终日骑马，一身汗味，几人便决定在自贡好好休息一下。

到了自贡，便是少有的繁华地。此去蜀山艰难险阻，本想带些武器弹药，可一路上盘查得十分严格。庞天然和他带来的人都是关外军，早已换上了便装，武器自然也藏了起来。周权说自贡也有鬼市，他有门路再弄些武器弹药。鬼市如同早市，要早上天没亮的时候才开，借着天还没亮，售卖一些见不得光的东西。于是几人找了间客栈，要了三间房，准备再采购一批物资。

庞天然是个闲不住的主儿，洗漱一番后，便拉着南宫无量要去见识一下自贡的美女。南宫无量心里有着云玲珑，全天下的女人皆与他无关，可又怕这二世主闯出什么祸端，便道："咱事前可说好了，青楼瓦舍我可不去，咱就去找个地儿听听小曲。这里不比四九城，更不是关外，还是低调着些为妙。"庞天然满口答应："成成成，大哥说啥是啥。"便带上两个警卫出了门。

几人找了间热闹的酒楼，可赶巧酒楼里搭了戏台子，说是请了月青楼的姑娘来唱曲儿。要说在酒楼里请窑姐儿来唱曲儿，可不是这里的规矩。但这月青楼最近新来了几个姑娘，那是个个赛天仙，而且还都是见过大世面的。为了争个头牌，便设下了擂台，到这酒楼里唱曲儿，让酒楼里的客人给投花，花最多的方可在月青楼里挂上头牌接客。

庞天然一听来了兴致，拍手叫好："这敢情好，这点子出得也好，等我回了关外，一定让百花楼的老鸨子也弄这么一出，一准儿热闹。"于是几人找了一间位置最好的包房。

两人坐定，打开里边的窗子，就见酒楼的大堂里搭了戏台子。地方不大，光线也有些昏暗。下边坐满了散客，竹子做的四方桌，坐的皆是平头短衫，点的都是些寻常的酒菜，为的就是看热闹。

再看那戏台之上也是一切从简，就连那布帘子都是洗得泛白，台上的木板，都已经腐朽不堪，一踩上去，便嘎吱作响。就这么一番场景，任谁也想象不到，一会儿打擂台的会是什么赛神仙的绝色。料想这里天高水远，自是不如四九城天津卫繁华，没有广州大上海的热闹，能有几个稍微清秀一点儿的女子，那也便是美人儿了。没办法，矬子里拔大个儿，美不美的，那是相对而论。

不一会儿的工夫，鼓乐齐鸣，可不似四九城的戏园子，一开场座都静了，专心听戏。这里的食客却是说话更大声了，定是要盖过那锣鼓之声，于是乎，一片嘈杂，震耳欲聋。南宫无量觉得就连野台子戏也要比这里讲究，庞天然却乐在其中。拍桌子叫好："好好，热闹，要的就是这个热闹。哥我跟你讲，就在俺们关外，那唱二人转的小场子，就这么热闹，有荤有素，我从小就听。"

南宫无量是一个头两个大，他是个喜静的人，感觉如坐针毡，心里打定了主意，一会儿见了几个窑姐上场，便要借故离开。

不多时那要竞选花魁的窑姐一个个上了场，环肥燕瘦，怎么说呢，南宫无量搜肠刮肚，只能用歪瓜裂枣来形容。唱的也是什么都有，南腔北调、皮黄、秦腔，还有各种民间小调。搔首弄姿，挤眉弄眼，看得南宫无量直想着跳窗而逃。难怪窑姐要来酒楼拉票，这要放在四九城，下处也容不下这样的"绝"色。

这些女子大抵也知道自己的斤两，觉得自己在容貌上没什么优势，便极尽挑逗，甚至开了黄腔，这一下看热闹的拍手叫好，将手里的绢花扔向了戏台之上，等一会儿都亮了相，再清点哪个得了花儿最多，哪个就是花魁。

后来就连庞天然都看不下去了："这要是放在我们关外，准得把这戏台子给砸了，这都长成啥样了，太砢碜了。这是憋疯了，再喝上几斤白酒，灯一关，才下得去手。"说罢摆头，一直喝酒。

南宫无量心中大喜，说道："既然如此，那我们便回吧。"可话音未落，便见台上走来一女子，杨柳细腰，粉面弯眉樱桃口，吴侬软语，一开腔，那是江南小桥流水，风流才子佳人，见了前边那些个歪瓜裂枣，冷不丁见着这么一个，自是听得抓心挠肝，后悔刚才就把绢花扔出去了。

庞天然也不走了，咧着嘴看直了眼，再一打听，这是月青楼里的小娇娇，原是扬州瘦马，不知为何被卖到了这里，自是要比刚才那些野路子的强上百倍千倍。现在终于明白，为啥刚才上来的都是些不入流的女人，那是为衬托小娇娇的美。

"哥，晚上我要去月青楼。"庞天然终于说出了南宫无量最不想听到的话。他有心劝阻，可也知道庞天然的秉性，一想也罢，过了自贡也便没了这样的热闹，只要不误事儿，便由着他吧。于是说道："那你早些回去，切记不要生事儿，我就先回了。"说罢起身要走，却被庞天然拉住了。

"哥哥，你先别走，你看那人像谁。"庞天然一脸惊讶地说道。南宫无量顺窗望去，就见戏台之上，拧着小腰走来一女子，唇红齿白，一双勾魂的丹凤眼，乌黑的发髻之上插着一朵大红色的绢花。这大红的绢花妖艳，可也压得住。略施粉黛，却是惊艳全场。举手投足间，皆是风情万种。

先前那小娇娇虽不能说是赛天仙，却也另有一番风情，自也算是个美人儿。可眼下这女子，不论从身段，还是从容貌都要更胜一筹。且自带妩媚妖娆，更是让人挪不开眼。再看庞天然和下边坐着的散客，一个个看得目瞪口呆，哈喇子流了一地，就连个"好"字都忘了喊，只有如雷的掌声，只拍得双手通红。

女子一开口，唱的是四九城流行的小戏儿，虽没什么大的技巧，可声音悦耳动听，再配合着一甩水袖，更是勾得人三魂没了七魄，恨不得冲上台，将这可人儿抱在腿上，摸摸柔弱无骨的小手，再亲亲带着粉红胭脂的小嘴儿。

最让南宫无量惊讶的是，这女人不论从样貌，还是从身形，都与云玲珑有八九分相似。他蹙眉站定，心里惊涛骇浪。可又一想，云玲珑可是自重的女人，何时做过此等风骚的动作。

他缓缓心神，坐到原位，看着那女子手绢一挥，撩拨着一众人喝彩声如雷，再一打听，这女子是从四九城来的，名为"红袖"。庞天然自也是觉得她长得像云玲珑，所以才喊住了南宫无量。庞天然财大气粗，拍出银票，让小二将小娇娇和红袖请到楼上来敬酒，又给了小二赏钱，小二自是将事情办好。不一会儿的工夫，那小娇娇和红袖都上了楼。一个坐到了庞天然的怀里，一个则坐到了南宫无量的腿上。

两人也不扭捏，倒上一杯酒，纤纤玉指托着杯子送到了两人的嘴里，细声软语地说道："两位爷，可是觉得我们姐妹两个好？若是觉得我们好，那便多去月青楼给我们捧场，到时候我们姐妹好好伺候两位爷吃酒。"

刚才楼上楼下的瞧，这红袖就像云玲珑，坐在怀里，温香软玉。像，十成九的像。那前凸后翘的身材，水蛇腰，虽没有缠足，可也不大，再配上一对粉红色的绣花鞋，说不出来的诱人，就连那卧蚕看着都分外迷人。

看着她，南宫无量就想到了那日云玲珑将他送出城门外，叮嘱他在外要按时吃饭，不得喝花酒。想着想着，就觉得眼前的女子就是云玲珑，否则这天底下怎么有如此相像之人。也不曾听说云玲珑有双生姐妹。可若是云玲珑，又为何不与他相认，还要如此做派，难道说她是有什么难言之隐？

为探明究竟，南宫无量掐了一把红袖的脸蛋，这一掐都能掐出水来，说不上的细滑。"既然让我们捧场，不知你们可愿意让我们留宿？"

各地的青楼规矩都差不多，一般没挂牌子的女人都是没接过客的，挂了头牌的，开苞是价高者得。老鸨子还得给头牌办个仪式，如同嫁女一般，做足了排场，一来是给头牌抬身价，二来也是让花了大价钱的客人觉得这钱花得值。

红袖和小娇娇还在竞选花魁，自是都没有挂牌的。可不想那红袖笑着回道："那敢情好，只要两位爷舍得花银子，今晚便可留宿，我们姐妹两个，定伺候得两位爷舒舒服服的。只是两位爷，到时候可得心疼我们姐妹两人，多给些赏钱，也好让我们早些上岸。"

庞天然摸着小娇娇的大腿，笑着合不拢嘴，他回道："钱，爷我有的是，就看你们有没有本事了。"说罢暧昧不清地看着南宫无量。那红袖自然回道："一言为定，我和妹妹现在便要回去准备，只等着两位爷快点儿过来享福。"说罢起身，作揖离去。

南宫无量沉下了脸，这声音也极像，只是这小嘴里吐出的话却不那么像。不过既然话已经说出来了，他就去那月青楼瞧瞧。

结了酒钱，两人雇了轿子便去了月青楼。两个警卫在大堂里喝花酒，一看也是常来此处的主儿。这也算是上梁不正下梁歪。南宫无量和庞天然则上了二楼。老鸨子将两人请到了雅间。这里不比四九城，雅间也简陋得很，茶却是好茶。

那老鸨子也就四十来岁，可脸已经垮了，可又搽胭脂抹粉的，看着好不吓人，可嘴能说会道，直说这小娇娇和红袖如何赛过天仙，她养着如何不易，话里话外便是要狮子大开口。

对于这种事情，庞天然最为拿手，两根金条一拍，便说："两条鱼换一宿，你若再多说，那就跟你聊聊什么叫民不与官斗。"说罢手枪往桌子上一拍。言外之意，你见好就收，若狮子大开口，小心永远开不了口。

老鸨子也是个有眼色的，觉得两条鱼也不亏，恭喜两位爷和两位姑娘洞房花烛。拿着钱便让人将南宫无量和庞天然送进了两间上房。一个红袖添香，自是红袖的房间；一个千娇百媚，自然是小娇娇的房间。

庞天然也好奇这红袖是不是云玲珑，可他也知道兄弟妻不可欺，自然是进了小娇娇的房间里。那小娇娇柔弱无骨地往他怀里一坐，庞天然自然是就坡下驴，直接跟着上了床，一夜风流，应下了为小娇娇赎身，娶她为妾。小娇娇十分欣喜，最终两个人缠绵了一夜。

再说南宫无量进了红袖的房间，就见红袖换了一身衣服，正坐着等着他呢。红袖，云玲珑，名字也很是类似，可眼前的红袖，那勾魂的眼睛，就在你的身上扫来扫去，撩拨着你那小心脏啊，忽上忽下的，总想着把这美人儿拉到怀里。

要说不像，也就只有这风骚的劲头不像。南宫无量与云玲珑两情相悦，却发乎情止乎礼，两人可没做过什么越轨的行为，最多是花前月下，拉拉小手，那都是小鹿乱撞，搞得心怦怦地跳。

云玲珑是个害羞的女人，两人一个眼神的相会，都是脸红到耳根，更别提这么明目张胆地与之对视了。再则云玲珑穿着朴素大方，可这眼前的红袖美人，上衣领口的扣子解开，露出里边白花花的一片，就连那粉色的肚兜带都看得一清二楚。再则这上衣收腰，情意三千，不及红袖这曼妙的身姿，正经人家的女孩子，可不兴这么穿的。

那裤子也不知是什么锦缎的，说穿着吧，可又能看透里边穿着的红衣短裤，还是绣着大红牡丹的。一走起路来，那外裤一动，里边的大红牡丹也跟着一动一动的，十足的风尘味。张嘴就是十方小曲儿，一副窑姐的做派，这又怎会是云玲珑？看得南宫无量直皱眉头。

那红袖上前一步，叫一声："大爷，你可想死奴家了。"那声音酥麻，方圆一里，听到的老爷们儿就没有能把持得住的。南宫无量本还想克制着，可体内燥热，越看那红袖就越上头。那红袖一颗颗解开了上衣的扣子，露出了绣着鸳鸯戏水的红布兜兜，那红布兜兜极省料子，说大不够罩上前胸，说小又把该罩上的地方都掩住了，倒是若隐若现，看得人血脉偾张，好不难受。

再则红袖脸若桃花，双眼微弯，一个横跨就坐到了南宫无量的身上，那双柔弱无骨的小手，就在南宫无量的胸前，有一下没一下地撩拨着。南宫无量明白这人定不是云玲珑，云玲珑怎会如此轻佻浪荡，勾魂摄魄。这哪里是红袖，这就是那祸国殃民的狐狸精，川蜀绝没这样的货色，一个动作就能把人迷得神魂颠倒。

南宫无量本就是血气方刚的年纪，吃了酒，又被如此地撩拨，自然燥热难耐。他拿起一旁的茶壶，便是灌了两口冷茶，可心中的那团火没有熄灭，反而越烧越旺。越看这眼前的人儿，就越与心中的云玲珑重叠，这不是红袖，就是他的云玲珑。今天就是他们的洞房花烛夜。

隔壁传来云雨之声，听得人更加血脉偾张。南宫无量目光迷离，突然他感觉不对。这眼前的场景，虽没有黄皮子坟，却是一样地让人迷惑。难道说他中了传说的蛊毒？

他心中一惊，好在多年在外，一直警醒，刚才差一点儿就要沦陷，想必此时庞天然已然与小娇娇成其好事儿，可他万不能做对不起云玲珑的事儿。他狠掐了自己一把，这才让自己清醒了一点儿。

那边红袖又撩拨道："大爷，奴家可就把自个儿都给您了，您今天是愿意怎样就怎样，奴家皆是愿意的。"这一身媚骨柔功，真是啥样的江山都能给败没了，还真是个狐狸精。

南宫无量越想越不对，自己是着了这狐狸精的道，他此时身体根本不听大脑的使唤，只怕一会儿就得被那红袖勾搭得犯下大错。而这红袖在此，为的就是算计他。

红袖小嘴吐气如兰，见撩拨得差不多了，便开始解南宫无量的衣服。这衣裳半褪，一阵冷风吹来，倒是让南宫无量更加躁动难安，很快他就被红袖推倒在床上。

第十三章　红袖

南宫无量是咬牙再咬牙，坚持再坚持，就连那腮帮子都咬出血来了，眼见着就要坚持不住了，就在此时，一道劲风而过，闯入一人。那人一鞭子挥了过来，直将那粉色床幔给抽成了两段。回手又是一鞭，将一旁的焚香熄灭。

红袖吓得惊叫一声，迅速地躲闪，一看就是练家子，否则不会如此警醒。接着那人又一鞭子抽了过来，将另外一半床幔也抽成了碎布，落在地上，悄无声息。这下子南宫无量算是彻底清醒了。

"东洋小人，也敢来此作祟？"来人戴着面具，手持鞭子说道，"南宫无量，你有所不知，早在酒楼之时，你们便被这小人下了毒，想必你此时见她，就是心上人模样。即便你心知她不对，却逃不过她的手掌心。"

南宫无量一阵心惊，难道说这红袖是东洋人？都说东洋有一种邪术，可以迷惑人心。他想到了林家，以及半年来纠缠过他的几个人。那几次动手的人不同，金皮彩挂样样都有，手法却有相似之处，皆是将他带入幻境。原来那些人动手之前，还有另外的人在场，所以他们才会多次见到黄皮子坟，应该都是东洋的幻术。

南宫无量清醒之后，方才想起自己还带着药丸，他快速拿出一颗

126

放入嘴中，不多时头脑便清醒了。想想此前，他一边想着不能做对不起云玲珑的事儿，却不愿离开那幻境。他多么希望那是真的云玲珑。他们苦恋多年，却很难再进一步，多年的等待隐忍，已经让他的心里留下魔障，所以才中了招。

那红袖一阵冷笑："八嘎，居然坏我好事儿。"说罢从枕头之下摸出一刀，便向着那人和南宫无量冲了过去。

那红袖虽有武功，却不是南宫无量和神秘人的对手，几个回合，就被南宫无量夺下刀抵住了脖子。南宫无量想要逼问她是何人，又是谁派她而来，可那红袖一抖衣袖，顿时有烟雾升腾而起，两人一不留神，那红袖便逃之夭夭了。

两人找到老鸨，那老鸨却说小娇娇本是她们买来的，红袖却是几月前找上门来的，因为长得俊俏，老鸨子也就放下了戒备，只想着挣钱，却不想惹祸上身。等问完一切之后，天已大亮，南宫无量和神秘人带着累得晕死过去的庞天然回了客栈。

周权见几人一夜未归，倒是没有等着，与阿全去买回了一些弹药。等庞天然醒后，几人便向蜀山而去。庞天然自是身体发虚，可到了蜀山也调养得差不多了，这都是后话。先说南宫无量与神秘人相见，便说了之前如何在朝天门码头留下暗号。

原来神秘人到了朝天门码头，本想与南宫无量会合，却发现庞铁山的人也来了朝天门码头。于是他隐藏起来静观其变。一路上庞铁山的人都在秘密监视着南宫无量等人的一举一动，所以神秘人一直没有现身。直到南宫无量差一点儿着了红袖的道。

至于那红袖，神秘人虽不知道她到底是谁，可二人推测，这人便是"红衣教"的"东洋之花"。正是东洋人派到我国来的间谍探子，想必也是觊觎那九天悬龙洞。至于是谁引来了这"东洋之花"，不用想也知道，定是那里通外国的林家。

几人离开自贡，便隐秘行踪，一直到了蜀山之上。蜀山林壑幽美、木栈摇摇、纤尘不染。可所有人皆无力欣赏美景，月青楼之事以后，庞天然也正经起来。南宫无量拿出罗盘，看着山脉走势。而那青铜镜上的四句谶语："九天悬龙有洞天，神侯一令方开山，北斗星下垂神树，洞前一灯罩九山。"前两句他已经破解，至于后两句，他一直苦思无果。

山中多雨，几人寻找多日，却一直在原地打转，且又遇到了瘴气。几人狼狈地躲在树洞之中，本已绝望，结果庞天然尿急，一泡尿居然浇出了一块刻着九条龙纹的石碑，众人猜想那碑之下便是九天悬龙洞的入口。

于是几人用衣服蒙面防止瘴气入体，又一起用力将石头翻开，却不想刚一撬动那石头，所有人便感觉脚下的土地似变成了棉花，软绵绵的，却似有无形的力量，将人往里边带，于是所有人不断地往里陷。

一阵眩晕之后几人再一醒来，已经到了漆黑的洞底。这九天悬龙洞，原来就是个天坑，四周黑暗，好在洞内有空气流通。几人点上火把，摸索前行。行了一个时辰，几人疲惫不堪，洞内逼仄难行，仿佛没有尽头，七拐八弯，好在所经之处皆不相同，否则几人定会以为在绕圈。

此时前边一抹微光，众人大喜，周权说道："前面有光，肯定有出口，但此地太过诡异，大家还是小心为妙。"说罢拿出菜刀，走在了最前边。再走几步，是看不到尽头的石梯，石梯上长满了苔藓和一些不知名的小虫。几人万分小心，不知这些虫子是否有毒，有的许是沉睡千年，还是尽量不去惊扰。

又走了有一个多时辰，几人已经陷入了绝望，就连神秘人也叹起了气，庞天然问道："我说，咱是不是遇到鬼打墙了？"周权摇了摇头："不是，这石梯很是有趣，你们也许没有发现，其实我们并非一直下行，而是时而上行，时而下行。这叫悬龙天梯，我也是听说，却不想世上真有此物。传说这悬龙天梯可通天界，可天梯总有尽头，不是九百九十九，就是九千九百九十九，最多不过是九万九千九百九十九。"

庞天然坐在地上不肯起来，直嚷嚷道："若那天梯是九十九万九千九百九十九阶该如何，我们岂不是要走一辈子？"阿全本就看他不顺眼，便说道："庞爷要是不愿意走，那就回去。"庞天然与之对视一眼，一旁的警卫便要动手，好在周权说道："这里尘封多年，小心惊动了什么精怪，传说中悬龙天梯皆有保护的神兽。"方才制止了一场内斗。

几人继续向前走，结果庞天然触动了石梯上的机关，几个石阶突然消失，庞天然差一点儿掉入无底深渊。那深渊之下时不时传来龙吟之声，也不知是天坑下自然产生的声音，还是真盘踞着什么神兽，好在他的副官将他拉住。

此后众人小心谨慎，结果还是误动了机关，为救庞天然，两个警卫掉入深渊，庞天然被副官强拉入安全之地。此后一路上庞天然都不再说话，南宫无量见到他眼角有泪。那副官说，这两个警卫跟着庞天然多年，平时庞天然吃肉，他们跟着喝汤，倒是从来不曾亏待于他们，如今为护主而死，也算是忠义之举。

也不知走了多久，终于豁然开朗。众人惊呆，那石梯之下便是一个偌大的空间。应该是天然形成的洞腔，足有一个足球场那么大。几人下到洞腔之下，原本黑暗的洞腔，四周突然升腾起了无数的光亮，看似萤火虫，可又像蒲公英，却是带着幽蓝的荧光，将整个洞腔照得诡异万分，让人感觉如入仙界，但周围的气温在不断地下降。

众人再往前走，却感觉脚上踩了什么东西，低头一看，竟然是无数的骨头，有人骨，有兽骨，还有一些不知名的骨头，似人非人，似兽非兽。有些人头带角，有些人头鸟翼，《山海经》中所记载的上古之兽，皆能与之对应。

南宫无量说道："难道说这便是洪荒之地，大泽的尽头？"神秘人摇头，他也没想到这九天悬龙洞会是此番情景。可令他们不可思议的还在后边，这天坑之中，竟然是另外一个世界。

再往前走，便是一个洞口，洞外传来光亮。几人走到洞外，却见大树参天，巨蛇腾空，一副书中之景象，几人呆愣于原地。这时巨蛇吐着芯子，迎面而来。南宫无量大喊"快逃"，只见那巨蛇到了近前，却被弹飞了出去。众人不知其原因，伸手去摸，却发现眼前虽是真实世界，却有一无形的屏障，将他们几人隔绝于那世界之外。

"难道说这是第九重天，或是天外之天？"神秘人说道，表情甚是虔诚，双手合十，虔诚膜拜。前方不知是不是天外之天，但众人发现回去的洞口也有了一层屏障。无疑，他们被隔绝在原来的世界与那天外之天的间隙之中。

纵然南宫无量早有准备，也没有想到会出现此种情况。可眼下他们进不得进，退不得退，就在这狭小的间隙之中，不出几日便会被活活困死。

南宫无量拿出罗盘，却发现那罗盘已经失灵，一会儿一动不动，一会儿转个不停。"看来这里磁场特殊，连罗盘都不好使了。"此时庞天然的手表也停了。周权这时说道："其实我来之前，那布衣神相赖龙便卜过一卦，他曾说我们此行必有三灾八难，若到迷惑之时，那破解之方就在我们这些人的身上。"

几人思来想去，最后南宫无量想到，那在神迹之中找到的铜镜。神秘人才恍然大悟，拿出那铜镜，诡异的事情再次发生了，那铜镜之中，居然能看到刚才的洞腔。但与之不同的是，那里边没有飞起的那些带着幽蓝荧光的东西。

"是那些荧光把我们带到了这里，可我们如何回去呢？"南宫无量拿着铜镜，却一直想不到解决的办法。于是几人只得困于其中，不知过了几天，带来的干粮已经所剩无几，最要命的就是他们已经没有水了。

就在几人即将陷入昏迷之时，南宫无量却一直没有放弃，也是机缘巧合，那铜镜中反射出一道微光。众所周知，镜中有光方能反射出光，南宫无量拿着铜镜寻找那光的出处。最终他发现，那铜镜能反射出微光的时候，手可以伸入来时的洞口。

几人再次振作起来，可问题又来了，铜镜只有一面，看样子只能带一个人回到原来的洞中。若按传说之中的记载，真有九重天，有人出去之后，若不能再回到这里，那留下的人就再无离开的可能。最后神秘人说道："我们几个人挽手而行，兴许能一同被带回去。"

人已到绝境，置之死地而后生，这道理，众人是清楚的。"动手吧！"众人只能冒险一试，于是众人挽手而行，还真成功了。结果在所有人再次踏入洞口的一瞬间，身后世界的屏障也被打开。只见一条巨蛇张着血盆大口而来。危急之时，阿全动了手，跳到前面，与那大蛇硬桥硬马地拼。与此同时，庞天然的副官也被大蛇尾巴卷走。

众人不及相救，人已回到洞中。等众人再想离开，没想到竟然找不到那之前的洞口了。最让人匪夷所思的是，庞天然的手表在这个时候，不知道怎么搞的，居然恢复了机械运动，仿佛刚才这里的时间是静止的。而南宫无量也惊讶地发现，地上居然多了两个骸骨，虽已白骨化，身形却与阿全和副官十分相像。

南宫无量悲痛万分，庞天然却直接哭出了声音。不想就一瞬间，他又失去了一位亲人，是的，在庞天然的眼里，他的副官就是他的亲人，因为他在庞家根本感受不到来自父亲和其他亲人的关爱，只有副官终日照顾他。

这时上边传来声音，只见一群带着枪的人冲了进来。来人不是别人，正是"黑煞神"庞铁山。众人被枪指着，自是一动不敢动。那庞铁山上来，就给了庞天然一个巴掌，骂道："老子让你干什么来了，你居然游山玩水泡女人，一点儿小事儿你都干不了。居然敢给老子耍心眼，跟你那脑袋被驴踢过的娘一样，还敢骗老子。"

南宫无量知道庞铁山一直跟在后边，也见到过庞天然偷偷留下标记，后来他发现庞天然将记号指向了深林之中。他的意思是让他爹带着人进入深林，估计这一进，没个几天根本出不来，而且还得损兵折将。他当时也不知道，为何亲儿子会如此算计自己的老子，现在看来，那庞天然与这亲爹的感情也不算亲厚。

庞天然被打倒在地，却捂着脸说道："你就知道宝藏和青铜面具，你可管过我的死活？你知道吗，副官死了，一眨眼的工夫，变成了白骨，躺在那儿。还死了两个警卫，小毛和大头，他们俩从小就跟着我。你懂个屁，在我的眼里，他们比你说的那个破面具和破宝藏要珍贵得多。"

此时南宫无量方才明白，原来庞天然不学无术是对父亲的抗争，他一直看不惯父亲霸道的行为，更不理解父亲那些唯利是图的执念。庞天然只想安安稳稳地活着，重情重义，不再被父亲左右。

庞铁山一脚将庞天然踢到了一边，然后便拿出一个青铜令牌。竟然就是"黑瓜皮"之前拿的那个夔纹令牌，只是已经断裂。庞铁山冷笑着说道："你们没想到吧，'神侯令'早就出现了，只是你们有眼无珠。不过这令牌是坏的，也不知是否有用。"

接着他将"神侯令"插入地下，只听地动山摇，一阵龙吟之声后，洞腔的中间升出一个石台，那石台之上，便是一个青铜面具，与神秘人之前所戴的面具十分相近，想必这便是蚕丛的面具。

庞铁山将青铜面具戴在脸上，然后笑着说道："九天悬龙有洞天，神侯一令方开山，哈哈哈。南宫无量若不是有你，只怕我也很难找到这里，你南宫家确实有些本事。不过你却没有我聪明，你只知九天悬龙有洞天，神侯一令方开山。而后来的两句，北斗星下垂神树，洞前一灯罩九山。其实说的是另外一个地方。只有拿到这青铜面具，方能知道那神树的下落。"

南宫无量早也想过这个问题，原来这"北斗星下垂神树"的神树，便是与"蚩尤残卷"有关的青铜树。那么说，庞铁山和林家的胃口更大，他们为的不只是倒卖文物古董，他们的最终目的，也是得到"蚩尤残卷"。

庞铁山从地里取出"神侯令"，那"神侯令"居然重新连接在一起了。与此同时，那放着青铜面具的石台开始下降，很快中央便出现一个深坑，接着便又是一阵龙吟之声。

众人低头看向深坑，结果就见一黑影腾空而起，那东西身上满是幽蓝荧光，将那东西的整个身体照得十分清晰。

那东西张开大嘴，两个硕大的黑色瞳仁，盯得人心里发毛。其叫声震耳欲聋，原来那龙吟之声，就是这东西发出的。仔细一看，那东西居然是个巨型蜥蜴。巨型蜥蜴伸出黑色舌头，只听一声惨叫，就见一个人被卷入那巨口之中，随即被吞下。

还未等众人反应过来，那巨型蜥蜴已经连吞了几个人，众人纷纷逃窜，庞铁山欲将"神侯令"再次埋入地下，以此控制这巨型蜥蜴。却不想被那巨型蜥蜴一个扫尾，掉入地坑之中。

庞天然冲了过去，拉住了庞铁山的手，却没能将人拉上来，他连同两个警卫同时掉入了地坑之中。紧接着南宫无量等人为躲避巨型蜥蜴也掉入了地坑之中。那地坑不深，里边依旧满是幽蓝的荧光。

南宫无量找到了庞天然，他正躺在一个椭圆形的石头之上。庞天然起身，便听到"咔嗦"一声。神秘人大叫："不好，那不是石头，而是那巨型蜥蜴的蛋。"庞天然立马蹿出去老远，却发现四周皆是那些巨型的蜥蜴蛋。

此时刚才被庞天然压过的蛋渗出血水，并伴随着腥臭的味道，想来是蛋内蜥蜴未能成形，就已被庞天然压坏。这下不用人说，庞天然也知道自己无意间闯了大祸，于是撒腿便跑。南宫无量几人紧随其后，可那巨型蜥蜴发出一声声凄厉的吼声，应是护子心切，势将所有人吞入肚中。

神秘人被巨型蜥蜴追上，南宫无量用杖中剑与之搏斗，方才让神秘人脱困，可那巨型蜥蜴又差一点儿咬到南宫无量的后背。庞天然回头连开数枪，吸引了巨型蜥蜴的注意力，这时周权的菜刀飞出，一个回旋，伤了那巨型蜥蜴的一只眼睛。那巨型蜥蜴彻底被激怒，飞身而起。

原本山重水复疑无路，没想柳暗花明又一村。就在那巨型蜥蜴飞来之时，就听到庞天然喊道："这里有个地宫。"此时众人哪里想得了太多，直冲地宫而去。那地宫有个石门，众人向里逃去，那巨型蜥蜴紧随其后。

庞天然守在门前，待人齐了后便要合上那石门，可那巨型蜥蜴力道极大，撞开石门又要开口咬人。庞天然的警卫从巨型蜥蜴的身后开枪，边开边向相反的方向跑去。那警卫喊道："少爷，替我们照看好爹娘。"庞天然泪眼模糊，他表情呆滞，却忍痛关上了石门，并用石条堵住。

短短几日，庞天然仿佛历经了一切。他冷笑着说道："我爹早就跑了，根本没有管我。他们只怕也活不成了，以后就更没有人管我了。"南宫无量拍了拍庞天然的肩膀，说道："兄弟，人得往前看。"其实南宫无量心中也很难过，因为他也失去了阿全。当初他救下阿全，是因为觉得阿全不该就那样死掉，却不想阿全却是为他而死。

几人不敢停留，继续向前而去。发现这里似乎是墓道。周权看向了南宫无量，南宫无量也已看出他们所走之处，应该就是个祭祀坑。神秘人说道："我要是没有猜错，这里应该是一神族的神王大墓。之前只是听说，不想竟然与九天悬龙洞是相通的。"

南宫无量说道："这是自然，古人皆有崇拜之举，这巨型蜥蜴就是为了护着这九天悬龙洞。而这神族没准就是守洞的神秘部落，他们崇拜那巨型蜥蜴，自然就想着把自己的墓穴靠近巨型蜥蜴的洞口。"

第十四章　云玲珑出现

　　来的时候几人沿着通道往前走，这里四处漆黑，没有参照物，让人忽略了时间的流逝，几人皆不知今夕何夕。只感觉前方有隐约的光亮传来。恍惚间似乎有人影晃动。便听到有人用颤抖的声音喊道："有鬼。"接着是咒骂的声音，只是用的是洋文。

　　南宫无量也警惕起来，庞天然小声地问道："前边的是人是鬼，这是什么情况？"周权回道："这还用问，当然是人了，要是鬼至于怕我们吗？"庞天然低头一看，自己一身污秽，还散发着难闻的体味，倒是比鬼更像鬼三分。试想一下，若自己在这暗无天日的地方，见这么一东西，也一准吓得汗毛竖立。

　　"他们是干什么的？"庞天然又问道。南宫无量回道："应该是盗墓的，刚才我听到有人说英文，里边八成还有东洋人。"庞天然骂道："一群外国鸟儿，居然跑到我们中国来挖我们祖宗的坟。哥，咱身上还有炸药没，一会儿我去给他们都炸死。"

　　"莫要冲动。"神秘人说道，可也知庞天然不是听劝的主儿。周权说道："炸你个锤子，你当这里是哪儿，这是地下墓坑，你要炸了这里，先别说我们几人能不能逃出去，一动炸药，这里的宝贝可就都毁了。"庞天然却冷笑一声："不炸了，难道留下来便宜洋人？炸毁了烂在地里，还算是我们自己的东西。"

南宫无量示意两人少安毋躁，可心里一想，还真是这么个理儿，若真的护不住，炸了也好过被洋人盗走。想来悲哀，军阀割据，洋人横行，中国版图在不断地缩小。如今在我们自己的地界上，要保护我们自己的东西却如此无力。何时才能将这些洋人都赶出中国的土地？

此时无暇忧国忧民，他们进退维谷，后有食人巨型蜥蜴，前有西洋东洋的盗墓贼，退则九死一生，进，前方情况不明，他们势单力薄，只怕硬闯不得。思来想去，南宫无量说道："我们先找个地方隐蔽起来，再找机会离开这里，至于这些盗墓贼，待我们摸清底细，再做打算，也不能眼见着老祖宗的东西被洋人偷去。"

几人正准备隐蔽起来，却见前边有强光照了过来。接着有人用东洋话和英文喊道，这里有人，接着一群手拿武器的人冲了过来，应该是那些洋人雇用来的土匪和盗墓贼。几人见势不妙，便开始寻找退路，那些人见人要逃便开了枪，几发子弹打了过来，人没打着，倒是打下了好几块山石，差一点儿砸到了南宫无量等人。

若对方一直用武器，南宫无量等人定是一个也跑不了。但那些人很快就意识到，开枪很容易引起塌方，于是那些人便开始对南宫无量等人围追堵截。墓道本就狭小，再则后边的巨型蜥蜴更为危险，躲避不成后，几人只得与之硬拼。但还是寡不敌众，四人皆挂了彩。危急时刻，南宫无量决定自己做掩护，让神秘人和周权先冲出去，而那些洋人只怕不下死手，也是对他们有所顾忌。

就这样南宫无量声东击西，以己为饵，倒是让神秘人与周权找到机会逃出了墓坑。庞天然来了火气，一心想炸掉墓坑，结果被俘获。南宫无量本有机会逃走，可他怕庞天然孤注一掷，准备将其救走，不想那洋

137

人突然开枪，他肩膀中枪，失血过多，最终昏迷在墓道之中。

几天后，南宫无量和庞天然被洋人带到了朝天门码头一个小院中，想来这里便是这些人的据点。南宫无量因中枪伤口感染而发起了烧，庞天然也一身狼狈。

"太憋屈了，老子就没受过这样的窝囊气。等老子缓过来的，准保把这些洋鬼子给炸上西天。"庞天然骂骂咧咧地说道。南宫无量却在听着四周的情况，想着神秘人和周权是否已经安全，他们是否也回到了朝天门码头。

庞天然却是对庞铁山的卖国行为十分不解，他觉得父亲并非土匪出身，后来倒是被逼上了山也是有血性的，多年来带着队伍东征西讨，本就是为了将队伍壮大，可不知为何，突然就与洋人来往密切。

"对不起哥，是我连累了你。"骂够了的庞天然说道。南宫无量摇头："盯上我的又不止你爹一个，现在看来，那些洋人应该是认得我的，否则他们不会这么费力地将我们带出蜀山。"南宫无量的伤口发炎，说着话便又昏死了过去，再醒来便不见了庞天然的身影，不由得为之担忧。

这时一个人出现在了南宫无量的面前，那人自称关外蒋裴延，他是跟随庞铁山来到的蜀山，目的是找"神侯令"。

蒋裴延将南宫无量救出，并安置在了一个农户家里。这农户是神秘人找的，周权也在，身上也受了重伤。南宫无量方知，当时在墓坑之中的那伙人，既有西洋人，还有东洋"黑龙会"的人，那些皆是一群盗取中国国宝的强盗，而庞天然便是被"黑龙会"的人带走的，送给了"东洋之花"红袖。

南宫无量无奈叹息，来时一路人马，如今死的死，伤的伤，还有一个庞天然不知去向。蒋裴延让南宫无量先养好身体再做打算，说完便离开，寻找庞天然的下落。

翌日神秘人回来了，告诉南宫无量，那日庞铁山称"北斗星下垂神树，洞前一灯罩九山"是另外一处天坑，其地点应该是山海关外的长白山余脉。南宫无量也得知，蒋裴延多年忍辱负重，为的就是保护那九天悬龙洞的一系列的藏宝洞，也就是"九龙宝藏"。当年像蜀山九天悬龙洞一样的藏宝洞各地皆有，所以像蒋家这样世代的护洞人也分布于各地。

周权已与南宫衍取得联系，南宫衍那边也查出，在长白山上也有一个洞，与蜀山上的九天悬龙洞十分相像，那棵南宫家世代寻找的青铜神树应该就埋藏在那洞中。青铜面具和青铜神树，皆是解开"蚩尤残卷"不可或缺的重要神器。几人商量了一下，准备救出庞天然后便去关外寻找那青铜神树。

再说那边庞天然被"东洋之花"红袖带到了地牢之中。那红袖威逼利诱，可庞天然看着纨绔，实则是个硬骨头，他生平最讨厌洋人，特别是东洋人。他此时得知红袖是东洋人，且是用了易容术才假扮云玲珑勾引他们的，就气不打一处来，两三句话便把红袖的祖宗十八代问候个遍，骂得是口干舌燥，气得红袖也是七窍生烟。

这"东洋之花"的名号可不是白来的。威逼利诱不成，红袖便给庞天然下了媚药。庞天然受药不过，他虽是个浪荡公子，但此等羞辱他怎能承受？最后他只想拼得一死，可结果被红袖命人吊在了房梁下，一顿皮肉之苦自是免不了的。

庞天然一边受打，一边辱骂红袖。那红袖被骂得动了真火，举起枪就要杀人。就在这时，红袖背后出现了一个戴着面具的人制止了她。庞天然死里逃生，却高兴不起来，因为那戴着面具的人不是别人，正是自己的父亲庞铁山。

"你为何要如此对我？我是你的亲儿子。"庞天然嘶吼道。庞铁山却是一阵冷笑，直笑得庞天然心里发毛。"你个废物，我不让你吃点儿苦头，你就不知道自己几斤几两。你要想想，你平日里好吃好穿所用的钱是哪里来的，你居然还敢算计你的亲爹。现在你还看不清吗，离开了我，你狗屁都不是。若你能乖乖听话，继续在南宫无量身边卧底，带我们找到'九龙宝藏'，我还认你这个儿子，否则别怪我对你和你那缺心眼儿的老娘不客气。"

庞天然这才明白，原来，庞铁山才是这一切背后的主导者。表面上看来，庞铁山是追着南宫无量来了蜀山，实则他早在多年前就开始布局。应该说，他早与洋人合作，为的就是找到"九龙宝藏"的秘密。就连蒋裴延也在他的算计之内。按照他的计划，那蒋裴延早与南宫衍有联系，此次又跟着他来到了川渝，后来他将计就计，抓走了南宫无量，就是逼着蒋裴延与南宫无量联手，为的就是蒋裴延从雷战彪那里偷来的山海神书。

"'神侯令'只是钥匙，而那山海神书才是找到'九龙宝藏'的地图。现在蒋裴延已经现身，并救走了南宫无量，下一步他们必然要去关外。"

庞天然无奈冷笑，自己一来受不住那红袖的媚药，再有几次，真真的生不如死。再则家里还有老娘和姥爷一家人。他这父亲心狠手辣，若他不从，只怕会伤及他至亲之人。他只得答应了父亲的要求，心里却早已有了另外一个计划。

几天后南宫无量和周权夜闯"黑龙会"的据点，虽说"黑龙会"的据点外紧内松，可二人还是费了一番波折，方才将庞天然救了出去。之后几人被"黑龙会"以及红袖所在的"红衣教"四处追杀，在蒋裴延的帮助之下，几个人终于来到了山海关外。此时南宫无量并不知道，一个更大的阴谋正等着他们。

一路上庞天然虽闷闷不乐，南宫无量也只认为是他的警卫和副官皆死于非命，所以心中难免失落，可眼下事情繁多，确实也顾不上这些。

到了关外，南宫无量将几人带到了自己的铺子里，是个粮米店，但库房之后便是一间密室。几人终于有了喘息之机，继而也研究起了下一步的计划。蒋裴延拿出一张地图，说起自己祖上的秘密。

蒋家世代为守洞之人，守的便是"龙神沟"的一处深坑洞穴。根据他从雷战彪手里偷来的山海神书中所记，那"龙神沟"，便是"九龙宝藏"的秘密所在。其书同样也记载了那句"北斗垂神树，一灯罩九山"。

"这树指的便是山海神树，据说是由蚩尤的后人所制，其中蕴含着宇宙洪荒中的大秘密和无穷的上古神力。其树可为天梯，上通九天之外，下至人间地狱。据说得此神树者，方才得天下。

"自古以来，便有不少的人觊觎这宝贝。想必四九城的林家以及那些洋人，都是冲着那青铜神树而来。我祖上世代守洞，可现如今，时局动荡，洋人横行，东洋人又虎视眈眈。我最初想偷走这山海神书，再去偷走庞铁山的'神侯令'，那便可以隐藏住'九龙宝藏'的秘密。可此后我发现，只凭一己之力，也难守得住此洞，于是我才四处奔走，希望找到志同道合之人。不为别的，只为守住老祖宗留下的这点儿东西。"

蒋裴延的话感人肺腑。南宫无量心想，那神秘人想必也与这蒋裴延有几分相似之处。两人的目的不在寻出宝藏，而是为了保护宝藏。两人的行为在这乱世之中，倒是让人佩服敬仰。

南宫无量根据山海神书上的记载，以及蒋裴延提供的地图，方才在心里打起了腹稿。丁卯绘初级可绘图，中级之上可装山河日月，最高级则是可以在脑海里绘制一张草图，到时候山溪河岸，皆于脑海之中，倒是最为防盗的绘图方式。

几人等着与南宫衍会合，可那边赖龙又出了事，他带着柳四爷的骸骨寻找柳四爷的家乡，结果却失踪了。南宫衍带人去寻赖龙，便让南宫无量几人先进山，他们随后在"龙神沟"会合。与此同时神秘人已经送来了信件，称他先一步进了山。

几人商量一下，虽然仓促，但他们必须要赶在洋人之前找到"九龙宝藏"并将里边的青铜神树带走保护起来。于是几人买了一些物资装备，动身向长白山腹地而去。

此时正是夏天，倒是进山最好的时间。在此之前，长白山一直是大清朝的龙脉禁地，外人倒是不得而入。现在虽可入山，可周围土匪和各方势力都不容小觑。再则东北有不少"黑龙会"的据点，所以行事必须小心。

几人乔装成了猎人上了山，直奔"龙神沟"。那"龙神沟"离将军山不远，冬日里白雪覆盖，夏天虽气候适宜，可早晚的温差很大。几人进了山，本想等等南宫衍，可此时"黑龙会"的人出现，为躲避"黑龙会"的追杀，几人不得不提前进入"龙神沟"。于是南宫无量在山中留下只有南宫家人才能看明白的记号，便上了天岭山。

"龙神沟"位于长白山腹地两山之间的悬崖峭壁之中，其地势险峻复杂，有如神龙卧于两壁之中，所以名为"龙神沟"，几人爬到了天岭之上，那里便是"龙神沟"的入口。天岭之上被云雾遮盖，一年四季皆是云雾缭绕，当地人称之为"云海"。

少有时候太阳能透过云层，看到两山之下的"龙神沟"，从天岭入"龙神沟"峭壁之上，只有浅浅的石窝可以通行，稍微不留神，便会掉入万丈深渊。若没些轻功的真本事，只怕有命来，没命回。

几人只带着简单的装备绳索，便开始徒手向"龙神沟"进发。几人配合得十分默契，万分小心，可还是差一点儿出了状况。一路上除了鬼斧神工的峭壁，还有一些隐于"龙神沟"中的古老生物。那硕大的老鼠，如同人般在峭壁上穿梭，你一个不小心，就会被这些老鼠算计。除了老鼠，还有青蛇和毒虫。若不是有蒋裴延带着，想必几人早已死了十几回了。

好不容易下到了"龙神沟"，几人终于松了一口气。可下面除了茂密的树丛，都不见什么洞口。蒋裴延说，蒋家守洞，本是每隔十年，就要入到洞口祭拜。而这洞口，只有蒋家家主一人知晓。老家主在任时会选出最适合的下任家主，并要亲自带着下任家主入"龙神沟"内。可百年前，当时的家主被清军带走，自此杳无音信，从此之后，蒋家便无人知晓这"龙神沟"下的情形。多年以前，他试图独自入内，可行至半路，便遇到了暴风雨，他不得不返回天岭。

几人边在"龙神沟"里寻找山洞入口，边等着南宫衍，可不想那些洋人居然开山炸石，山石翻滚，气浪翻天，几人差一点儿被碎石击中。而气浪之中，云雾裂开一道缝隙，洋人用望远镜竟然看到了他们的位置，以及"龙神沟"的全貌。

接着洋人和庞铁山带来的人开始借绳而下，虽伤亡不少，可也入得"龙神沟"内。借着月黑风高，一群人便偷袭了南宫无量等人的栖息地。两伙人激战，子弹乱飞。庞天然也打出了火，不管不顾，就要冲出去跟对方拼了。好在他很敬佩蒋裴延，听他的话，蒋裴延劝其冷静。最终四人狼狈地躲到小溪旁的石头之下。

几人盼着天亮，等雾气升腾，便是最好的隐秘之时。好不容易熬到了起雾，去路却被一人所堵。那人穿着夜行衣，虽看不清容貌，却知道是个女人。庞天然被那红袖算计好几次，二话不说，便与之动起手来。

那人便说："庞天然，你是不是傻了？我是云玲珑。"庞天然却道："放屁，你变成灰我都认得出你，你是那'东洋之花'红袖。云玲珑在四九城，怎会跑到这'龙神沟'中？"说罢不等她解释便要下杀手。

云玲珑本是与布衣神相赖龙来到了这长白山腹地，这里四周皆是峭壁，只有她轻功好，方才先一步入到沟中，寻找心上人南宫无量的踪迹，结果人是找到了，却被认成了红袖。沟内阴冷，再加上起了大雾，南宫无量也不知她会来，几人动起手来，身后却响起了枪声。这下几人更加认定，来人是红袖，而非云玲珑。

云玲珑百般解释，情急之中说道："南宫无量，我送你的手杖你可带在身上？"一句话南宫无量方才明白，这是真的云玲珑，可未等他与之相认，庞天然一记重拳，就将云玲珑打到溪水之中，眼见着云玲珑被湍急的溪水冲走。

南宫无量悔之晚矣，可此时真的红袖带人赶来，于是几人也先后跳入了溪水之中，顺水而下，到了"龙神沟"的深处。

结果那溪水尽头却不见云玲珑的身影，只见她穿过的绣鞋。几个人寻着云玲珑，这才发现了一个隐蔽的洞口。那洞口被一棵大树所遮挡，且半个洞口皆隐秘于山石之下。而此时的地势，正是北斗七星之势。可是那"一灯开山"的灯是何物，南宫无量一直不得其解。

几人进入洞中，洞中却亮如白昼，南宫无量方才参透"北斗星下垂神树，洞前一灯罩九山"的含义。就在这地下世界中，南宫无量终于看到了青铜神树。一棵神树，便是四海八方，人鬼神三界的世界。那青铜夔纹的树，便是整个中华最古老的文明。

　　未等南宫无量参透那青铜神树的含义，庞铁山和洋人们也已进了山洞。庞天然十分抱歉地看向了南宫无量，说道："对不起大哥，你这么信任我，我却背叛了你。但这不是我的本意，是我爹逼我这么做的。"说罢便走回到庞铁山的身边。

　　南宫无量虽知庞天然是被逼无奈，可也没想到他会将真的洞口位置告诉给庞铁山，毕竟他一生最恨洋人，更恨与洋人勾结的庞铁山。于是他说道："道不同不相为谋，既然这是你的选择，即便是无奈，那我亦无法原谅。"兄弟就此反目。

　　庞铁山用枪指着南宫无量，称那上古的青铜神树是他庞铁山的。可南宫无量怎会看着青铜神树落入庞铁山之手，二话不说，出手便与之抢夺。为防伤了青铜神树，庞铁山和洋人也不敢开枪，几人近身肉搏，你来我往。南宫无量三人个个武功高强，可那庞铁山也打得一手好拳，再加上庞天然的临阵倒戈，使得局势一边倒。那红袖找准了时机，举起枪便要打向南宫无量的要害。

第十五章 朝天门

关键时刻，云玲珑出现，一个蜻蜓点水，便跃到红袖的面前，给了红袖一刀，这一刀下去，正好伤到红袖的脸。借着空当，云玲珑和南宫无量躲到了安全的地方。两人相见，却是不敢叙旧。

那边蒋裴延和周权也受了重伤，这时庞天然却喊道："南宫无量，还记得我说过的话吗，咱老祖宗的东西，即便炸了，也不能留给洋人，快带着云玲珑离开。"南宫无量这才明白，庞天然倒戈是假，实则是为要炸了这洞口。

也不知庞天然何时弄来的定时器，就在众人抢夺青铜神树的时候，他已经安好炸药。众人见定时器被启动，也顾不得青铜神树，只得拼命逃窜。庞铁山气怒之下，一枪打中了庞天然的胸口，鲜血汩汩地冒出。庞天然使出最后的力气，用枪打断了庞铁山的腿。父子做成这样，却也是人间悲剧。

南宫无量背起庞天然向外跑去，没想到红袖突然出现，云玲珑与之缠斗，却被红袖飞出的忍者暗器"柳叶弯月刀"击中了后背。关键时刻南宫无量按动了手杖中的机括，子弹飞出，直中红袖的眉心。红袖轰然倒地。与此同时，山洞里的炸药被点燃，一声巨响之后，山洞入口被石头封死。

随后地下传来异响，只怕这里要塌方了。众人不敢停留，继续向前跑去。接着地下黑土松动，很快便出现了一道裂缝。许多人掉到了裂缝之中，南宫无量将庞天然扔到安全处，自己则掉到了缝隙之中，云玲珑使出仙女过江的绝技，将南宫无量救了上来，自己却因为受伤过重，坠入裂缝之中。

顷刻之间，地动山摇，南宫无量要去寻回云玲珑，却被蒋裴延拉住，向安全的地方跑去。待几人到了安全之处，就见"龙神沟"已被倒塌的山体掩埋。庞天然看着"龙神沟"被毁，露出欣慰的笑容，他最后说道："大哥，刚才那山洞下边是溶洞，我姥爷教过我，我放的炸药只能让山洞下沉，而那青铜树的位置在一块大石之下，必定会随着那大石掉入溶洞之中，可能会毁坏，但等到时局稳定，还有机会再挖出。还有我爹带走的青铜面具也是假的，其实早被神秘人偷梁换柱了，真正的面具，还在那九天悬龙洞内。我庞天然，也算是对得起天地，对……"

庞天然话未说完，就死在了南宫无量的怀里。南宫无量看着眼前的一切，仰天长啸，最后吐血昏迷。

赖龙与南宫衍寻到了他，并将他和庞天然的尸体带回了家。此时庞铁山也生死不知，而青铜神树也已掩埋于废墟之下。赖龙也算出，中国将迎来几十年的风雨飘摇，只怕再无条件入山挖掘青铜神树。于是南宫无量与南宫衍约定好，甲子之后，待国运昌和，后代子孙再入此地，寻找青铜神树之下落。此后南宫无量四处寻找云玲珑的下落依旧无果，倒是关外一直有着关于庞铁山的传说。而蒋裴延也一直活动于关外，倒是那神秘人却是再也没有出现过。

清瘦老人讲完后，轻叹了一口气，继续说道："事后赖龙为南宫无量卜过一卦，发现南宫无量此前的命格已变。再经反推，发现竟然是被人下了厌。想来就是当年那'铁算子'堵上性命对其下了厌，但此时赖龙也无力回天。"

听后南宫骁虽不知清瘦老人的话是否有隐瞒，但他自也为之叹息。那文明杖祖父一直带着，从未离身，想必也是祖父对云玲珑的思念。祖父为此抱憾终身，却一直认为云玲珑没有离开。

南宫骁看向清瘦老人又道："您对这段往事如此了解，想必也与那些人有关系。"清瘦老人也不隐瞒，直言道："我便是那云玲珑的后人。"

南宫骁一脸震惊，连忙问道："云老前辈果然没死？"清瘦老人点了点头道："没有，不但没死，还经历了更多匪夷所思的事情。这便又是一段诡异离奇的故事，眼下我不便多讲，待机缘到了，你自然会知晓一切。"

"甚好甚好，想来祖父也是想着，即便不能长长久久，只要人活得好好的，那祖父的心愿也算达成了。在下感谢您能将一切告知于我。"南宫骁拱手作揖，一来谢清瘦老人登门解惑，二是替祖父谢云玲珑当初相恋，后又相救之恩。

一世尘缘已了，一段往事成烟，只道世间多无奈，纵使有缘也惘然。清瘦老人又道："说好的甲子，转眼已到，如今你兄弟等后辈，要再赴那甲子之约，了却当年先辈未完成之事，我来就是这个意思。"

待说完话后，雨已经停了，清瘦老人走出"水心斋"，他抬头望着灰暗的天空，几千年来的未解之谜，不知现世可否一一解开。无论如何，倒是没有任何一个时候，如眼下这般天时地利人和。他老了，不过他们还年轻，一切皆有希望。

清瘦老人脱下护褙坐上了车，车上的人对他恭敬地说道："您这又是一宿。"清瘦老人回道："好久没说这些事儿了，挺好。准备准备，去趄朝天门码头。还有，让你通知的人，也都通知一下吧，就按我之前说的办即可……"

南宫骁合上门板，也是没有困意，回身拿出南宫无量当年的笔记。那上边写着甲子之约，他看时就在猜想：何为甲子之约？又是与何人赴约？这清瘦老人自称是云玲珑的后人，却闭口不谈云玲珑是如何脱险，又是否婚嫁。他与她之间是直系还是旁系。

再则那护被本是赖龙所有，为何会穿在了清瘦老人的身上，难道云玲珑之事，那赖龙早已算出。布衣神相，确有未卜先知之本领，可再有本领，也无法逆天改命。那如今，他与兄弟南宫勇二人的命运又如何呢？

几日之后，"水心斋"挂上了店主有事歇业的牌子，而南宫骁和南宫勇则坐上了去往川渝的列车。与之同行的还有周权的后人周顺意，以及燕子门的传人"小盘龙"许乔。本来此行带个女人多有不便，但根据南宫无量当年留下的笔记的内容，那九天悬龙洞内有食人巨型蜥蜴，其间有些事情，必须"小盘龙"许乔才能做到。一行四人，倒是与甲子前的组合相仿，只是阿全换成了燕子门的后辈。

"我祖父的笔记之中，对于九天悬龙洞的记载只有寥寥几句，现在我们能做的，便是避开魔障，等入洞之后，我们只要先将那食人蜥蜴放倒，一切便会顺利许多。"南宫骁说道。

几人认真地研究着计划，可南宫骁的心里隐隐感觉有哪里不对。也不知是那清瘦老人隐瞒了什么，还是这中间少了某个环节，使得他对这次川渝之行忧心忡忡。

朝天门码头自古便是繁华之地，日落之时，归帆林立。江岸上的街巷是古朴的吊脚楼，虽交通四达，但也保留着这里独特的风土人情。兄弟两人立于码头之上，望着落日的余晖，江面上波光粼粼，想象着当年南宫无量也曾站在这里，只是不知当年的南宫无量心中所想。

虽已过去甲子之年，可那些人、那些事儿，就像是在昨天发生的一样。之前没有感觉，如今站在他们曾经站过的地方，看着他们曾经看过的景色，感觉故事里的每个人都鲜活起来。稳重睿智的祖父南宫无量、高深莫测的神秘人、冷静内敛的阿全，还有一身江湖气息的周权，以及表面上玩世不恭却忧国忧民的庞天然。

如今即将踏上他们走过的路，却也不知道，究竟会是怎样的境遇。不过是兵来将挡，水来土掩，既然甲子之前他们能做到，那现如今的他们也一定能做到。此时几人还不知道，赴这甲子之约的不止他们几个。六十年一个轮回，一切注定从这里开始，也会在这里告一段落。

夕阳渐渐向地平线而去，几人准备回宾馆休息。南宫勇眼尖，一眼就见到水泥灯柱子上用粉笔画了一个奇怪的图案，他凑过去一看，居然是个三角眼、大鼻子的青铜面具图案。

"哥你看。"南宫勇喊道。南宫骁凑过来一看，不由得一愣。"刚才走过来的时候，我记得很清楚，这柱子上除了贴着《小儿夜啼经》，根本没有这青铜面具的图案。而且这粉笔的图案是新的，说明是刚刚有人画上去的。"几人四下寻找，并没有看到可疑的人。

几人面面相觑，就在刚刚他们感慨万千之时，居然有人在他们的身后不远处，留下了这个青铜面具图案，这是一种指引，还是有人故弄玄虚？最后南宫骁说道："大家静观其变就好，夜色不早，我们还是回去休息吧，明天便出发去蜀山。"

回到宾馆之后，南宫骁小声地对南宫勇说道："你也看过祖父的笔记，你觉得今天那青铜面具的图案是怎么回事儿？"南宫勇一路上也在思考此事，他回道："我记得当年蒋裴延就是因为发现庞铁山也来了朝天门码头，所以才没有露面。那你说，留下那青铜面具图案的人，是不是要告诉我们什么，会不会跟庞家有关？"

南宫骁点了点头："也许不只是庞家，还有洋人。最近北四九城里来了几个洋人，除了上次那个瓦斯鲁，好像还有一个东洋的女人，叫川岛右子，一直和瓦斯鲁走得很近。"南宫勇一听，脸色变得沉重："这川岛右子我也有所耳闻，据说与'红衣教'关系密切，而她的师父也是'东洋忍术'的高手。这么说，这是有人在提示我们，'红衣教'的人也来了朝天门码头？"

"不是没有这个可能，那些人狼子野心，这些年在香港不知道弄走了我们多少的好东西，'红衣教'和那些西洋人一样，一直贼心不死，我们不得不防。"南宫骁继而说道。

兄弟两人并没有在一起长大，一个留在国内，一个则被送去了国外。如今时局不比当年，国内海外皆有一群人和买卖需要支应着，若不是这样，又怎能完成南宫家的使命？如今兄弟俩是第一次一起出门，配合倒也默契。可见当初大叔公和二叔公将他们两个分别带走培养的决定是对的，至少算是审时度势，想到了现如今的国情。

翌日，四人整装待发，这次带的装备，倒是比六十年前好上许多，特别是南宫勇从英国带回来的户外装备，还有方便面和巧克力，再加上牛肉干和火腿罐头，至少不用像他们的祖父南宫无量那样，在山里打不到野味就得煮水泡干馍。

南宫骁一路上联系了几个熟人，建立了一个看似简单却很复杂的信息网。此时的通信虽然发达，但山里依旧找不到电话。为此南宫骁在蜀山下留了自己人，只等各方面传来消息，再飞鸽传书到山里。虽说飞鸽传书这法子老了些，但胜在管用，而且也方便。

南宫骁如此大费周章，那是因为他与清瘦老人早已约定好。他们大张旗鼓地来到川渝，而远在关外的南宫家的兄弟们则秘密去向"龙神沟"，这样两个队伍同时行动，方能事半功倍。

蜀山依旧是林壑幽美，溪潭瀑布，藤萝青苔，还有那仿佛置身于仙境的原木栈道，皆是把蜀山之美勾勒得完美无瑕。一路上几人十分小心，很快就到了预定的宿营地，搭起了帐篷，准备明天就向九天悬龙洞进发。

此时不比几十年前，那时是乱世，百姓自顾不暇，所以上山之路最要小心的就是土匪和盗墓贼。现在国泰民安，一路上有不少游客，除了游客，还有地质研究所以及考古队等，形形色色的人，可见形势一片大好，各行各业都沐浴在春风中，只等着蓬勃发展。好在来之前，清瘦老人送来了相关文件，倒是让他们行事方便了很多。不过也能看出，那清瘦老人的地位很不一般。

篝火拢起，几人煮了方便面吃。许乔和周顺意还是第一次吃这新奇的东西，吃得是津津有味。周顺意说，若是中国的小卖店里也能买到方便面，那就基本实现四个现代化了。说话间却见不远处一群人缓缓走了过来，这些人穿着统一的制服，有男有女，带头的中年大叔见了几人便打起了招呼。

"同志，你们是哪个单位的，出来出任务啊？"南宫勇回道："我们是科考队的。你们呢，哪个单位的？"中年大叔回道："我们是《地理杂志》的。那以后我们可以搭个伴了。"说罢便安排人就在这里宿营。那些人也麻溜地支起了帐篷，架起了炉灶，煮了一锅面条。

南宫骁打量着那队伍里的每一个人，南宫勇却将目光落到了那个长相甜美的女同志身上。那女同志也在打量着南宫勇，四目相对，女同志羞赧一笑，然后便低下头去。一旁的许乔翻了个白眼。许乔是燕子门的人，打小儿就是假小子，长大了装扮也比较中性，齐耳的短发，穿着男生的运动套装，且从不化妆，若不是开口说话，只怕比男人还男人。她很是见不惯女人如此惺惺作态。

那女同志的身边还坐着两个男同志，一个三十多岁，另外一个应该二十岁出头，两个皆是圆脸，一笑两个酒窝，倒也长得帅气，可气质与南宫兄弟大相径庭，但一看也知是受过良好教育的。

等吃完了饭，四人进了帐篷，南宫骁说道："看出什么不对没？"周顺意蹙眉："你这么一说，倒是有些古怪。"许乔说道："他们都不简单，《地理杂志》我倒是听说过，可这些人也不像常年在野外生活的人。再则一路上来，多有蚊虫，且刚刚下过雨，地面湿滑，但他们个个步履轻盈，应该都有功底。"南宫勇却说道："最主要的是，他们看了方便面根本没有任何吃惊的表情。"

那时候中国经济刚刚起步，方便面、可乐还算是稀罕新奇的吃食物件。说到这里，南宫骁接着补充道："那个女的，跟我们不一样，看皮肤的光泽度，绝对不是从小风里来雨里去的人，一般的女子即使皮肤再好，也不可能做到她那样，我在海外待过，她的皮肤，是从很小的时候，就接受养护的，即使现在，也是有高端的化妆品遮盖的，她不可能是中国人。据我看，她十有八九是东洋人。"南宫骁从小受过秘密训练，可以从一个人下意识的行为习惯，包括饮食、衣着还有其他的方面，甚至从一个人的外貌、体质特征来识别人。几人想过，这一路上必定有人盯着他们，却不想这些人会如此明目张胆地跟在他们的身边。

于是，第二天天还没大亮，这几人便收了帐篷向九天悬龙洞出发，待那些《地理杂志》的同志醒来之后，人早已经走出好几里路了。即便如此，一路上两队人马不时相遇，虽表面和气，却互相之间保持着较劲的架势。

在进入蜀山的第三天，南宫骁终于收到了第一封飞鸽传书，上边用南宫家的密语写着一切按计划进行，一路顺利，并无尾巴。看来他们引蛇出洞、声东击西的计策是成功了，只希望长白山上的行动一切顺利就好。

南宫骁写了回信，又将飞鸽放走，接下来几人继续在蜀山上兜圈子。可到了夜里，便见有人在篝火前一闪而过，而那投射在帐篷上的影子却是有三头六臂，接着便是诡异的声音响起。呜呼哀哉，似风鸣，又似鬼叫。南宫骁等人被吵醒，却也没敢出帐篷瞧个究竟。

到了第二天早上，几人在篝火旁发现了一组脚印，那脚印也忒大了，要是按正常的鞋号，少说也是六七十码那么大，而且脚掌宽阔，脚趾分明。几人皆惊，不知道昨天那黑影是什么东西。

"这难道是山中的精怪？"许乔问道。南宫骁回道："若按体型，倒是与那山魈有几分相像。"几人一听，脸色皆不太好。立马收拾了东西，继续向山中走去。山行六七里，一路上便是脚印不断，可偏偏天气突变又下起了雨，无奈之下几人只得再次搭帐篷宿营。

雨越下越大，四个人分两个帐篷睡觉，虽说许乔是个女的，可不矫情，放到古代那是巾帼不让须眉，这要是进入工厂，一准儿的三八红旗手。这要是搁到现在，那就得叫许爷了。此行情况复杂，必须两人一个帐篷，所以三个男人轮流与许乔一个帐篷，中间挂一个帘子，倒也没什么不方便的，毕竟出门在外也没办法讲究得太多。

今晚正巧轮到南宫勇与许乔一个帐篷，许乔夜里起夜，这就比较麻烦，她穿着雨衣、打着手电出了帐篷，此时一道阴风吹来，就见一无头男尸体从她面前而过。许乔心中一惊，再一瞧看，那男尸脖子处还流着鲜血，那头却是在手里拿着。突然间那头上的眼睛睁开，直勾勾地看着许乔，直吓得许乔倒退数步。她曾听师父说过，山中山魈会在夜时生吞人血。许乔再怎么强势，也毕竟是个女孩子，只听得她"妈呀"一声，撒腿就跑。

不多时帐篷被人打开，一个湿漉漉的女人走进了帐篷。南宫勇也没睡，听着许乔的动静。"你怎么去了这么久？"他问道。那许乔并不回答，直坐回了睡袋上，打着手电，不睡也不出声。

南宫勇只觉不对，他撩开帘子，却见一无头尸体躺在睡袋上，而眼前却是荧绿的灯下一颗血淋淋的人头，那人头不是别人，正是许乔。

见南宫勇瞪大了眼睛，那人头露出诡异的笑容，那惊恐的眼中渗出血滴，滴答滴答地掉到地上，南宫勇感觉心脏漏跳了半拍。这时那人头快速向他移动。南宫勇心道不好，这山里怎么出了此等精怪，刚要高声喊叫，那人头便已经咬上了他的脖子。接着帐篷之内，便见鲜血喷涌。

等南宫骁与周顺意听到声音跑出来时，就见地上躺着一个浑身是血的人，看不清五官，只觉得眼熟。在另一旁的帐篷内，绿光闪烁，一个人头在帐篷内飘来飘去……

第十六章 千里之外

与此同时，千里之外的山海关外，二叔公带着南宫乾和南宫坤兄妹俩，急急地向大小兴安岭余脉进发。一行人训练有素，南宫家这一支一直生活在关外，皆是南宫衍的后人。这几十年来，虽然不能进山，南宫家却没有放弃对子女的训练。

南宫乾是个闲不住的人，南宫坤虽比她哥哥小了好几岁，可打小儿就稳重得很，但毕竟是小姑娘的心性，第一次进山，感觉一切事物都很新奇。她问道："哥，听说那'龙神沟'早已经毁了，我们此行还能找得着吗？"

"必须能啊，要不二叔公也不会亲自出马，人家在首都北京好好待着不就完了，为的不就是当年埋藏在'龙神沟'之下的宝贝吗？"

二叔公是看着南宫骁和南宫勇从小长大的，再一看南宫乾这兄妹俩，倒是觉得南宫兄弟打小可怜，要是一同长大，那该有多好啊！他从身上拿出一个锦盒，里边装的是当年害了几条人命的铁瓶子。当年"龙神沟"被炸之后，南宫无量和南宫衍方才查出，这铁瓶子才是一切的关键。

"九天悬龙有洞天，神侯一令方开山，北斗星下垂神树，洞前一灯罩九山。"这四句谶语原是被人改了顺序，原来的顺序应该是："九天悬龙有洞天，洞前一灯罩九山，北斗星下垂神树，神侯一令方开山。"

前两句的重点是洞前一灯罩九山，这一灯便是传说中的"玉烛龙"，只有这"玉烛龙"方才是打开九天悬龙洞的关键。当年的时局不稳，而南宫无量留下的笔记又似乎有所隐瞒，若真有"玉烛龙"在，那当年南宫无量等人去的九天悬龙洞和那"龙神沟"又是如何进入的？

当年之事越想越是古怪，现如今希望这帮孩子能肩负起南宫家的重任，继而解开当年这些谜团。若此行两队人马皆很顺利，那他和他哥这两把老骨头也可以退隐江湖，养花遛鸟，撩猫逗狗，安度晚年了。

那"玉烛龙"据说是千古难得的宝贝，相传上古有一个神兽，名为烛龙，开眼为昼，闭眼为夜。始皇帝命人捕捉烛龙，将其做成蜡烛，点之夜如白昼。那烛龙本就是带着灵气的神兽，又在帝王之气下滋养，久而久之，那宫殿之内的蜡烛便成了精怪，似人非人，便是龙身人头，只要烛妖出现，宫殿里必会走水。

此后大秦亡了，那烛妖也随着阿房宫的消失而消失于世。之后天后登基，修建"通天浮屠"，便命人去寻那烛龙，为"通天浮屠"照明，不想却引来那烛妖，想借着"通天浮屠"飞升。于是那烛妖烧了"通天浮屠"，在熊熊的烈火之中，那烛妖化成人形向着天庭而去，结果一道天雷劈下。天后建"通天浮屠"本就是窥探了天机，那烛妖又妄图借机飞升，自不量力。那天雷将那烛妖劈得烟消云散，却留得身上灵气化为"玉烛龙"留传于世。

皆说得"玉烛龙"者，便可窥探天机，且那"玉烛龙"点燃之后，可照世间所有的宝贝，便如同长出慧眼，能识古辨宝，所以才会被古董界的人追捧，一直有人在不断地寻找着它的下落。据说清军也是因为得了"玉烛龙"方才顺利入了关。此后这"玉烛龙"便没有被带到关内，而是被埋藏到了关外的禁地之中，以免再有人借此宝物窥探天机，改朝换代。

当然这些皆是传说，并没有历史根据，而这"玉烛龙"之所以会在这大小兴安岭中，兴许与当年本见先祖和他志同道合的一群人息息相关。当然，这也并非二叔公想出来的，而是南宫骁的推断。

说起南宫骁，二叔公自是满意得不得了。南宫骁是难得的七窍玲珑心，足智多谋，他小小年纪，就能看出许多问题来。他只从南宫无量的笔记中，便分析出那四句谶语顺序颠倒。他也称只有找到了"玉烛龙"才能打开真正的九天悬龙洞。

临行前他问南宫骁到底发现哪里不对，南宫骁却讳莫如深地一笑，并拿出了一张地图，说道："一切还需我入得蜀山方能印证。二叔公，你且等着我的信儿即可。这是'玉烛龙'所在的位置。到了那里，便能找到当初本见老祖留下的线索。"

山路难行，大小兴安岭内多有野狼出没，而且时不时地会有盗猎的人出现，这些自不必多说，只说二叔公按照南宫骁的地图到了山中指定的位置，那是一山坡之上，四周大树参天，就在一处不起眼的小河旁，便见一石头之上，留有南宫家的标记。那标记本就是本见先祖所创，如今刻于石头之上，自是留给后人的标记。

南宫乾拿出指南针和罗盘，看周边的山势走向，以及这下边的土坡，几人惊讶地发现，这下边只怕是辽人或是金人的墓穴。只是不知这是本见先祖借墓藏宝，还是那"玉烛龙"本就是随葬品。

时间紧迫，没工夫寻龙点穴，且金人与中原人的入殓习惯不同，有些办法也未必好用。再则以二叔公的推断，这墓八成是巫师或是祭司之墓。下地的最怕就是遇到一些神职人员的墓。于是几人一商量，找出墓道的大概方位，先炸出一道口子再说。

在这方面南宫乾算是行家，过年放的二踢脚都是他自己做的。不仅如此，他还能将火药的分量和所有位置计算得十分精准。冬天开河打鱼，一个二踢脚就能炸开一片冰面，那冰面还是裂而不散，人可以在上边行走，稍微一用力，便能打出一个冰窟窿，堪称关外一绝。

一声闷响之后，墓墙被炸开，露出里边墓道。几人也没急着进去，只等空气流通一阵后，再用蜡烛一试，方才鱼贯而入。

"大家跟紧些，不要急着赶路，若是金人之墓，倒是没有中原人的花花肠子，并不会有机关。可大家一定要注意脚下，也不要动墓里其他的东西。"二叔公经验丰富地说道。

如今时代不同了，临来的时候南宫乾也跟当地的有关部门打好了招呼，他们这次来，必须为祖国的考古工作贡献一份力量，等他们找到所需物品之后，其余的东西一律原封不动，只等着专家来定夺。

入得墓道之下，就见墙壁上镶嵌着好多人骨，这些人骨被打磨成了各种形状，上边还刻着一些文字。南宫坤对萨满等民俗十分了解，她翻译出了上边文字的意思："这上边是一些诅咒的话，意思是说，如果有人打开了这个墓穴，惊扰了祭司大人的长眠，便会受到最恶毒的诅咒。"

二叔公蹙眉，还真是祭司的墓，不由得正色起来。他生在新中国成立前，脑子里还有些迷信的思想。倒是南宫乾不打没准备的仗，只见他从兜里掏出了一个红色小本，上边还印着一个红五星。

南宫坤知道她这哥哥每每做些匪夷所思的事情，看似聪明，实则幼稚可笑，连忙问道："你这又是什么？"南宫乾嘿嘿一笑："这还用问吗，当然是工作证了。"南宫坤秀眉一皱，问道："谁的？"南宫乾回道："局长的，来时候我去审批，在他桌上顺的。你看现在就派上用场了。"

说罢他将工作证打开，露出上边的照片和姓名，对着那些人骨说道："我亲爱的大祭司，你们看好了，是他让我进来的，这上边有照片还有姓名和地址，你们那些最恶毒的诅咒就冲着他去就行。他当过兵上过战场，他说他愿意为革命事业贡献一生。你们有事儿找他，准保没错。"

南宫乾将工作证往墙上这么一插，拍了拍手，笑呵呵地继续向前走去。直把二叔公看得呆愣在原地。心想，这事儿干得妙啊！他怎么早没想到这一点。可又一想，这南宫乾也忒缺德了点儿。不过有这红本本在，倒也无形中长了些底气，于是迈着步也向前走去。

走了十几米就到了尽头，就见一刻着简单图案的石门，那石门是黑褐色的，隐隐还有些腥臭味。二叔公说道："不要靠近，这上边是血混合了朱砂，只怕还有些毒药。"

南宫坤上前一看，那些图案亦是一些诅咒的图案。这下她心想南宫乾没辙了。不想南宫乾一听又是诅咒，回手就又从兜里翻出一个工作证，这一次是个主任的，可见确实是有备而来。这下就连二叔公都不得不投以赞赏的目光。从战略的角度上来看，南宫乾这也算是为南宫家保存实力了。

石门是封死的，自然又是南宫乾炸开的，只是他炸的是墙，因为这石门很有研究价值。入得石门之后，里边黑乎乎的一片，根本看不到尽头。此时几人都警惕起来。这里感觉很不对劲，且自从这石门被打开之后，便感觉有无数只眼睛在盯着他们。

再往前几步，便是一堆骸骨。不同于之前墓道的人骨，以前祭祀多用人骨，古人以为只有人骨方才能与神灵沟通，所以人骨制品皆被打磨过。此地上的骸骨虽零散，却没有被打磨过的痕迹。

南宫坤突然说道："你看，这里有盗洞。"几人循声望去，果然有一个坍塌了的盗洞。看来很久以前这里便被盗墓贼光顾过，只是这些盗墓贼为何会惨死于墓中，而他们的骸骨又为何会散落一地没了人的形态？

几人觉得毛骨悚然，这时南宫乾说道："我刚才好像看到了一双眼睛。"此话一出，众人自是背脊生寒。南宫坤其实也看到了那双眼睛，她却示意哥哥不要多言，毕竟下来的还有其他的人，以免乱了军心。她拍了拍南宫乾的肩膀说道："许是看错了。"说罢继续前行，可几人都能感觉到来自周围那种莫名的压迫感。

突然前方出现了一双赤红的眼睛，可随即又消失了。二叔公虽上了年龄，耳力却不弱，他听到了与人不同的呼吸声，呼吸急促却不纷乱，似乎是什么东西，正静静地等着他们继续向前。向前便是自投罗网，只有高级一些的生物，才会用等待来捕捉猎物。

二叔公心道不好，于是喊道："快撤。"可话音刚落，便见一道黑影扑了过去，接着便有一道冲力，将南宫坤推倒，而且还在南宫坤的肩膀上开了一道口子，幸亏南宫坤还穿着熊皮的护甲，否则定是皮开肉绽。

南宫乾抬手就是一枪，他手中的猎枪很有准头，只听一声哀嚎，接着又是一道黑影扑了过来。二叔公用手电一照，众人这才看清，那黑影居然是一只灰黑色的猴子。那猴子龇牙咧嘴，张着嘴就要咬人。众人方才明白，那些盗墓贼的尸体为何会七零八落。

南宫坤飞出手中的皮鞭，与南宫乾配合，将那猴子打退了回去。接着一切归于平静，几人用手电照着四周，却不见那猴子，只见一旁有几个石刻。南宫乾却也不傻，对着其中一个石刻猴子便开了一枪。

原来那根本不是石刻，而是刚才袭击他们的猴子。这猴子长得十分奇特，周身没有毛，皮肤是灰黑色的，可若它静止不动，又会变成灰色，如同石刻一般，一般人根本发现不了，可见其居然会伪装。

那石猴被打中了小腿，痛得嗷嗷直叫，上蹿下跳，直弄得墓室之中灰尘四起，呛得所有人咳嗽不止。没等众人缓过来，那石猴便又发起了新一轮的攻击，这次更加迅速。不多时那石猴便攀上了南宫乾的身体，张着恶臭的嘴，便要咬向南宫乾。

　　此时二叔公一拳打在了石猴的后背，那石猴身体一挺，便向后仰去。这石猴居然被一拳打得心脏骤停，这可是难得一见的硬功夫。南宫乾劫后余生，还不忘拍二叔公的马屁。"二叔公果然宝刀未老。回去大可给我们找个二奶奶，三年抱俩。"

　　二叔公还是上了年纪，本就是用力一击，又听晚辈如此揶揄，不由得一巴掌拍到了南宫乾的头上，这叫大耳雷子，说道："没大没小。"心里却想着，还是南宫骁兄弟更靠谱些。

　　几人四下查看，发现这里地上有许多瓦罐，里边装着各色药粉，想必那猴子就是食了这些药粉方才产生了变异。可又一想也挺诡异，刚才那盗墓贼死了没有一百年也有六七十年了，那么这只猴子到底在这墓里活了多久？

　　南宫坤警惕地看着四周："不对，这里应该不止这一只石猴子。"这时一旁又有一只眼睛睁开，南宫坤用手电一照，刚才眼睛的位置，正立着一个石狼。南宫乾喊了一句："这墙边的都不是石刻！"说罢一声令下，带来的人纷纷向着墙上射击，结果惊动了那些本在休眠的石兽。竟然有三只猴子、两只狼。

　　几个畜生拼了命地冲了过来，好在几人皆有些本事，虽有几人受伤，可还是将这几个畜生射杀。二叔公令人将几个动物的尸体放好，等出去后再用火焚烧，以免影响山里其他的动物。

　　"现在看来，这大小兴安岭上经年传的山妖野怪，就是这些变异的动物，传得神乎其神，结果却是如此。"南宫乾说道。南宫坤也觉是如此，这些年来，多有山中野人和精怪的传说，看来传说多不可信。

消灭了这些阻碍之后，几人继续向里边进发。再往前，便是主墓室，进去之后感觉豁然开朗。二叔公在墙上找到了烛台，将烛台一一点亮，就见整个墓室如同水晶宫殿，四周皆是用冰所垒砌而成的。

众人大惊，南宫坤又想起当地的一个传说："我记得曾听这里的萨满巫师说过，很久之前有位祭司大人生前建了一座海底龙宫，用来祭祀上天，以求死后能与神灵共存。他们说那海底龙宫便是用水晶堆砌而成，现在看来，用的不是水晶，而是天然的冰块。我说怎么越往里走就越感觉冷呢。"她刚才还以为这是阴气，结果是冰块在物理降温。

这祭司大人倒也聪明，也不知道想的什么办法，居然能找到这样一处地方，让冰在地下常年不化。等到冬天，再取江中冰块，打磨成冰砖，送到此处。且那冰块之中有鱼有虾，还有一些不知名的古老生物，还真有点儿像海底龙宫。

就见那正中央的石台之上，还放有一冰制的棺材，那棺材晶莹剔透，里边穿着古老祭司服的人静静地躺在冰棺中间，虽在冰棺之中，尸体却已经只剩下了白骨。"显而易见，这冰棺中的尸体曾被人动过，后来又被人放回了原处。"南宫乾推断道。

几人四处寻找"玉烛龙"的线索，可并没有找到。几人思来想去，南宫坤好像想到了什么："哥，你刚才说这冰棺里的尸体被人动过，那'玉烛龙'会不会就在冰棺之中？"

几人觉得不是没有这个可能，于是打开冰棺，将里边的尸体用绳子捆绑好吊出了冰棺。再将冰棺内的陪葬品一一清点拿出，最后露出冰棺之下的石函，那石函之上刻有本见先祖留下的记号，想必就是那"玉烛龙"所藏之处。

再看那石函之上有一孔洞，一看便是锁孔，二叔公将那铁瓶子插入锁孔之中，那锁孔转动，石函被打开，露出里边的烛台来。几人脑袋同时伸向了那石函，却都大失所望，不想这"玉烛龙"居然是如此模样。不过是个蛇身人头的石刻烛台，而人头张着嘴，里边应该是放烛火的。若不是那石函之上有本见先祖留下的标记，只怕没有人会相信，这么个其貌不扬的东西，竟然就是传说已久的"玉烛龙"。

"多少年来，有那么多人为它费尽心思，还真是不值啊！"南宫乾将"玉烛龙"放在手中仔细端详，越看就越觉得不对劲。"我说这'玉烛龙'到底是什么材质，似石非石，似玉非玉。且你们看，这烛台是实心的，只有这人嘴里有位置，可又放不下烛油和烛芯，那它是靠什么来照明的。"

二叔公和南宫乾也想象不出，这东西到底是作何用途。倒是南宫坤心中百转千回，她接过南宫乾手中的"玉烛龙"，心里却在想，当年布衣神相赖龙曾带着铁瓶子来过关外，后来爷爷还仿制了两个铁瓶子。"这'玉烛龙'是一直都藏在这里，还是曾经被人拿出去过。应该是与这祭司大人一同下葬，后来有人将这'玉烛龙'取走，又放了回来，这才使得祭司大人的尸体腐败变成了白骨。"

这时在场的几人都想到了，如果这"玉烛龙"曾经被拿出来过，那么取走"玉烛龙"的人，会不会已经去过了九天悬龙洞和"龙神沟"，甚至解开了"九龙宝藏"的秘密。那么那个人会是谁呢，是本见先祖，还是另有其人？

"二叔公，只怕这'玉烛龙'还要尽快送到蜀山上去。"南宫坤说道。二叔公想了想后回道："此物十分重要，关系到'九龙宝藏'，我们还想进'龙神沟'，倒是有一人最为适合将此物速速送往蜀山。"

待几人出了墓坑，二叔公便安排人将"玉烛龙"送到蜀山。此时正有一人等在吉林，那人便是清瘦老人的司机，这也是清瘦老人吩咐的。翌日，那"玉烛龙"便连同着二叔公亲手写的书信，一同踏上了去往蜀山的路。

第十七章　崖棺

蜀山之中，雨夜，帐篷里的灯熄了，四周弥漫着血腥味，一个穿着黑色雨衣的人缓缓向帐篷靠近。这是"红衣教"惯用的杀人方法，而且做得天衣无缝。那人撩开帐篷，就看到了地上躺着两个血葫芦一样的人。

"哈哈，本来我不想杀了你们，可是你们居然不上当。"那人冷笑着说道，这时地上的人突然跳了起来，青面獠牙，看着好不吓人。那人被吓得一跳，惊出一身的冷汗，惊呼一声。

就在这时，地上的另外一具尸体也腾空而起，一脚便踢向了雨衣人的肚子。雨衣人被踢得一个趔趄，脚一滑跌倒在地。接着一颗血淋淋的人头滚了出来。那人方才明白，原来多日来自己的筹谋已然被人识破。

雨衣人起身就要往外边跑，却被帐篷外的两个人堵住，雨衣人掏出手枪，结果被身后的人一掌劈晕在了地上。

"你下手忒重了。"一旁的人摘下脸上的面具说道，这人不是别人，正是南宫勇。一旁的许乔不以为意："哼，心疼了？"说罢又在雨衣人的身上补上了一脚，可这一脚下去，却感觉不对。她低头将雨衣人的雨衣解开，露出里边人的真容，几人一看，居然是《地理杂志》的队长。

几个人面面相觑，这跟他们猜想的不太一样。就在这时，一群人冲了进来，带头的正是《地理杂志》的副队长。这人三十多岁，微瘦，他拿着手枪指着南宫骁等人说道："别动，你们到底是什么人？装神弄鬼，又对我们队长动手，我已经派人去山下报警了，你们就等着受到法律的制裁吧。"

南宫勇一个闪身，卸下了那人手里的手枪，接着一群人便动起了手，一阵混乱之后，对方虽人多但明显不是对手。最后一群人被许乔劈晕，横七竖八地躺在了地上。这时南宫勇上前，给了那女同志一脚，恶狠狠地说道："老妖婆，你早就露馅了，还装。"

地上的女同志最初不动，可趁几人不注意，突然一个翻身遁地，却是一阵烟似的没了踪迹，地上只留下她穿的制服。"跑得倒快，不愧是东洋忍术，打人不行，逃跑却是一流。"南宫勇笑着说道。

川岛右子继续向山里逃去，却被周顺意拦住了去路。"想跑没那么容易，我说你五十多岁了，卸下你一身的伪装，就是个老妖婆，还见天地对着我们笑，你恶不恶心？"

川岛右子被骂成老妖婆自然是不高兴，拿出手里的短刀便向着周顺意冲去。周顺意的菜刀飞了出来，两刀相见，还是周顺意更有章法一些。几人配合之下，川岛右子被制服在地，还被捆了个结结实实，连同她带来的人皆被吊在树上，任其自生自灭。

第二天，《地理杂志》的人醒来，眼前一片清明，结果却想不起近日来的一切，队员都迷迷糊糊，最后得出结论，他们是中了山中的瘴气，所以产生了幻觉。为保证同志们的安全，队长决定带着人下山，走的时候清点人数，一人也不少。原来队伍里根本没有女同志，川岛右子是用了"红衣教"的秘药，又对所有人催眠，方才让队长等人对她言听计从。她本以为可以借假身份迷惑南宫兄弟，不想一露面便被识破了。

接下来川岛右子带上山的人开始装神弄鬼，继而在南宫骁他们的水和食物里下毒。结果对方早有准备，根本没有中招，反而将计就计，看着他们如跳梁小丑一般地表演。还带着他们在山里转圈。川岛右子耐性消磨殆尽准备发起进攻，施展幻术，让南宫骁等人自相残杀。可南宫骁等人正好一举解决了川岛右子和她的人。待所有人都走后，南宫骁等人也向着山中进发。

经南宫骁推测，因为当年的谶语被人改了顺序，所以九天悬龙洞真正的位置应该在原来位置的几十公里以外，真真的失之毫厘、谬以千里。所以这九天悬龙洞的法门不在洞字，而在悬字，必是在悬崖峭壁之下的意思。而悬崖之上，应该有九条龙。那下边，才是真正的九天悬龙洞。

"哥你说，当初祖父和庞天然去的神迹和九天悬龙洞都是假的，那做这一切的人会是谁？是那个神秘人吗？毕竟当年那铜镜一直在他的手里，他利用假铜镜颠倒了谶语，才将祖父引错了地方。"南宫勇问道。

南宫骁点了点头："即便不是他，应该也与他有关。不过有一点我一直想不通，祖父的一双慧眼，怎会轻易打眼，连真铜镜和假铜镜都分不出来。"这也是他一直想不通的地方，或说六十年前一切皆是有人在背后推动，将所有人引向了错误的方向，那当时局内人皆身怀绝技，哪个都是民间高手，又怎会轻易被人哄骗？如果说当年的川渝之行本身就是个骗局，要么那做局之人是千年难遇的高人，要么当时局中之人本就知被人所骗，却甘愿入那骗局。想一想也不无可能，若当年祖父南宫无量不入川渝之地，只怕有些人并不会善罢甘休，所以入局便是最好的保护，那也是被形势所逼。

解决了川岛右子这个大麻烦，几人行路也快了，很快便到了指定位置。穿过眼前的山谷栈道，应该就是真正的九天悬龙洞的所在。几人上了栈道，那栈道之上的木头早已腐朽，嘎吱作响。许乔一记仙人登天，跃到安全之处，又将绳索抛了过来。借用一旁大树之力，稳固栈道，几人方才顺利通过。

可过了栈道，突然乌云蔽日。阴暗之中，四周居然刮起了妖风。妖风来得奇怪，这里本是峡谷，怎会有如此狂风？且这狂风还裹挟尘土，如同魔障，刮得人睁不开眼。几人被吹得东倒西歪，晕头转向，身边风声诡异，如人在绝望时的哀号，真叫人毛骨悚然。

这时周顺意突然说道："这该不是传说中的'百骨锁魂阵'吧？"这"百骨锁魂阵"据说是一些练习了邪术的方士所为。就是利用百人的骸骨，设下迷阵，使得入阵之人被百鬼之怨气攻击，最终困死于阵中。这本是传说中的邪阵，与眼前情景却十分相似。

南宫勇抓住了一旁的大树，回手拉住了差一点儿跌倒的南宫骁。又飞出绳索，方才将自己借力稳住。南宫骁问周顺意："可否找到阵眼破阵？"周顺意熟通古法方术，他回道："坎上前，离向右，二八之处方为阵眼。"这是周家祖传的秘法，与其他八门的使用方法不同。他虽知阵眼，却看不清方位。

南宫骁拿出伏羲八卦，指出位置，周顺意二话不说，一刀便飞将出去，只听"咣当"一声，菜刀直入地面，接着那地下飞出一颗人头骨，那人头骨掉进了峡谷之中，而地上那刀下冒出一阵黑烟，不多时狂风停歇，几人再一抬头，虽眼前清晰了许多，却依旧乌云遮日。

"看来这阵算是破了，想必这刀下应该埋藏了许多骸骨，再加上这里的地理位置特殊，所以一旦有人接近，就会使这里的空气异动，方才引起了狂风。如今周顺意一刀断了这地下的磁场，方才使这里恢复了原样。"南宫骁推断道。一旁几人皆点头赞同，许乔则一脸的崇拜之相，看来许多民间传说的离奇异象，皆有破解之法。

几人破了一阵，接下来却依旧感觉不对，进来之时，这里深谷栈道，大风骤起，此时不知被吹到了哪里，只见四周皆是悬崖峭壁，而下边还有湍急的河水。且四周的崖壁看着十分相似，几人皆意识到，他们迷失了方向。

南宫骁再次拿出伏羲八卦，可不想这里磁场诡异，八卦根本辨别不出方向。这还是南宫骁第一次遇到这样的情形，不免有些心慌。几人四处寻找出口，可天越来越黑，在这样极端的环境之下，只怕入了夜，几人一个不小心便会万劫不复。

就在几人一筹莫展之时，南宫勇居然在一块山壁之上发现了一个石刻图案，擦拭掉上边的浮土之后，方才看清那图案竟然是个三角眼大鼻子的青铜面具。众人大喜，这定是神秘人留下的标记。几人用手电一照，发现那面石壁上居然有人工开凿的痕迹。

除此之外，还有一些浅显的印迹，好像是一种上古的文字。南宫骁认得，这文字是古楚族的文字。相传古楚族乃是祝融的后裔，后来一部分族人繁衍生息，就成了之后的楚人。可据说还有一部分古楚族人进了山中，铸造青铜器以祭天，其目的不得而知。

此前对于"九龙宝藏"的出处大家众说纷纭，有人说是上古密藏，里边皆是上古文明。现在这里居然出现了古楚族的文字，是不是说明，那"九龙宝藏"本是由古楚族人所埋藏？

"那上边有栈道。"南宫勇惊喜地喊道。众人向上望去，根本看不清崖顶，只能见其隐没于烟雾之中。而那栈道也十分敷衍，只是几个堪堪能站住一只脚的木楔。经过岁月洗礼，木楔早已破败不堪，且满是腐朽的颜色。

他们这次进山肩负重要使命，此时退出定是不可能的。南宫骁看向许乔，许乔心领神会，一记"翻神绝"，便上了栈道之上。她身轻如燕，上了几步后便道："这木楔看着不堪一击，可实则十分稳固，看来是经过特殊的防腐处理，大家可以放心地上来。"

虽说这木楔很靠谱，可悬崖峭壁，坡面陡峭，几乎就是直上直下，徒手攀岩难度依旧很大。于是几人交替而上，再由许乔寻找出适合的位置卡下了燕子门独有的铁钩来固定绳索，这才让几人顺利地爬了上去。

再往前算是拨云见日，那浓雾之中隐隐有日光透射而下。与此同时，也见峭壁之上，用长木楔悬着不少的崖棺。有的崖棺还用绳索叠加而放。那崖棺也是形态各异，有船形棺、有槽式棺，还有斗形棺和箱式棺。而且年代也不同，不知为何会悬挂于如此高的地方。

古人贵族喜欢悬棺入葬之法，他们以为这样便可以接近天神，但这种崖棺在这里并不多见。南宫骁推测，这崖棺之内，应该是古楚族人。

越往上，便能看到更多的崖棺，那些崖棺摆放得十分有序，不像随意安葬，倒像是有人设计，方才形成一个庞大的棺阵。试想一下，上千年前一群古人开山凿石，利用最原始的工具，在这悬崖之上，建了这么庞大的崖棺群，可想而知其难度。但他们如此大费周章，应该也有其隐秘的原因。

"我明白了，这崖棺之阵，与这地下的百骨之阵是呼应的。上天而神，入地而鬼。这是在模拟天界和地狱。所以这里的磁场才会如此特殊。"周顺意分析道。许乔平时总喜欢跟周顺意拧着来，可她此时也觉得周顺意的话有几分道理。

南宫骁也曾想到过这一点，他却有所保留，他总认为入了蜀山之后，一切都太过顺利了，如果一切皆如现在般水到渠成，那当年的本见先祖和六十年前的祖父，为何会为了这"九龙密藏"四处奔走，甚至九死一生。

再往上便是人工开凿出来的崖洞，那崖洞之上被雾气笼罩。几人攀上崖洞，不敢向下看，下边便是万丈深渊，只要一个不小心，就会摔得粉身碎骨。崖洞之内也叠放着许多木棺，上边皆有古楚族人的文字符号，记录着这些人的身份地位，可见都是一些贵族长老，方才有资格葬于这崖洞之内。

就在其中的一个崖棺之上，几人再次看到了青铜面具的图案。这图案却是新的。几人互看一眼，便向着那棺材走去。这棺材是由整块木头凿出的槽式棺，但棺下与其他的不同，它的下边有一石磴子。

"这棺下应该有玄机。"南宫勇说道，几人合力将木棺推开，便见那石磴之下是通往下边的入口。"难道这下边就是九天悬龙洞？"南宫勇问道。众人看看四周，这里不多不少，正好摆放了九口木棺，其中有四口木棺是两两叠放。虽是九口木棺，却是摆出了北斗七星阵的方位。

"九天悬龙有洞天，洞前一灯罩九山，北斗星下垂神树，神侯一令方开山。"南宫勇十分兴奋地说道。可周顺意说道："不对，这北斗七星阵的方位不对。"南宫勇却说："古代星相与现在不同，所以会与现在的有所偏差。"

"你说的不无可能，但我总感觉有哪里不对。我记得古楚族人并无此星象之说，而且不论是下边的崖棺，还是这里的洞棺，摆放的皆与古楚族人的习惯不同。这里处处透着古怪，大家还是小心为妙。"南宫骁说道。

南宫勇在国外长大，虽也学习了中国文化，可对中国古老的文明一知半解，倒是他这哥哥更为精通一些。但说到探洞，便是他的强项了，他在这方面可是受过国外的严格训练。于是他将绳系于腰间，拿着手电，便先一步入到了洞内。

那石礅之下居然是个天然的溶洞，地方不大，也就半个足球场大小，上边的钟乳石还不断地滴着水。而溶洞的下边，似有什么东西闪着光亮，虽不如灯光强，可也能让人看清四周事物。南宫勇本以为那下边皆是夜明珠。这一地的夜明珠，那可是天价之宝，可仔细一看，居然是不知名的鱼眼。

鱼目混珠，可能说的就是此等情况。兴许千年前，这一带便有眼睛如夜明珠般、闪着奇异光亮的鱼存在。但后来这些鱼或是被人为捕杀，或是天灾，最后灭绝于世。现在只留下这些鱼目，证明它们曾经在这地球上存在过，就如同地下的恐龙化石一样。

探明情况之后，南宫勇便通知大家皆可入得洞中。众人鱼贯而入，见到洞中景色神奇，特别是看到一地的鱼目之后皆啧啧称奇，却不见什么"九龙宝藏"。

"难道说所谓的'九龙宝藏'就是个天然溶洞，而那九龙，就是指上边有些像盘龙的钟乳石，而宝藏就是这些鱼目？"周顺意不免有些失望地说道。南宫骁却是在低头深思，他总感觉忽略了什么，可又怎么也想不起来。

这时，一道白影突然飞了过来，众人大惊，这里虽阴暗，却一眼能及，这白影又是打哪儿来的，众人竟然没一人看清。情况不明，几人只得躲避。可那白影一闪而过，消失在众人的眼前。

众人背脊生寒，四处寻找那白影的下落。这时南宫勇瞪大了双眼看向周顺意，那周顺意亦是背脊一僵，感觉后背阴气连连，周身僵硬不敢动弹。一旁的许乔还浑然不知，用胳膊肘碰了周顺意一下，说道："喂，你傻了？"周顺意挤眉弄眼，示意许乔看看身后，许乔却道："有病吧你。"周顺意被许乔一挤对，直接说道："那东西在你身后。"

刚才周顺意用眼角余光扫到，那白影不知怎么飞到了许乔的身后，他才不敢轻举妄动，怕那白影伤害了许乔。许乔并不相信，便回头看去，就见一白袍女鬼驮于她的身后，见她回头，便露出诡异的笑容。

许乔心跳骤停，她何时受过此等惊吓，不由得惊叫一声，转身就逃，那白衣女鬼却一直驮在其身上，根本不想离开。许乔跑了几步也冷静下来，掏出短刀从腋下刺向那白衣女鬼，只听"扑哧"一声，刀入骨缝之中，那女鬼却纹丝未动。

这时南宫勇一脚踢了过来，终将那女鬼踢飞出去。几人上前，却见那根本不是女鬼，而是戴着面具的一具女尸，此时女尸的身体干瘪，死得已经不能再死，就连骨头都有些风化了，所以没什么重量，而她的身上却穿着蚕丝的白袍。那白袍的蚕丝很有韧性，所以才会千年不腐，随风一动，如同人在行走。而那白袍之上，还有一长丝，长丝上还挂着一个银钩，那银钩已经完全泛黑。

南宫骁推断，那女尸本是挂在溶洞之中的隐秘角落。刚才他们下来，气流变化，使得那悬挂着的白袍女尸随风而动，结果那悬挂的银钩松动，连同那白袍女尸掉了下来，最后银钩又挂到了许乔的衣服之上，这才让那白袍女尸一直驮在了许乔的身后。

周顺意一脸轻蔑地说道："哎哟，我们许大小姐原来也是胆小如鼠啊！被一个小小的干尸吓得抱头鼠窜，啧啧，就听你刚才那几声惨叫，丢人，真真的丢人。"许乔一拳便打了过去，骂道："你不怕，为啥吓得一动不动，就瞧你刚才的尿样，要是这白袍女尸挂你身上，只怕会吓得你屁滚尿流。"

"好了。"南宫骁制止了两人的争斗，指着那白袍女尸说道，"你们仔细看看这女尸，这白骨是否太过轻了些。再则这白袍也不似古楚族人的服饰，更像是宋代的外袍。刚才我就觉得这崖棺很是不对，现在想来，我们在悬崖之上看到的皆是悬棺，可又曾见过真的尸骨？而且刚才我们几个推开上边的木棺，那棺材要比正常有尸体的棺材更轻了些。"

众人恍然大悟，周顺意说道："对啊，这悬棺我也曾见过，但那些木棺年代久远，且随着地壳变迁，必定会有损毁，露出里边的骸骨，可这里的确没有。"经这么一说，众人也才发现刚才的异常之处。此时再看那白袍女尸，连头带骨却是被铁丝所串联，明显就是假的。

几人再次返回到溶洞之上，将上边那棺材打开，发现里边确实是空的。又将其余棺材打开，亦是空空如也。这些棺材，除了外边有些古楚族人的符号文字，倒是与古楚族人没半毛钱的关系。

第十八章　连心古木

"若我猜得没错，这里应该是处影洞，是有人故意伪造出来的。再则这里看似正常，却危机四伏，我若没猜错，这里定是机关重重。不只下边的溶洞，甚至刚才险峻的栈道皆有机关，只是有人关了那机关，所以我们才平安无事。"南宫骁说道。

此话一出，众人大惊失色。四处查看，的确在木棺下以及岩洞四周，发现了不少出箭口等隐秘机关。众人不由得一阵后怕，想想下边的峭壁何等险峻，若他们攀爬到中间的时候，那些木楔突然消失，那结果会是怎样的。若侥幸上了崖洞还要面对这里的机关，一个不小心，搞不好就是万箭穿心。况且还有那下边的溶洞，若那白袍女鬼飞将出来，也足以吓破来人的胆，真是环环相扣。

"你是说，这里是为了保护'九龙宝藏'所建的假宝藏？这招够狠啊，所引来的人，皆是有来无回。"南宫勇感叹道。他不由得打了个寒战，又继续问道："那这里又是谁建的，是埋藏'九龙宝藏'之人，还是另有其人？"

"应该不是埋藏'九龙宝藏'之人，因为这里的东西，要比'九龙宝藏'晚上许多年，不论是那白袍女尸，还是这里的崖棺。"南宫骁说道。他总感觉设计这里的人就在附近，否则也不会见他们来了就关闭了机关。难道设计这里的人，就是那神秘人？

就在这时许乔说道："你们看，这棺材内有青铜面具的标志。"众人探头去看，其中一口棺材的里边，确实有一个朱砂所画的青铜面具人。周顺意问道："这里怎会有个青铜面具人？"

南宫勇敲了敲棺内的木板，显然，设计这里的人不会无缘无故地在里边留下记号。棺内发出"砼砼"的声音，南宫勇说道："这棺材内有夹层。"说罢取出匕首，准备刨开木棺。南宫骁却按住了他的手说道："小心有机关。"

南宫勇点了点头，退后一步，所有人也都退后，只见南宫勇飞刀入棺，就见"嗖嗖"数支黑色暗箭从棺内飞了出来，周顺意出刀拦住一箭，小心用刀托着那箭放到眼前一看，上边隐隐泛着绿光，一看便知是淬了剧毒的，若是被箭所伤，非死即残。

南宫勇又飞出一颗石子，投石问路，见那棺里不再有异动，方才上前查看。就见那棺内有一个红色木头，上边还刻着青铜面具的图案。南宫勇将那红色木头交给了南宫骁。南宫骁一眼便认出，这并非普通的木头，而是连心古木，内有奇技淫巧。

"这是连心古木，是用一整块木头雕刻而成，里边有一隐秘空间。"南宫骁边说，边用拇指用力一推，就见那连心古木出现些许缝隙。他利用口诀，两三下便将那连心古木打开，露出了里边的绢布字条。

南宫骁将字条摊开，上边写着几行小字："辛未年，时局动荡，天地为泣，故神迹现，为避乱御贼，神树已然消失于世。"落款则是一个青铜面具的图案。南宫骁说道："看来这个字条是神秘人留下的。而这里的一切，也是神秘人布置的。"

众人一听，如同泄了气的皮球，按照神秘人所说，青铜神树已经消失，那么他们这些天岂不是白折腾了？南宫骁却说："若青铜神树真的消失了，那神秘人又为何要大费周章地弄这么个影洞来迷惑寻宝之人？"

"我哥说得对，我倒是觉得，这崖棺虽是假的，兴许就是几十年前神秘人特意伪造的，可也有另外一种可能，他这是欲盖弥彰，否则这里怎会有峭壁上的栈道？"南宫勇也说道。

几人冷静地分析了一下，首先这里的栈道并非一日可建成，若说这里皆是神秘人在几十年前所建，只为迷惑寻宝之人所用，那就是杀鸡用了牛刀。且这崖洞也非一日可以开凿而成。南宫骁更觉得，这里本就是上古一神秘部落的祭天神洞。这就是这里为何如此高，且终日被云雾笼罩的原因。而神秘人只是利用这里，加以改进，并安上机关，为的就是保护这里。

"这么说，这里还是九天悬龙洞的所在？"许乔问道。南宫骁摇了摇头："也许是，也许不是。之前我就猜想过，当年神秘人找到祖父，为的不只是让祖父帮他寻找青铜面具，也很有可能是利用祖父来迷惑那些洋人和林家的人。而他则利用这个时间，将真的青铜神树藏了起来。所以他肯定去过神迹。之后他又故意将祖父等人引去了雪山和假的神迹，用一口真的乌金棺以及青铜镜蒙骗了祖父，继而也转移了所有人的注意力。之后祖父去了关外，神秘人却一直没有出现，那个时候他去了哪儿？我想他当时是去真的'龙神沟'，并把青铜神树藏了起来。之后他虽没有露面，却一直关注着祖父和那伙洋人的一举一动。可大家想想，单凭一人之力，怎可能在短时间内伪造出这么多的假洞穴？要知道不论是当年的祖父，还是洋人，或是庞铁山都不是吃素的。神秘人应该也知道这点，所以那假神迹之下是一口真的千年乌金棺。"

南宫勇细细听完，像是明白了什么："你是说，神秘人不可能伪造

178

这么多的地方，他唯一能做的就是将真的宝藏伪装起来，让所有人认为，那里并非是真的宝藏。这一招真假难辨，却十分奏效啊。"

南宫骁点了点头，继续说道："所以说，我觉得这里未必有我们看到的这么简单，现在天色已晚，我们就在这崖洞之中休息一晚，明天我们再探那溶洞，搞不好还会有新的发现。"

众人便在崖洞之内宿营，夜里风大，几人轮流护着篝火，望着漆黑的夜色，就有了高处不胜寒的感觉。南宫骁有些睡不着，他翻出祖父南宫无量留下的笔记，仔细地看着上边关于川渝之行的每一字每一句，希望从中看出一些蛛丝马迹。

他看着篝火，默念着："九天悬龙有洞天，洞前一灯罩九山，北斗星下垂神树，神侯一令方开山。"好像这四句话，能有无数种解法，而且若这四句话的顺序是错的，那重新组合也可以有很多的结果。比如说："北斗星下有洞天，神侯一令罩九山，九天悬龙有神树，洞前一灯方开山。"

可若这么解，那一切又要回到原点。现在只能看关外二叔公等人的行动如何，若他们顺利，他方能推断出神秘人的目的，以及祖父笔记中那些隐藏的信息。且那神秘人究竟是何人，他又出于什么目的，来到了"水心斋"。还有那清瘦老人，几年前，他就曾去找过"厨行金九"，之后金九不知为何便离开了北京。多年后，他再次出现，又为何指引着他们兄弟赴这甲子之约。

夜里周顺意来换了岗，南宫骁并无困意，但必须休息，以保证明天有充足的体力。可他刚睡了一会儿，就听到一些异响，好像是婴儿的啼哭声。他猛地起身，这里离地百丈，怎会有婴啼？于是撩开帐篷向外看去，便看到周顺意一脸警惕地看向篝火之前的东西。

那东西形如牛，周身长着赤色的毛，马足，却长了一张婴儿的脸。那婴啼之声便是从那东西的嘴里发出来的。南宫骁骤然紧张起来。这东西不就是《山海经》中的獓狠吗？《山海经》所记獓狠，其状如牛，而赤身、人面、马足，其音如婴儿。

　　那獓狠长得很是可爱，一张粉嫩的小脸，忽闪着睫毛，一脸懵懂地看向周顺意。周顺意却用求救的目光看向南宫骁，想必他也认出，这看似人畜无害的小东西，实则是食人的凶兽，并打算敬而远之。只是不知，这东西怎么出现在这里。

　　南宫骁突然想到了崖洞之上，不知还有多高，终日隐秘在云雾之间，且崖洞之前并无栈道，岩壁更为陡峭光滑，常人若不借助外力，很难徒手攀爬至其顶。想必这獓狠便是生活在这崖洞之上的。

　　南宫骁慢慢向獓狠靠近，想先给獓狠一些牛肉干，此时退到山下已是不可能，只能退入溶洞之中。可不想那獓狠却露出诡异的笑容，那笑容十分骇人，有点儿像后来的某国电影《咒怨》中孩子的表情。接着獓狠前腿离地，却见一双后腿十分有力，可见弹跳力定是十分惊人。

　　周顺意已然掏出了菜刀，与此同时，那獓狠已经扑了过去。就见那獓狠嘴角一咧，露出里边锋利的牙齿及满是倒刺的舌头。周顺意出刀阻拦，可他那把祖传的菜刀如同砍到了钢铁之上。那獓狠赤色的鬃毛竟然坚韧无比。獓狠见撕咬不成，便一爪子在周顺意的胸口开了一道血口子。周顺意眉头拧成了川字，身体在不断地战栗，可见伤口十分疼痛。

　　南宫骁只得大喊道："南宫勇、许乔，快点儿出来帮忙。"自己则掏出手枪对着那獓狠便是一枪。枪声一响，那獓狠却一个闪身，跳入万丈深渊。南宫骁立马跑去查看周顺意的情况，周顺意咬牙强撑，手里摸出伤药，南宫骁将药粉撒到了伤口之上。此时其他两人也跑了过来，虽不知刚才的情况，可一见周顺意的伤口，立马便掏出了武器。

接着几人身后传来婴啼之声，不等众人回头，便见那猣猣从另外一个方向扑了过来，这东西居然知道玩战术。南宫骁又是一枪，这次打中了猣猣的一条腿。那猣猣一阵嘶吼，声音似要穿透耳膜。

不待南宫骁说，南宫勇已经推开了木棺，露出了里面的洞口。可那猣猣似乎看出几人要逃，又扑向了南宫勇，南宫勇只得跳入洞中，那猣猣伸头下去，却不见南宫勇，气得又是一阵嘶吼。狂怒之后，它回头看向其他三人，眼睛中迸射出愤怒的目光，直直地扑向了三人。

三人情急之中，躲进了空棺之中，那猣猣却是爪子锋利，用力一拍，那木棺便被一分为二。南宫骁一个就地十八滚，方才躲过了猣猣一击。那猣猣再次劈开了许乔所藏身的棺材。周顺意只得再次出刀为许乔解围，许乔方才一个"仙人飞天"，跳上了叠棺，最后落到了猣猣身后。

那猣猣又要袭击周顺意，南宫骁再开一枪，借着这个空当扶着周顺意向洞口跑去。许乔也临危不乱，将一些装备扔向了洞中。那猣猣又向许乔跑去，许乔手里铁钩一飞，借着绳索之力一跃来到了洞口，接着飞出手中短刀，直奔向猣猣。那猣猣躲过一击，用力一跳，居然扑掉了许乔的绳索。

南宫骁将周顺意送到洞口，自己则去帮许乔解围。两人合力，可那猣猣也不是好惹的，咬到了许乔的腿，许乔忍痛，一刀刺在了猣猣的后背之上，那刀却没有刺入猣猣的身体，可见其皮糙肉厚。

南宫骁则找准时机，掏出随身的匕首，刺向那猣猣的腋下。果然那猣猣的腋下柔软，一刺之下流出的血却是绿色的，这一击使它终于松开了口。好在南宫骁这一刀刺得及时，否则许乔的腿定会被咬掉一块肉。现在虽没有咬下来肉，可那一排深深的牙印也足以让她痛得昏迷过去。

南宫勇将周顺意放到安全的地方，自己则再次从洞中飞身而出，一个箭步便踢向了那猰㺄。猰㺄被踢得猝不及防，直直向悬崖下摔去。众人这才得以喘息。南宫骁道此地不宜久留，他和南宫勇两人又捡了一些装备，便带着许乔进到那溶洞之中。再将那木棺推回原位，挡住溶洞的入口。

"那猰㺄身体健硕，想必即便逃出生天，一时半会儿也入不了这溶洞之中。"南宫骁说道。说罢开始查看许乔的伤势。许乔伤得不轻，血已经染湿了整条腿，好在几人都带了伤药，上了药后，她恐怕不能走动。周顺意倒是还好，虽伤得不轻，但都是皮肉伤，还能走动。南宫骁让两人吃了消炎药，两人毕竟失了不少的血，很快便睡着了。

南宫骁和南宫勇却不敢睡，点上小炉取暖，不多时南宫骁就发现，那小炉的烟，居然向着一旁的山壁而去。他立马起身查看，却发现那山壁之中还有一道暗门。他恍然大悟，连心木的意思不就是内有乾坤吗，神秘人留下那连心古木原来也是一种指引。南宫骁叫来南宫勇，两人寻找了片刻，发现上边的一个钟乳石可以移动，移动之后，那石门便打开了，里边还隐隐有着光亮。

南宫骁与南宫勇对视一眼，两人心想，难道这里有人？可一想也不无可能，若不是有人，怎会关了这里的机关。"哥，你觉不觉得这里的机关，最初防的不是人，而是刚才那东西的？"南宫骁点头说道："确有可能。"

两人先行探洞，却见里边是幽深的石阶，而岩壁之上，镶嵌着不少的鱼目，所以才会有光亮。两人正要研究谁先去探洞，就听到头上传来婴啼之声，接着上边那封住洞口的木棺被推开，不多时那猰㺄猩红的眼睛就出现在了洞口处。见人在里边，便发出婴啼声，似在挑衅，也似在嘲笑。接着獬狳便用力地撞着洞口，用力极猛，每一下都能撞掉几块山岩。

眼见着那洞口在不断地扩大，时间刻不容缓，两人也顾不得那石阶之下是否有危险，便背着两个伤员拎着装备仓皇而逃，等几人关上石门之后，就听到一声巨响，那獬狳已然破开洞口跳到了溶洞之中。

几人快速向下边逃去，外边传来獬狳愤怒的婴啼之声，想来那獬狳虽聪明，却也不懂得如何打开石门，只能用蛮力，结果却根本撞不开，毕竟刚才那石门有二十多厘米厚。

顺着石阶走了十几分钟，便是平坦的甬道，这甬道几人皆十分熟悉，越看越像是墓葬。后边并没有传来任何的声音，想必那獬狳被阻隔在门外，虽前路不明，但几人暂时是安全的。几人继续往前，不由得眼前一亮，甚至有些震撼。

只见甬道的尽头竟是一个巨大的空间，而且所有的石壁和钟乳石上，皆镶嵌着发光的鱼目，仿佛洞中龙宫，四周的钟乳石在鱼目的照射下，流光溢彩，如同霞光，又似水波流动，不刺目且让人看着心旷神怡，仿佛置身于海底世界。

"我算是知道，为啥这种鱼会灭绝了，就单单这里这些，就足以灭绝一个种群了。人类其实是最残忍的，为了一己私利，可以残害生灵。"南宫勇感叹道。南宫骁却是看着那穹顶之上闪烁着的鱼目，问道："小勇，你看看这穹顶之上的鱼目，像不像夜空中的星宿图？"

南宫勇这才抬头一看，果不其然，虽一些星宿的位置与现如今有所偏差，可正如他之前所说，古时星宿排列与现在有所出入，毕竟宇宙也在变化之中。他指着几个特别明亮的鱼目说道："哥，你看那是不是北斗七星？"

南宫骁也看到了那几颗鱼目，排列正是北斗七星的方位。"北斗星下垂神树，洞前一灯罩九山。这里才是真正的'北斗星下垂神树'的藏宝洞。"他四处张望，却是不见神树，那北斗七星之下是一片空地。

南宫骁走近一看，那下边满是铜锈，他用手指捏起一些铜锈放到鼻子下闻了闻，再用两指搓了搓，便知道这里曾经放过大量的青铜器，而那些青铜器的体型巨大。南宫骁大失所望："看来神秘人并没有说谎，青铜神树确实不在这里。但这里地面上有一些人走过的足印，虽看不出年代，但可以推断出，那青铜神树是被人带走了。可是带走青铜神树的人又会是谁？"

南宫勇也叹了口气，他们大费周章地来到此地，却真的扑了个空，这让他心中多少有些意难平。"八成就是那个神秘人，那人忒可恨，六十年前就要着祖父团团转，现在还要得我们团团转。哥，一会儿我非要带走一口袋的鱼目不可，否则咱这一趟不是白来了，总得弄点儿挑费不是。"

南宫骁倒是不关心什么挑费，他说道："现在有两种可能，一是神秘人带走了那青铜神树，可看现在的情形，那青铜神树定然十分庞大，凭他一人之力恐难带走，那他肯定需要众多的帮手。但也有另外一种可能，那就是神秘人找到这里之时，那青铜神树已被人带走了，带走它的人还留下了四句谶语，指出了青铜神树此后的位置。"

几人觉得自己虽然白来了一趟，但事情总有转机，许乔毕竟是女人，心更细些，她指着地上一个像钟乳石的东西问道："你们看，这东西好像是条蛇。"实在是近些天他们经历了太多的波折，所以许乔一说蛇，众人都警觉起来。

南宫骁看向地上，确实有块石头很像是蛇，但又一看，那东西上居然还刻着夔纹。他将那东西捡了起来，只是不知是什么石头雕刻而成的盘蛇，中间是空着的。"这东西倒是挺奇怪的。"南宫骁说道。

这时周顺意开了口，说道："这可能是个石刻的灯罩。我见过一个地方的石灯，里边是人甬，外边是盘龙，两个合二为一，便是一盏石灯。"

经他这么一说，南宫骁便想起了那句"洞前一灯罩九山"，难道这就是谶语中神灯的灯罩。他再一细看，这东西表面光滑，质地温润，确切地说，这东西不是石刻，而是玉刻。古人将石头分成很多种，不好看的称为"石"，好看的称为"玉"。这与我们现在人的观念有所不同，所以这东西应是个玉灯罩。

南宫骁将这玉灯罩收了起来，想必这就是那神秘人引他们来的原因。可现在的问题是外边有那食人猊狿，且又是在悬崖峭壁之上，他们又该如何逃出生天。

第十九章　天坑

关外，南宫乾和南宫坤，以及二叔公又集结了一些人，带上装备，继续向"龙神沟"而去。

"龙神沟"当年被庞天然炸成地坑，二叔公站在山顶拿着望远镜俯瞰整个"龙神沟"的地势走向。不远处，就是一片河床。几百年前那里是宽阔的河流，但因为河流改道，现在只留下湿地。依照古人的墓葬习惯，这河流的东侧背山面水，便是一处风水宝地。

当年庞天然炸毁"龙神沟"时，在场之人皆已不在。而南宫无量所留下的笔记中，只记载了寥寥数笔，现在他们无法还原当时"龙神沟"的情况。按照当年几人进入"龙神沟"的方法，便是从山的东侧借绳而下。现如今山的东侧峭壁已然坍塌。几人若想再入"龙神沟"，须得绕路到西侧，方能找到缺口直入"龙神沟"。

判定了方向之后，几人带着一行人不做停留，继续向山的西侧而去。山路难行。再加上一行人已入山多时，身体疲惫。只得边走边休息。南宫乾带来的人找个地方方便，结果却看到了一条周身赤红的小蛇。那小蛇根本不怕人，瞪着两只眼睛一动不动地盯着那人，直看得那人生出一身的白毛汗。

关内一直有关于仙家的传说，那人更觉毛骨悚然，尖叫着跑了回去。这样一闹，所有人也不想继续休息了。山中本就多蛇虫鼠蚁，还是早些赶路为妙。一行人继续向西。四周树木相近，一行人也没再留意，走了十几分钟，只听刚才那人惊叫一声，喊道："是那赤蛇。"

几人循声望去。只见一赤蛇盘于树枝之上。南宫坤说道："这里怎会有这么多的赤蛇？"刚才那人却说道："这就是刚才我见到的那条，你们看那大树之下还有我尿的尿。"众人面面相觑。二叔公不免嘀咕道："我们一路向西，怎么走来走去又回到了原地？"

市井尚未开化之人皆迷信仙家之说，刚才那人便说道："难道是这蛇仙儿作祟，让我们遇到了鬼打墙？"南宫乾却说道："那是封建迷信的说法，一定是我们在不经意的时候转了弯，所以才回到了原点。"南宫坤摇了摇头道："不对，我们这里这么多人，怎么可能走错了路？"

虽然遇到了这种情况，但几人也不再纠结此事，而是继续向西行，这一次，南宫坤拿出了指南针，可十分钟之后，他们依旧看到了赤蛇盘踞于树杈之上。此时不少的人都萌生了退意。有人说道："定是我们刚才冲撞了仙家，才遇到了鬼打墙。我们应该杀只鸡，再上香，请求仙家的原谅。"

南宫乾不由得翻了一个白眼儿："不对。即便我们遇到了鬼打墙，那也是因为磁场的问题，绝不会是因为这一条小小的赤蛇。"说罢他捡起一块石头，用力地砸向那条赤蛇。那条赤蛇被打中，"刺溜"一下，不知蹿到了什么地方。南宫乾不以为意地说道："赤蛇已除，我们继续西行，我就不信走不出这里。"

南宫坤却说道："不，这回我们向东走，看看能不能走出这里。"于是几人开始向东而行，结果还是回到了原地。且更为诡异的是，那条赤蛇依旧盘踞在树杈之上，瞪着小眼，一动不动地盯着众人，直看得众人背脊生寒。

刚才那人"扑通"跪倒在地，向着赤蛇磕了三个响头，说道："蛇仙大人，我们无意冒犯您，请您高抬贵手，放了我们。"让他这么一闹，又有几人纷纷表示想要退出。他们本是雇用来的帮工，挣再多的钱也得有命花。若是因此惹怒了仙家，唯恐回家后会被仙家缠上，无法正常生活。好在一行人中，还有几个南宫家的亲信，否则场面将很难控制。

就在这时树林里起了浓雾，这浓雾来得十分诡异。山中时有雾气升腾，却不像云贵等地的山雾会产生瘴气，这浓雾让人感觉嗓子发紧，甚至有些睁不开眼睛。这时有人大喊一声："这雾气有毒。"众人惊慌失措，四处逃窜，可不一会儿又都跑回了原地，这一下所有的人都开始慌了。

南宫乾与南宫坤捂着鼻子对视一眼，他们已然明白，这定是有人在暗中作怪。于是南宫乾攀上一旁的大树，站在树上四处远眺，发现这浓雾居然是从四周的几个点聚拢而来，明显是有人故意为之。

还没等南宫乾、南宫坤兄妹二人作出反应，就见刚才那人轰然倒地，手不断地撕扯着脖子，发出"咕噜咕噜"的声音。那声音十分诡异，吓得众人纷纷退后，就在此时那人张开嘴，便见一条赤色的蛇尾从他的嘴里冒了出来。那蛇尾在他的口中不断地扭动着，吓得周围人失声尖叫，场面彻底失控。

南宫坤倒是不怕，上前一步，一手拽住那赤蛇尾，用力向外一拔。就见一条赤蛇被拔了出来。那赤蛇吐着芯子，回身就要咬南宫坤的手腕。二叔公手疾眼快，掏出短刀手起刀落，那赤蛇便被斩成两段，掉到地上扭动了几下，彻底没了声息。

众人惊慌失措，不知那赤蛇是如何钻进那人的嘴中的。个个感觉嗓子眼儿里有什么东西在蠕动，吓得脸色铁青，身体僵硬。南宫乾将那人拎起逼问道："说，是谁派你来的？"那人一脸苦相，不断地辩解道："明明是你们得罪了仙家，那仙家惩罚于我。怎么又怪罪到我的头上？你们这是欲加之罪，何患无辞。现在你们还杀了那赤蛇，只怕仙家很快便会显灵，我看我们还是回去吧！"

那人明显是在蛊惑人心，南宫坤却也不与他多言，一把刀直接抵在了他的喉咙之上，继续问道："还不快说。这里山高水远，我把你杀了，剁成几段，扔到山里喂狼，也是神不知鬼不觉的事儿。你以为这里其他的人还会为你说话？"说罢手上一用力，那冰凉的触感使得那人不由得战栗。那人看着南宫坤面露恐惧之色，心道这女人实在太过恐怖。若是把她娶回去当媳妇，就等于娶回家个母老虎。

那人也不是什么硬骨头，在逼问之下便说出自己是拿了别人的好处。有人给了他三百块钱，让他到"龙神沟"后便开始捣乱，搅扰得一行人人不得"龙神沟"。于是他便利用自己养的小蛇装神弄鬼。又在四周点起了树叶，中间加入迷香，才使得众人意识不清，方才跟着他原地打转。

南宫乾又问他是何人给了他三百块钱，那人回道，给他钱的人姓庞。二叔公蹙眉，难道说是庞家的后人，可又一想，多年以来庞铁山虽然没再出现，可江湖上一直有庞家的势力。南宫骁声东击西，为的就是让他们进入"龙神沟"的行动不被干扰。但想来这几十年间，那些人根本没有放过对南宫家的监视，好在这次他们行动够快，所以对方来不及做出准备，只得花钱让人在中间干扰他们的行动。想必庞家人很快就会追来这里，到时候他们则会很被动。

南宫兄妹与二叔公商量了一下，庞家定不会只买通一人。这队伍里兴许还有他们的内应，与其留下这些人当定时炸弹，不如让他们先行离开。于是二人对刚才吵着要离开的人说道："既然你们不愿留下，那我们也不强求，之前说好的价钱，我们一分不差，你们就带着这人一起回去吧。"那些人心中也有斤两，知道自己为何会被辞退，于是也不多言，与刚才那人一同离开了。

一场闹剧之后，队伍大幅度削减，同时也耽误了不少时间。之后一行人继续向预计的位置走去，到了山脚下时太阳已隐秘在西方的密林之下。借着明亮的月光和漫天的星斗，一行人开始宿营。可夜里四周又传来诡异的笑声，那笑声十分犀利，又夹杂着呼啸的风声，声声入耳，搅扰得人不得安眠。

二叔公一夜未眠，即便到天亮了，耳边还是那瘆人的笑声。在这片广袤的森林之中，本就有着神乎其神的诡异传说。这一夜的笑声，给所有人的心里蒙上了一层阴影。南宫兄妹与二叔公小声说道："这夜里诡异的声音，恐不是山中精怪，而是有人故意为之。意在搅乱军心，阻止他们进入'龙神沟'。"

几人先不动声色，带着一众人继续向"龙神沟"的方向进发。行至山前，便觉一阵清风袭面。拨开遮挡住去路的灌木丛，便见两山之间有一道缝隙。缝隙不宽，但也可容一人通过。于是一行人鱼贯而入。通过狭小的缝隙，来到了一块开阔地——这也是二叔公在对面山头瞭望时发现的入口。

几人向悬崖深处望去，却见整个"龙神沟"皆被浓浓的雾气所笼罩，白茫茫的一片。那下边的浓雾，形态也十分诡异，时而翻滚，时而如波涛汹涌，却是不像平时那般平和，隐隐还带着刺鼻的腥臭味，钻入人的鼻子，让人感觉有些眩晕。

南宫乾拿出强光手电向下照去，那手电的光亮瞬间被浓雾所掩盖，可见雾气密度极高，能见度极低，根本不适合入沟探险。这让所有人都有些烦躁不安。二叔公不免心中焦急。已多日没有南宫骁兄弟两人的消息，也不知他们在山中是收不到飞鸽传书，还是遇到了什么危险。也有可能是有人从中作梗，将所传递的消息截获。所以，他们这边必须抓紧时间进入"龙神沟"，再将沟底消息传给远在川渝的南宫骁。

二叔公向悬崖之下开了一枪，但依旧被浓雾所吞噬。形势不容乐观。南宫坤表情凝重地说道："我们不能再等下去了，只怕那些觊觎'蚩尤残卷'的洋人和庞家的人，已经有所行动，想必他们很快就会集结人马来到这里，到时候我们必定十分被动。"

南宫乾有些担忧地说道："虽说之前我们已经遣散了一部分人，但也无法保证我们的队伍里没有他们的人。不如我带着几个人先顺着绳索下去一探究竟，等我看明情况，发出信号，你们再继续进入'龙神沟'。"

二叔公则更为不乐观地说道："只怕他们早已到了，而且先我们一步进入了'龙神沟'，否则这沟下怎会有如此大的雾气。且还混合着刺鼻的味道，这味道只有化工厂周围才有。那帮人也不知道对这老林子做了什么，真是造孽。"二叔公的话，让气氛瞬间凝结。此时几人心中，就如这笼罩在"龙神沟"上的浓雾一样，迷茫且沉重。

话不多说，几人分工合作，南宫坤带着人绑好绳索，南宫乾戴上面罩带着几个人，顺着绳索进入"龙神沟"。不一会儿的工夫，几个人便消失在浓雾中。南宫坤只能靠绳子的动向判断几人是否安全。

南宫乾和他带下来的人，已经看不到上边的情况，身边只有浓雾，好在他们都戴着面罩。而他们的身上已经凝结了不少的水汽，从衣料颜色的变化上看，这浓雾确实带有腐蚀性，还真如二叔公所言，这浓雾是人为制造的。这些人委实可恶，这都多少年了，还妄想在我们的土地上为所欲为。等他完成任务，定要将这些恶人一个个抓起来，送到局子里。

这时，下边传来窸窸窣窣的声音，搅扰着雾气越聚越浓。南宫乾向几人做了一个"小心"的手势，不多时便见一只黑灰色的老鼠爬了上来。那老鼠虽然个头小，牙齿却十分锋利，上来见人便咬。一想到那些东洋人之前的种种恶行，所有人的心里便紧张起来，怕这些老鼠身上带着鼠疫或是其他的病毒。南宫乾一脚便踢飞了一只老鼠，那老鼠掉下悬崖，也消失在浓雾之中。

没等几人松口气，就见又是几只老鼠爬了上来。几人也皆是身怀绝技，将绳子捆在腰间，便拿起匕首与这群老鼠搏斗。老鼠却越来越多，大有铺天盖地之势。南宫乾骂道："怎么这么多的死耗子！若是让我知道是谁搞鬼，定打得他亲娘都认不出他来！"

那些老鼠就像听懂了人话一般，撕咬得更加厉害了。可此时几人悬挂在空中，没有着力点，又与老鼠缠斗了这么许久，个个汗流浃背，眼见着就要脱力。就在这时，一根绳子顺了下来，不多时就见一白发老头儿，手拿几支火把，顺绳飞将下来。

那人正是二叔公。二叔公当年也是习过轻功之人，这一招倒挂金钩算是他的拿手好戏。二叔公将火把一一扔出，南宫乾等人稳稳接住。有了火把的攻击，倒是事半功倍，直烧得那些老鼠吱吱乱叫，四处乱窜。

二叔公也没闲着，从背包里拿出汽油，向着下边的老鼠洒了过去，南宫乾用火把点燃了汽油，便见那些老鼠浑身是火四处乱窜，最后无力地掉到了山崖之下。与此同时，那火蛇向山下蔓延，居然驱散了浓雾，就见几个穿着黑色衣服的人正悄悄地接近他们。

猝不及防间，两伙人目光相对。黑衣人露出尴尬的神色，却也不再伪装，拿出手枪，就要向南宫乾等人射击。却不想身后几支弩箭先一步射了过来，直接射穿了黑衣人的手臂和大腿。黑衣人受伤纷纷掉下悬崖，好在他们身上皆有安全绳，并没有生命危险，却再没有还手之力，且他们手中的武器也不知掉向了何处。

　　刚才用弓弩射下黑衣人的不是别人，正是南宫坤等人。刚才几人便定下计谋，南宫乾先行带着几人，顺着绳索进入"龙神沟"，其主要的目的是吸引对手的注意力。待他们出发之后，南宫坤便带着几个人，从两山中的裂缝处直入山底，再由山谷下的裂缝进入"龙神沟"。

　　当年"龙神沟"被炸之后，大叔公曾与二叔公以及南宫坤的父亲多次来过"龙神沟"。那山底下的裂缝，便是那时被发现的。所以刚才南宫乾几人尽力吸引对手的注意力，为南宫坤等人顺利进入"龙神沟"做掩护。待南宫坤等人成功后，便从对手的后方包抄。用南宫乾的话说："咱得把那群狗东西包了饺子。"不过他们事前并没有想到，那些人竟然放老鼠咬人，好在有二叔公在，一切方才如此顺利地解决。

　　悬崖之下，被包了饺子的黑衣人，正躺在那些被烧没了毛的死老鼠身上，痛苦哀号，好不凄惨。而南宫乾等人已经安全到了崖底。之后南宫乾回手便打晕了一个人，那人在崖上时，偷偷地向下边扔了两个烟头儿，这看似不经意的举动，却是在给下边的人报信。

　　南宫乾叫人将这些人捆了个结结实实，又抢了他们的安全绳和食物、装备，美其名曰，一切充公。刚才火烧老鼠时也烧了他们几条绳子，后来他们是两三人用一根绳子，方才进入沟底。

　　用战略的眼光看，他们这也算首战告捷。虽然没有彻底粉碎对方的阴谋，却大涨了自己的士气。今时不同往日，对方那一套在现如今的中国，完全行不通。二叔公更是欣慰地看着南宫兄妹，想到当年南宫骁第一次入岷山探墓时的场景，那时候南宫骁只有十五六岁，却也沉着冷静。再看这兄妹俩，亦有不同寻常之处，南宫家这一代，定是人才辈出。他只希望压在南宫家这么多年来的重任，能在这一代人的努力下结束。

二叔公指着前方不远处说道："那里有一处墓穴，葬的是谁我不知道，但那墓穴正好在那天坑之后。若南宫骁没有推演错，我们穿过这墓穴，再挖条甬道，就可以进入当年的天坑之中。"

第二十章　野狐

据当年庞天然所说，那天坑本有上、下两层，庞天然炸毁了一层之后，另外一层应该并没有塌方。而且南宫骁也猜想，当年庞天然炸了这天坑并非一时冲动，也非一人所为，定是有人从中协助。而协助他的人，很有可能就是蒋裴延。

且蒋裴延本就是守洞人的后裔，他知道那天坑内的情况也是正常。只有在他的帮助下，庞天然才能实现只炸一层而保留第二层的冒险举动。这也是他们这队人马必须早些进入天坑的原因。只有将这里真实的情况告诉给远在川渝的一行人，他们才能找到真正的九天悬龙洞，继而揭开"九龙宝藏"的秘密。

很快他们便找到了地下墓葬的入口。情况特殊，来不及深挖，只得利用炸药炸开个缺口。南宫乾点上三根烟，插入地上，又放下了一本工作证。说明他们无心惊扰这墓主人，只是形势所逼。让墓主人若有什么怨气，便找这工作证上的人去。

也不知道南宫乾的手里为何有那么多的工作证，只知道往后谁也别得罪了这货，毕竟明枪易躲，暗箭难防，谁也不想半夜里经常梦到什么牛鬼蛇神、魑魅魍魉。

一行人向着墓室走去，南宫乾打开探照灯走在前边。这是个清朝的墓，应该是镇守这里的将军，战死后长眠于此。那时关外条件艰苦，这墓室里面空荡荡的，只有零星的一些陪葬品。

他们进入这墓葬，本是想借路。不承想这墓室之中，却有不少诡异之处。他们先是看到了几尊恶鬼的铜像，又是满地的朱砂和黄符。且这墓道之中，又刻画着不少的萨满壁画，皆是一些神鬼之像，这一切的一切，都隐隐地透露着，这间墓室并不简单。一行人走得战战兢兢，谁心里头都明白，一般人的墓室里，可没有这么些个诡异的东西。

那铜像背后，还刻着恶毒的诅咒，意思是谁要是动了这里的东西，必定招来横祸。他们此行为的是寻找青铜神树的下落，无意惊扰任何人，并不是来盗墓的。规矩是有，却没有鬼神之说有震慑力。其他人一看，那铜像凶神恶煞，倒是十分安分。

再往前便是主墓室了，南宫坤小声问道："二叔公，墓的规制倒是符合将军的身份，可这几个墓室之中并没有陪葬品，有的都是些吓人的玩意儿，这究竟是怎么回事儿？"二叔公也摇头表示不知道，他下的墓也有不少，各朝各代的皆有，但这么诡异的还是第一次见到。

主墓室前有一道石门，那石门之上刻着许多星宿，且还涂上了朱砂。二叔公一拍脑门，方才明白："这是九星镇鬼图，看来这里葬的人不简单，兴许是横死的，而且死后尸变，所以这墓室才会这么诡异。"

打开墓室的门后，便有一股难闻的味道扑面而来。这墓室尘封在地下多年，若不是因为这里碰巧紧挨天坑，估计也没人会进来。南宫乾又要掏工作证，却被南宫坤制止了："你损不损啊。"南宫乾倒不是真有什么算计人的想法，就是觉得好玩。他只是想试试，这世界上到底有没有诅咒，可又不想拿自己来试，就闹了这么一出。其实就是卖孩子买猴——玩呗！不过他也不是完全由着性子来，他是想那些工作证都是红的，又有公章和五星，自然能压得住邪祟。

南宫坤抢过探照灯，先一步进入墓室，就被吓了一跳。就见墓室里并没有棺椁，而是用铁链悬挂着几个无头的尸体。二叔公看了一眼，不由得退后一步："这是以尸压鬼气的邪术。这样的墓室内必有阴邪之物。"

这时身后一人眼睛空洞，眼白上翻，拿出匕首，疯狂地冲向了几人。其中一个人说道："不好了，他是鬼上身了。"南宫乾却骂道："胡说八道，什么鬼上身，不过是墓中污浊的气体侵入人体而使人产生了幻觉。"

众人却是不信，因为那人一边砍人，一边喊道："官逼民反，我是顺应天命，狗皇帝你不顾念亲情，居然将我流放到此地，一边假意仁慈、惺惺作态，一边又派人屠杀我全家，看我不杀光了你们。"

二叔公喊道："快打晕他，再晚些，只怕阴气入体，人就永远失心疯了。"南宫乾跳到其身后，用力一掌将人劈晕，这一掌也是用了重力。那人倒在地上不断地抽搐，嘴里还吐着白沫。二叔公只得让人将他拉出墓道，又给他吃了一些药丸。二叔公说道："刚才在悬崖之时，他应是吸入了不少的毒烟，此时又中了墓中的污气，估计回去也要养上几天才能好。"

几人之后方才发现，那墓室的后边是个埋尸坑，坑中并非完整的尸体，而是一个个尸块。应该是这墓主人的一家皆被人乱刀砍死，又怕这些人死后作祟，才弄了这么个镇魂之墓。

几人终于来到墓室的最后方，不敢用炸药，害怕将这墓室炸毁，再连带着地坑一同下降。那样一来，"龙神沟"下的秘密将彻底掩埋于山谷之下，永不见天日。几人轮流挖，挖出来的土正好填埋了那尸体坑，也算是功德一件。

这一挖就是两天两夜，不得不说南宫骁丁卯绘的功底不错，那墓室的后边，还真是与当年地坑相通。南宫乾带着几人先进去，南宫坤等人继续等候。不多时便有一群人冲了进来，带头的人皮肤黝黑，说着东北话，自称是庞铁山的后人。来了便向南宫坤等人发起了进攻。

这些人个个带着枪，来势汹汹。南宫坤几人与之搏斗，她为保护二叔公受了轻伤。就在这时，一身穿盔甲之人冲了出来，那人手提流星锤，一锤子便打倒了一个持枪之人。只见倒地那人头上被开了一个血窟窿，鲜血直流，表情却十分狰狞，他惊声喊道："有僵尸。"之后倒地晕死了过去。

这一下庞家之人纷纷逃窜，却被流星锤打得落花流水。只有几个逃出了墓室，其余皆被擒获。一个个捆好了，只等事情解决后送去局子。等解决了庞家人后，那盔甲人卸下盔甲，原来是南宫乾，他们进入地坑之中，发现那地坑是天然形成的，下边还有地下暗河，所以有空气流通，人可以进坑探险。

于是一行人返回，就听外边有枪声，他灵机一动，穿上了那墓主人之前的盔甲，便冲了出去。这么干，确实是性格使然，倒也正好吓了庞家人一跳。

经历了种种磨难，一行人终于来到了地坑之中。又顺着地下暗河继续前行，根据指南针所指的方向，终于到了庞天然所炸的地坑的下方。可事情远没有他们想的那么顺利。

因为之前的爆炸，整个地坑中的封层还是受到了严重的破坏，一路上几人时不时就要清理障碍，方能继续前行。最要命的是，他们时常会听到"嗡嗡"的回声。几人表情凝重，皆心里清楚，这里若再有个风吹草动，定会引来新一轮的塌方。

在进入地坑的五天后，几人终于挖到了一个宽阔的空间，那空间之中，能看到上层塌方时掉下来的青铜器。与此同时，他们还在里边找到了盗洞。不只有盗洞，还有几具白骨化的干尸，个个都穿着鬼子的衣服，想来那些年里，"黑龙会"和"红衣教"的人也没有放弃对这地坑的探寻。

不只这些，还有几具尸体穿着的是国外的登山服，从这些人的骨骼上推断，他们是西洋人。看来觊觎这里的人不只一伙，但不知是何原因，他们皆没能走出地坑。南宫乾仔细地检查了这些尸体，发现他们均是因颈骨断裂而亡。这诡异的死法，让几人有些不祥的预感，但因为身负重任，所有人并没有停下脚步。

再继续向前，一行人终于有了重大的发现。原来庞天然临终前并没有说谎。那地坑的第二层里果然藏着不少的青铜器。最先被发现的是一个青铜立人，那人头戴青铜帽冠，双手交叉，应该是在虔诚祭祀。这一发现，瞬间鼓舞了所有的人。

一行人继续寻找，陆陆续续发现了一些青铜器的碎片，或一些小的青铜器皿、青铜牛马等，皆装饰有漂亮的夔纹，这便是古代贵族祭祀所用的器皿。可找来找去，就是不见青铜神树的存在。

正当几人准备折返的时候，南宫乾又发现了一道石门。那石门是八角形的，中间便是一阴阳鱼。那阴阳两鱼的中间皆有孔洞。众人试了各种方法，却无法将石门开启，二叔公突然想到什么，他拿出之前那铁瓶子，塞到了那阳鱼中间，居然严丝合缝。

"这铁瓶子只有一个，这里却有两个锁孔，这可如何是好。"二叔公说道。这时南宫坤从身上又掏出了一个铁瓶子，道："这东西是我爷爷留下来的，说是当年赖龙和他仿制的，说给我拿着玩，但不能丢了，若再来'龙神沟'就带着，能保佑我们一切平安。"

众人这才明白，当年为何赖龙要仿制两个铁瓶子，难道说他与南宫衍之前已来过这地坑，并知道这里的石门需用铁瓶子当钥匙才能打开？南宫坤将仿制的铁瓶子塞到了锁孔里，几人的心皆提到了嗓子眼，毕竟南宫坤手里的铁瓶子是仿制的，若打不开这石门，只怕他们这一次就算是功亏一篑了。

就听"咔嚓"一声，机括转动，那八角石门居然打开了，露出了里边的地宫。众人大喜，皆称南宫衍与赖龙好手法，居然能仿制出一模一样的铁瓶子。只有南宫坤知道，那铁瓶子许不是仿制。她从小便摩挲那铁瓶子，知道她手里的那只铁瓶子，与二叔公带来的那只，一切皆相同，唯只有上面的纹路是相反的。事后她将这一切如实告诉给了南宫骁，这也皆是后话。

众人正准备向地宫进发，却见几具白骨掉了出来。众人面面相觑，这些白骨也看不出死因，但能说明，这地宫之中有危险存在。几人清理了那些白骨，却发现地边的一面墙上满是抓挠的痕迹，且每一条痕迹上边都有血迹，看着就让人瘆得慌，也不知道为何会留下这样的痕迹。

南宫乾一手持刀，一手拿强光手电。之前的探照灯已经没油了，好在他们带了不少的电池。那地宫打开，四周皆是壁画，上边所画之事，便是一群人抬着青铜神树和一些其他的青铜器皿，进入不同的山洞。而那些山洞之中，皆有一神兽守护，那些神兽凶神恶煞，却一直守着那些青铜器，不被外人所盗走。

地宫的正中间则是一个青铜树，说是树，却又与其他的树木不同，那青铜树的树杈之上站着十只三足金乌。这便是传说中的扶桑神树，那十只金乌，便代表着十个太阳。这青铜树足有一米多高，看上去十分庄

200

严，在上古，这青铜树也是权力的象征。

众人在地宫里走了一圈，并没有什么异常，众人本已放下了戒备之心，就在这时，只听外边一声惊叫，那八角石门突然关上了，接着便是机关转动的声音，几人大惊，门被锁上了，而他们此前安排在外边放风的人应该已经遇险了。

"什么情况，会不会是庞家的人？"南宫乾问道。二叔公摇头："不可能，外边那两人都带着猎枪，若有人靠近，必定会先发出信号。听刚才的声音，他们是突然受到了袭击，并没来得及做出反应。而且我也没有听到任何的脚步声。"

南宫乾蹙眉问道："二叔公，你的意思那外边的不是人，而是鬼？"可随即他又摇了摇头。"可这里又不是墓葬，怎么可能有鬼？"南宫坤突然想到一件事儿，她说道："我想到为何刚才打开门时会有几具尸骨了。"

众人细思极恐。那些尸骨恐怕就是进入这地宫之中，却被人关上门，活活憋死在里边的人。再看一眼那墙上的痕迹也能感受得到，这些人死前是何等的绝望。几人被吓得一个激灵，开始四下寻找出路。可这地宫之中四周皆是山岩，上方也是因为有岩石层，才会在上一次的爆炸中没有塌方。

几人寻不到出路，挖墙又行不通，一种莫名的恐惧席卷心头，渐渐陷入绝望之中。随着时间的流逝，地宫里的空气也变得越来越稀薄。几人解开衣领，却依旧不能缓解因为缺氧而造成的憋闷。

南宫乾折腾了半天，还是没有找到出口，他一屁股坐在地上，心有不甘地说道："我不想死在这鸟地方，特别是在连谁关的门都不知道的情况下。"可当他看到南宫坤平静的脸时，又觉得对不起这个妹妹，因为从小他都是闯祸的那一个，而南宫坤则是收拾残局的那一个。"妹，要是我们真出不去了，来世我给你当妹妹。"

南宫坤确实比南宫乾更淡定一些，她则是努力思考着逃出去的办法。听南宫乾说来世要与她互换，她冷笑了一声："可别，这跟谁先生、谁后生有什么关系，不靠谱的人永远都不靠谱。我说啊，你最好别托生个人，做个猫，做个狗，实在不行就做山里的猴子，想干啥干啥，就是别来干扰我的生活。"

南宫乾往地上一躺，有些悲伤地说道："行行行，那我不给你当妹妹了，我托生个猫，托生个狗，实在不行我托生个狐狸总成了吧，我守着这青铜神树，这样的话，下辈子不用你来找这青铜神树，我就给你送过去，总成了吧。"

"你说啥？"南宫坤好似想到了什么，"你说你要托生个啥？"南宫乾回道："狐狸啊。"南宫坤一拍南宫乾的大腿问道："为什么是狐狸？"南宫乾指着墙上的壁画说道："帮你守着这青铜神树啊，那上边画的不就是狐狸吗？"

南宫坤猛地跳了起来，直奔那壁画前，就见那壁画上青铜神树的下边，果然画着一只漂亮的九尾狐。她突然间笑了起来，跑回来对南宫乾说道："哥，我爱死你了。"说罢盘膝而坐，双手合十，气运丹田，嘴里念念有词。

她周围的气流开始有了变化，这些正常人自是察觉不到，但二叔公也曾习过内功，自然能感觉得到。他不由得脱口而出："这是《驭兽经》。"

南宫家的半部《驭兽经》残卷，一直由"水心斋"的话事人练习，不想南宫无量居然将这教给了南宫衍这一支的后人。可看情况，南宫坤练习的也不是全部，只是一小部分，毕竟这丫头的气息不稳，并不是练习《驭兽经》的好材料。但即便如此，却也要比一般的人强上许多。

不多时就听门外传来"呜呜"的叫声，众人最初也没听清，有人问道："这是什么声音，好像是什么动物在叫。"二叔公回道："这是野狐的叫声。"众人皆在揣测为何这里会有野狐，就听外边传来机关转动的声音，接着那八角石门被打开了，那石门之前，还站着一只毛色雪白的野狐。

那野狐如同人一般站在门前，一双漂亮的狐眼却一动不动地看向南宫坤，众人大惊，却感觉这野狐并没有恶意，甚至还能在那野狐的眼中看到些许笑意。

南宫乾一拍大腿，惊道："我的妈，刚才这门是被这只野狐关上的？我们要是真就这么死了，那得多冤。"众人也不敢相信，刚才这门是被眼前的这只野狐关上的，然后那野狐又把门打开了。

事后南宫坤才说，当年南宫衍将那铁瓶子交给她的时候，还教她念过一个口诀，那口诀只能驱使狐狸，除狐狸之外的动物皆没有效果。后来她也没再见过狐狸，自然也不知道那口诀是否有用，不想在关键时候居然用到了。

野狐缓缓走向南宫坤，伸出爪子，指了指那青铜神树。而南宫坤方才看到，那野狐的尾巴十分漂亮，可也不是传说中的九尾，而是三尾，但这三尾就已经比整只狐狸还要大。那野狐抖着三尾，每走一步都如王者归来，那气势让在场所有人都为之震惊。

南宫坤明白，野狐是让她将青铜神树带走，于是她点了点头。南宫坤又在野狐的脸上看到了如释重负的表情。

众人休息够了，开始去搬那青铜神树，原来那青铜神树是活节的，很好拆卸。可就在这时，一群人冲了进来，带头的是个卷毛碧眼的洋人。那洋人进来，就叫手下用枪指着众人，众人纷纷举起了手。

南宫坤和南宫乾互看一眼，正盘算着要如何制敌，就在这时，那野狐突然冲了过去，待那些洋人发现之时，那野狐已经跳上了一个洋人的肩膀，不等那洋人做出反应，野狐三尾一甩，直接缠住了那洋人的脖颈，就听"咔吧"一声，那洋人的脑袋便以诡异的角度一歪，人也直直地倒了下去。

接着那野狐又放倒了一个人，带头的洋人开了枪，枪声四起，可没有一枪打到那野狐，反而野狐又跳到了带头那洋人的身上，这时南宫坤喊道："留他一命。"他们还得问出，是谁一直在盯着南宫家。那野狐便改为用尾巴将那洋人拍晕。这时南宫乾带头冲向了那伙人，不多时，其余人也被擒获。

之后一行人带着青铜神树下了山，野狐则是看着所有人离开了"龙神沟"后，便不知了去向。多少年后，南宫坤方才听说，九尾狐的九尾人见三尾，鬼见六尾，神仙才能见九尾。

那些庞家人和后来捣乱的洋人，皆被送进了局子。那些人进了局子就老实多了，竹筒倒豆子般说了许多的非法勾当，这些也都是后话。事后南宫乾与南宫坤，还有二叔公便带着青铜神树直奔北京。

第二十一章　巫山云

且说南宫骁得了玉灯罩后，依旧一筹莫展，可又一想，那猰貐在此也有千百年，那神秘人不会将他们引入绝境，所以他们必须静下心来，方能寻找到出去的方法。

南宫勇倒是一副既来之则安之的心态，说道："哥，咱带来的东西还能吃上几天，再则许乔和顺意也都受了伤，不如咱就在这里休息几天，等那猰貐自个儿回去了，咱再出去不就成了。老虎还有打盹的时候呢，何况它一只人面兽了。"说罢一只手拿出了牛肉干就往嘴里送，另外一只手则往背包里装大颗的鱼目。

南宫骁一想，也是这么个理儿，既然出不去，倒不如好好休息休息，等许乔的腿伤好些了，逃走时也方便许多。只是他们困在这里没有外边的消息，也不知道关外那一行人进了"龙神沟"没有。

几人找了块平坦的地儿，闭目养神。夜里南宫骁做了一个梦，梦到自己掉入了深渊，而那深渊之中，还有一只张着血盆大口的猛兽，只等着他自投罗网。这时一个青铜面具人在他的眼前一闪而过，他猛然惊醒，却感觉他睡前放在地上的牛肉干少了两条。

再一看几人都睡着了，也许他是记错了。他又躺了下去，却感觉眼前墙壁上的鱼目看着很是眼熟。他将南宫勇推醒："唉，你看那对面墙上镶嵌的鱼目是不是有些眼熟？"南宫勇揉了揉双眼，看着看着，他猛地跳了起来，冲上前去。

没错，那镶嵌的鱼目，正好组成了一个青铜面具的图案。很快，几人在那墙后发现了一个石制翻板，翻板之下便是一条长长的铁锁链，深不见底，但可以肯定是通往山下的。这便是神秘人给他们的指引。南宫骁看着那铁锁链有些恍惚，他已然分不清刚才那是梦，还是神秘人真的出现过。

几人顺着绳索向下，这里其实就是这山中的一处缝隙，因为十分狭小，那猣猻无法入内。唯一的问题就是他们四人中有两人受了伤，所以几人下去得十分缓慢，等双脚落地之后，就见山岩之下有一小洞，那便是他们的出口了。

从洞口出来，便是和煦的暖阳，几人仰望那高耸入云的峭壁，不知那猣猻是否还在上边。再行十几米，就见一处木质栈道，直通对面的山涧。但这栈道上的铁索已腐朽不堪，而上边的木板也已风化损毁了大半。这栈道只怕是生活在这里的人通行所用，之后建了公路，这里也就被遗弃了。

几人小心翼翼地走向对面，可刚走几步，那铁索便"嘎吱"一声断裂开来。这栈道之下便是两山中的峡谷，虽下边长满粗大的树木，但要是掉下去，也定是九死而无一生。好在那铁索只有一侧断裂了，几人抓住另外一侧的铁索，但那铁索明显有些不堪重负，摇晃间不时发出"咔咔"的声音。

几人拼命地保持平衡，南宫骁无意间发现，不远处好像站有一人。那人负手而立，脸上则戴着一张青铜面具。虽那人的脸被面具遮挡，但一双犀利的眼眸却是带着杀气。他一个愣神的工夫，差一点儿掉下铁索，可再一抬头，那人又不见了。这是面具人第一次出现，虽隔得很远，但南宫骁却觉得这人戾气很重。且见他们身处险境，却没有出手相助之意。他不免怀疑，这人是不是传说中的神秘人。

这时南宫勇说道："哥你也看到了是吧？"南宫骁点了点头："我感觉，虽然那人也戴着青铜面具，但他不是神秘人。"

就在两人说话间，只听"咔吧"一声，那另外一侧的铁索也裂开了，几人连忙抓住铁索，任由身体跟铁索一起坠落，最后在半空中荡来荡去。周顺意受了伤，一个脱力便松了手，好在南宫勇一把将他拉住，可几人挂在半空中。许乔伤最重，此时伤口裂开，血已渗透了裤管。

几人被挂在半山腰，不上不下的，很是难受。这时一铁钩带着绳子飞了过来，将那铁索拉向了一旁的山路。几人看向绳子的另外一端，却是一人以树遮挡，隐约间能看到那人的脸上戴着一个青铜面具。之后那人又将绳子固定好，便匆匆离去了。

南宫骁借着绳子将几人带到了安全处。几人躺在地上，惊魂未定，这几天他们过得不易，总是在生死边缘徘徊。"刚才那人是谁，会不会是神秘人的后裔？如果没有他，只怕我们都得掉下去摔死。"周顺意喘着粗气问道。

南宫骁摇了摇头，道："不知道。可若他是神秘人的后裔，为何要躲着我们？"也不知为何，南宫骁总觉得刚才在栈道上看到的青铜面具人，和后来救了他们的面具人并非同一个人，即便他们穿着同样的衣服，戴着同样的面具。他也说不清为何，也许这就是直觉。

因为他们并没有按照原来的路线下山，眼下他们距离山下的据点远了几十里的山路，这对于有两个伤员的四人来说，是很困难的路途。且屋漏偏逢连夜雨，突然下起的雨，让周顺意和许乔的伤情加重，又让前路变得更加难行。

南宫骁看向前边湍急的溪水，再往前不远处，便是一个落差极大的瀑布。他们的帐篷留在了崖洞，此时他们只有两个选择，一是冒雨蹚过前边的溪流，二是多走十几个小时从山下绕路而过。南宫骁看了一眼脸色惨白的许乔，最终还是决定冒雨蹚过溪流，这样便可以早些到山下，让两个伤员好好休息。

南宫勇背着许乔，南宫骁则扶着周顺意，几人蹚着冰冷的溪水前行，但水里全是长满了青苔的石头，一个不小心，便会摔到水中。几人举步艰难，一个闷雷响起，南宫勇脚下一滑。南宫骁连忙去扶南宫勇背上的许乔，与此同时，他也跌进了水里。三人瞬间被水冲走，向着瀑布而去。

好在周顺意丢出绳子，将三人拦了下来。可此时四人已经到了瀑布的边缘，就在几人庆幸自己劫后余生之时，身后水面之上，突然出现了一道黑影，接着南宫骁感觉后背被人猛然一推，他来不及将许乔松开，便带着许乔跌下了瀑布。南宫勇想要拉住两人，结果同样掉下了瀑布，随后周顺意也被绳子带着滑下瀑布。

几人先后落水，声音被暴雨声所淹没，继而四人沉入了那瀑布之下的水潭里。瀑布之上，正有一人收着绳索，山间最不缺的便是参天大树，随便哪棵，都足以让他借绳荡到溪水之中，并将狼狈的几人推到瀑布之下。

四人在不断地坠落，特别是许乔，她伤得重，早已经没了自救的力气，只能任由水灌入她的肺腑。南宫骁拼命地游向许乔，那边南宫勇为了逃命也脱下了身上的背包。他们若不是为了救许乔和周顺意，自救并无问题，可以他们此时的体能救人，就只能被拖入水底。

几人在水中打转，眼见着就要失去意识，这时有几人游了过来，南宫骁没太看清，只感觉是一个女人。等几人醒转之后，才发现救了他们的是那清瘦老人和一个粗壮的汉子。那汉子对清瘦老人十分客气，有点儿像是清瘦老人的保镖。可南宫骁依稀记得，当时在水中托起他的分明是个女人。

　　"唉，听说你们进了山许久不见回来，我就带着人去寻你们。好在我及时赶到。你们是怎么从那瀑布之上掉下来的？"南宫骁将一路上的奇遇讲述了一遍。那清瘦老人却也没说什么，只说了句："原来如此。"

　　等几人的身体恢复了些后，清瘦老人便说："我那司机去了关外，估计很快就有消息传过来。你们就先在这里休息吧，等伤养好了，再做打算。出来这么多天，我也该回了，家里还有不少的事儿呢。"

　　清瘦老人便离开了，留下了帐篷、一些食物和药。几人继续休息，本以为很快就会有关外的消息，等来的却是许乔突然间吐血昏迷。

　　南宫骁顿时有些慌了，之前因为他们还要继续寻找九天悬龙洞，所以并没有下山，而且这几天许乔和周顺意的伤明显有所好转，这也得益于清瘦老人带来的伤药和安宫丸。他本以为这样下去，再有三天许乔就可以下地走路了，却不想许乔突然就吐了血。

　　南宫骁为许乔号脉，却感觉许乔的气息不稳，脉生异象。再低头一看，许乔吐出的血中竟有黑色小点儿在蠕动。他心头一紧，心道不好，许乔这是中了蛊毒。又一想许乔是何时中的蛊毒，难道是在水里的时候？

　　南宫骁背起许乔就要下山去解蛊，可这时他也感觉自己身体轻飘飘，体内的血气翻滚，好似有成百上千只虫在他的体内游走。他立刻意识到自己也中了蛊，可再一抬头，就见南宫勇和周顺意也都面色惨白。

"快收拾东西下山，我们中蛊了。"南宫骁迅速做出反应，带着一些必要的东西，便背着许乔向山下而去。几人边走边感觉身体虚浮，意识时而模糊时而清醒。眼前的山路在不断地摇晃，而他们的脸色也差到了极点。但几人不敢停下，只机械性地向前走着，直到身体再也承受不住，方才倒在地上。

这时一个戴着青铜面具的人出现在南宫骁的面前，他冷笑着说道："没想到你们的命这么硬，一次两次都让你们逃掉了。中了蛊还能走这么远，我还真的要佩服你们了。"说罢黑洞洞的枪口便指向了南宫骁的头。

南宫骁便也明白了，那栈道上的铁索，也定是这人故意弄坏的，这青铜面具人的目的，就是想杀掉他们。可又感觉不对，为何后来他又要救下他们，难道说，有两个戴着青铜面具的人？

第二十二章　庞家后人

戴着青铜面具的人用枪指着南宫骁等人，南宫骁等人中了蛊，自然无法与之对抗。戴着青铜面具的人将枪口对准了南宫骁，便要开枪，这时有人喊道："叔叔，你不要再执迷不悟了。"说罢，又有一个戴着青铜面具的人走了出来。南宫骁等人只觉这人说话的声音很是耳熟，却又想不起在哪儿听过。

"你怎么又回来了，我不是告诉你不要再回来吗？"持枪的青铜面具人说道。后来的那人却说："叔叔，你想过没有，川岛右子和那些洋人都是外人，而你用枪指着的这些人才是我们的同胞。虽然这些年，你一直都在国外生活，可你不能忘本啊。"

持枪的面具人声音有些癫狂地说道："不，虽然我们都是中国人，但他们是我们的仇人，就是他们的爷爷南宫无量打伤了我的祖父，还杀了你的父亲。我必须杀了他们，而且我一定要得到那'九龙宝藏'，否则我这些年吃的苦都白费了。你不要再拦我，你的父亲是外人养大的，所以根本不知道我们家族的使命。"

后来那人却摇了摇头说道："叔叔，你错了，你和你的父亲，一直都被那'黑龙会'的人欺骗了。曾祖父他虽然也想得到'九龙宝藏'，那却是一时的贪念，他只是想变得更强大，他只想借用上古神力，来打败所有欺负过他的人。其实你们并不知道，我们的先祖也曾是众多护宝人之一啊！叔叔，我们庞家是护宝人的后裔，我们的祖先一直在保护着这些宝藏，你现如今却要将他们交给'黑龙会'和洋人，这是背叛了祖宗。"

说罢那人拿出了一本泛黄的线订本，他一页页翻开，给持枪面具人看："你看，这是我们的族谱。是'黑龙会'和'红衣教'的人一直在欺骗你。其实曾祖父六十年前就因为爆炸而伤了脑子，之后'黑龙会'和'红衣教'的人，以他的名义做了许多坑害百姓的事儿。而且他们还编造了谎言，说我们庞家是异人的后代，是注定要得到'蚩尤神力'的人。其实根本不是。你不是一直想问我的父亲是由谁抚养长大的吗，我父亲说只是一个普通的农民，其实不是，是蒋裴延。是他在川渝找到了我的祖母，并让祖母生下了父亲，这才为祖父留下了血脉。而这一切，也是南宫无量的意思。所以没有背叛，也没有陷害，是曾祖父做错了事，而后又被那些利欲熏心的人利用。而我的祖父也不是死于南宫无量之手，他是被曾祖父所杀，只因他炸掉了'龙神沟'，所以叔叔，你不能再被那些人诓骗下去了。"

持枪的面具人终于放下了手中的枪，他拿过那本族谱，细细地翻阅，在上边找到了许多他不曾知道的真相。原来他的先祖，曾与南宫无量的先祖一样，都是护宝守洞之人。他真的受骗了，那些可恶的洋人，满嘴谎言，差一点儿让他成了杀人犯。

他终于摘下了青铜面具，露出了一张并不陌生的脸。而另外一人也摘下了青铜面具，同样是一张并不陌生的脸。两人不是别人，正是《地理杂志》那两个长着酒窝的男人。年长的叫庞则旭，是庞铁山的孙子；而年幼的则是庞无忧，是庞天然的孙子、庞铁山的曾孙。

事情还要从庞天然与那小娇娇一夜风流说起。庞天然答应小娇娇替她赎身，并给了她一根金条。事后庞天然被南宫无量带走，临走前南宫无量也是帮小娇娇租了房子，让她在那里等他们回来，可不想小娇娇与庞天然只有一夜之缘。

之后庞天然和南宫无量去了关外，等南宫无量和蒋裴延再回来的时候，小娇娇已经替庞天然生下了一个儿子，起名庞念然。庞念然四岁的时候，小娇娇出门买菜时被东洋人看上，小娇娇自是不肯，最后惨死于枪下。庞念然则被蒋裴延带走。

直到多年后，庞念然方才找到其他的庞家人，认祖归宗。可此时庞家人已经被"黑龙会"完全控制，且受了"黑龙会"洗脑，认为当年庞铁山的受伤和庞天然的死皆是南宫无量所为，所以对"水心斋"和南宫无量恨之入骨。庞念然知道一时无法说服庞家人，便谎称自己是被农民养大的，但背地里一直想帮庞家人脱离"黑龙会"和"红衣教"的控制。

多年后，庞念然找到了清瘦老人，两人定下赴这甲子之约。一来引蛇出洞，二来让庞家人看清"黑龙会"和"红衣教"的本质，方能让庞家重获自由。

庞无忧又将当年朝天门码头和关外炸"龙神沟"之事简单地说了一下，庞则旭收起家谱感慨万千，原来自己和家人这么多年的仇恨皆是恨错了人，真正害人的不是南宫无量，而是"黑龙会"和"红衣教"的那些人。

他拿出蛊毒的解药交给了南宫骁，并深鞠一躬表示歉意。南宫骁则说道："庞家与南宫家本应常来常往，欢迎庞家人随时来'水心斋'。"庞则旭红了眼眶却突然举起了枪，这一次枪口却是对准了自己的太阳穴。

"叔叔，你这是要干什么？"庞无忧想要上前，却被南宫骁拦下，这时南宫勇突然从后边跳起，夺下了庞则旭手上的枪。南宫勇说道："你跟那些东洋鬼子一起待久了，怎么好的没学会，坏的一学就会呢，别动不动就玩什么自杀谢罪，俗，真正要谢罪，那得用实际行动才行。"

庞则旭却说："我并非要谢罪，是因为来之前，我服下了川岛右子的毒药。'红衣教'的毒药很厉害，我怕到时候我控制不了自己，做出伤害你们和无忧的事儿。现在想想，我确实糊涂啊，他们若真的信任我，又为何用激将法，让我服下毒药？"

庞则旭幡然醒悟，可为时晚矣。这时南宫骁拿出一个小瓷瓶说道："这是从川岛右子的身上掉下来的，我看上边写的是解药，就留了下来。"庞则旭拿过来一看，还真是天无绝人之路，这一瓶确实是解药。

既然误会解开，几个人便坐在一起，商量着如何找到真的九天悬龙洞。南宫骁称自己安排了人去关外"龙神沟"，可最近一直没有那边的消息。这时庞则旭一拍大腿说道："前几天我打下来一个鸽子，上边有字条，但是我看不懂上边写的什么。"说罢从衣服兜里拿出了字条。

南宫骁一见，喜出望外，那字条之上正是南宫家的密语符号，这世上除了南宫家人，根本无人能解。他细细一看，二叔公等人居然拿到了"玉烛龙"。且那"玉烛龙"没准正是那"一灯罩九山"的灯。

此时南宫骁将背包里的玉灯罩拿了出来，对南宫勇说道："小勇，之前你那朋友放在'长生库'里的黑色石头，是否不定期地发出光亮？"南宫勇点头："是，那东西里边应该是天外的陨石，有辐射，所以被我放在了'长生库'的最底层。"

南宫骁不由得一笑，原来一切皆已经注定。他对南宫勇说道："只怕我们现在就需要那天外飞石。"若他猜想得不错，他们手中的"玉灯罩"和二叔公等人从关外找到的"玉烛龙"合二为一，就会形成一个特殊的磁场，再将那天外飞石放在其中间，那石头就会发出持续的光亮。

"九天悬龙有洞天，神侯一令方开山，北斗星下垂神树，洞前一灯罩九山。"可这么一想，这四句还是不对，不过不要紧，既然这"罩九山"的灯已经出现，那么九天悬龙洞的破解也非难事了。

他转念一想，古人埋藏了"九龙宝藏"，肯定不会大费周章弄出这么一盏灯来，这灯一定有它特殊的用途。是什么地方，必须用到这天外飞石的灯呢？还有，即便是天外飞石，也不会发出能一灯罩九山的光亮。

这时他想到二叔公曾经跟他讲过憋宝人的故事，憋宝人吃了憋宝方才开天眼，曾经有个憋宝人知道一个古墓，那古墓却在极阴之地，那里阴气聚拢，一般的灯无法照明，只有寻得上古松油，做成蜡烛，方能在那极阴之地内点燃。

所以这九天悬龙洞一定是在地下极为黑暗且空旷的地方，就如同深海一样，一切的光亮都会被黑暗吞噬，只有借助这天外飞石的光亮，才能看到那洞中全貌。想通了这一点，南宫骁立马拿出地图。他从上看到下，又从下看到上，最后他将地图合上，有些兴奋地对众人说道："明天我要爬上这里最高的山峰。"

南宫勇自然是知道，南宫骁这是要用丁卯绘，可他不知南宫骁为何还要重新绘图。南宫骁却回道："我要找一处有地下洞穴，且有地下暗河，能通往地下九天的位置所在。小勇，你明天想办法给家里送个信，让人把那天外飞石送来蜀山。我留下继续寻找九天悬龙洞的所在，等二叔公派来的人将那'玉烛龙'送来这里之后，我们再探九天悬龙洞，到时候我们一定能解开'九龙宝藏'之谜。"

翌日南宫勇便下了山，打电话给大叔公，让他打开"长生库"取出天外飞石，再找人送到蜀山来。此时正好清瘦老人的司机将二叔公等人在关外寻来的"玉烛龙"也送到了北京。兹事体大，大叔公亲自将"玉烛龙"、天外石送到蜀山与南宫勇会合，其间过程不再赘述，只说南宫骁登上蜀山制高点，用丁卯绘推断那九天悬龙洞的所在。

丁卯绘不只是一种简单的绘图，更是对风水及地理知识综合而来的一门绝学。南宫骁自小在山中接受密训，大叔公和二叔公两人带着他走遍了大江南北，就是为了让他把这门绝学发挥到极致。但纵观南宫家几百年的家族史，望山探洞容易，却没有一人，单看地面从而分析出地下几十米深的情况。其实南宫骁也没有十足把握，但他相信，留下"九龙宝藏"之人，一定会留下一些线索。

南宫骁并不擅长攀岩，倒是南宫勇更擅长些，许乔的腿伤未愈，正好借着这几天好好休养一下，周顺意的伤已经结痂，但南宫骁不让他做剧烈的运动，以防他伤口裂开，影响了之后的计划。

好在有庞无忧，他从小跟父亲练功，也算是蒋裴延的徒弟。再则庞家也有自己的势力，毕竟庞铁山生有六子一女。庞无忧带着自己的人，陪着南宫骁上了蜀山之巅。

"当时推我们掉入溪潭的人是你吧。"南宫骁问道。虽然此前他们早就察觉那青铜面具人是两个人，这两个人却是做着不同的事儿。但那个推他们入水之人，却不是庞则旭而是庞无忧。

庞无忧一脸的尴尬，挠着头十分抱歉地说道："对不起，我也是不得已而为之。"南宫骁倒也没有怪罪他的意思，只是说道："你知道那溪水虽湍急，却是不深，而云家的前辈也会出手救下我们。如果当时你不动手，动手的就会是你的叔叔，到时候只怕连云家前辈也救不了我们。

所以我还要谢谢你，若不是你，兴许我们几个早就没命了。"

庞无忧没有想到南宫骁是如此通透之人，一想便分析出了当时的情形，于是说道："这也是云家前辈的计划。我们这次进蜀山，皆是他的筹谋。这样我们几家人也算是全了，这才是真正的甲子之约。"

南宫骁又与庞无忧聊了许久，他发现两件事，其一是庞无忧也不知道云家前辈，也就是清瘦老人的身份。南宫骁只知道清瘦老人来"水心斋"那天，所坐的车很有级别。既然清瘦老人有意隐瞒，那自是有他的道理，他相信不论从哪个方面，清瘦老人也不会做对他不利的事。

其二是庞无忧也不知道那蒋裴延的真实身份。蒋裴延将庞念然托付给了一位农户抚养，但每隔一段时间就会来见庞念然，给他送生活费，还教他一些本领。在庞念然和庞无忧的眼里，蒋裴延虽然十分亲近，却是更加神秘。他们皆不知蒋裴延一直在忙些什么，甚至不知道他现在是否还活着。当然也不知道，蒋裴延与神秘人的关系。

南宫骁在心里画上了几个问号，一是当年戴着面具的神秘人到底是何人；二是关外蒋裴延为何会找上祖父南宫无量；三是当时云玲珑被救出后，为什么没有再见祖父南宫无量，她又有着怎样的境遇，以及她的后人，那清瘦老人为何会再次找上南宫家，他的目的又是什么？

在庞无忧的帮助下，南宫骁顺利地爬上了一棵大树，用望远镜俯瞰整个蜀山的山势走向。这不上蜀山之巅不知道，那蜀山之下，原来有九龙含珠的风水宝地，只是那九龙不知为何被斩断了龙气，若不是这个原因，只怕这里会成为某个帝王的长眠之地。

再说那九龙含珠，那珠便是鸳鸯池。那池水本与地下暗河相通，而那暗河又与当初庞无忧推他们下去的瀑布的水相通。这样的话，那九龙的南侧下边倒是地下暗河的汇聚地。而看那里的山脉走势，很有可能形成地下洞坑。那位置正好能看到九龙的龙头，也算是九天悬龙。所以他推断那九天悬龙洞的位置，很有可能就在那附近。

确定了位置之后，几人又亲自去探查了一番。几人在那位置的附近，找到了一棵参天古树，无人知晓那树活了多少年，但那树却是长在龙头之上，而且那树的附近还有一道山体裂缝，向下望去并不深，可南宫骁还是凭借经验，发现那裂缝的下边一定有条地下暗河。

再顺着那裂缝寻找，就在一处灌木丛后，南宫骁发现了几百年前的小路，那路上虽长满杂草，却可以肯定，几百年前有人将周围的树砍伐方才有了此路。虽经过了几百年的变迁，可那路上只长出了灌木丛，却没有一棵粗大的老树。这一发现基本佐证了南宫骁的推断。

古人为何要在那里伐树开路，一定是要运送什么东西，而且所运送的东西，一定十分庞大，所以才会需要伐树。那这条路的尽头，就很有可能是九天悬龙洞也就是那"九龙宝藏"的终极秘密所在。

庞无忧带着探照灯下到裂缝之后，根据南宫骁的推测，居然真的找到了一处天然洞口，只是那洞口却被大石堵住了。即便此时无法入洞，他们也终究是有了新的方向，南宫骁相信，那大石的后边，就是他们一直在找寻的答案。

等"玉烛龙"和天外石回到蜀山之时，南宫骁已经和庞无忧等人清理了部分堵在山洞口的石头。虽然没能将整个洞口打开，却也有了一人能侧身通过的入口。周顺意伤口上的痂已经脱落，许乔的腿也好了许多，用板固定住伤口，还是可以同行的。也不是南宫骁等人不知怜香惜玉，实在是那地下洞穴情况太过复杂，有些情况下，没有许乔，只怕所有人都寸步难行。

南宫勇告诉南宫骁，他上蜀山之时，关外已经传来消息，二叔公等人已经出了"龙神沟",但具体的情况不明。这时庞则旭才说道:"我一个侄子带着庞家人好像也去了关外。我那侄子与我不同,一直跟'黑龙会'走得很近。他们去关外的目的,就连我也不知道,但我知道,肯定跟'九龙宝藏'有关。"

第二十三章　九龙图

几人带着装备向着山洞进发，绳子、食物和照明设备皆是必备的，好在进洞的队伍壮大了，南宫骁和南宫勇将装备分发。又有大叔公在外坐镇，也算是解了他们的后顾之忧。

如今时代发展迅速，装备也日新月异，甚至已有了专业的鞋和手杖等。就连绳索也分门别类，既轻便又耐用，且还有一些精密的仪器，可以用来勘探，这些皆能大大地提高他们的效率，也是他们安全的重要保障。

兄弟两人不免想到，几十年前物资匮乏，装备笨重，祖父等人几进深山，又是何等艰难。不只是祖父那代人，南宫家所有前辈，经年来的付出与努力，皆是困难重重，若非有着坚定的信念，默默地付出，不断地创造条件，审时度势，培养了一代又一代的人，方才让南宫家的后辈，有了应对所有困难的本事，就不会有现如今的传承。

南宫勇说道："哥，真希望所有的事情，能在我们这代人身上终结。小时候，我在国外，特别羡慕别人家的兄弟可以天天在一起。那时候我们别说见一面，就是通个信都不容易。我知道你在国内也一定很想我，可我们的身上背负了太多，那些责任和使命就这样压在我们两个小孩子的身上。我知道这都是我们的宿命，可我真的希望，之后所有南宫家的兄弟姊妹都不必分离，他们可以像正常的孩子一样生活，不用从生下来就背负这么多。"

兄弟两人聚少离多，南宫勇生活在国外，待回来时已经是成年人了。所以他这些肺腑之言从未跟南宫骁说过，毕竟他们都已是成熟的年岁，一些话，反倒不如小孩子更能说出口了。若不是连日来的历险，以及这洞内异常诡异阴暗，让他产生了危机感，他依旧会把这些憋在肚子里。

南宫骁何尝不是这样想的，那些年手足思念之情，他怎会忘记。他拍了拍南宫勇的肩膀，语重心长地说道："会的，我也会尽最大的努力。"

那洞口往下，虽有空气流通，路却十分难行，洞内越发阴暗潮湿，宛如通向幽冥地狱，让人望而生畏。南宫勇带着几个人走在前边，随着大队人马的行进，山洞也慢慢揭开了神秘的面纱。

越往下去，路越难行，但能看出此前这山洞之中本有一条宽敞的甬道，如今绝大多数的路皆被山石堵住，有些地方明显是人为损毁。他们发现洞壁之上有搏杀的痕迹，亦有许多干涸的血迹。

南宫勇还在洞中发现了几个子弹壳，他将子弹壳拿在手中，对南宫骁说道："哥，这是老款的冲锋枪子弹。你说这里会不会已经有人来过了？"南宫骁表情严肃地说："多年来觊觎这里的人太多，你仔细看这里的痕迹，应该不止一伙人来过，而且还是不同年代的人，但我有种预感，他们都不会成功。"

南宫勇又说道："哥，那你说本见先祖和祖父是否也来过这里，说不定我们南宫家的其他前辈也曾来过这里。"

南宫骁看着南宫勇回道："也许。现在我只希望，那些曾来过这里的南宫家人，都能平安顺利地离开。"南宫骁没有说，他希望这些跟他一起来这里的人，也都能平安顺利地离开。

　　一路行来十分耗时耗力，一些狭小的地方，山石无法挪动，只能用手撑着石头，一点点儿艰难通过，这种情况极其考验臂力，没走多远，大家便有些吃不消了。好在有许乔，她使出"仙人飞升"的绝技，固定了绳索，才让众人省下了许多的力气。当所有人都通过之后，各个周身是汗，腿也止不住地打战，可见其路之艰险。

　　为了节省许乔的体力，也为免她的腿再次受伤，南宫骁让人在路好走些的地方轮流背她。若放到以往许乔不会有何反应，也不知为何，她如今就扭捏了起来，不愿意被人背着，毕竟这些人都是大老爷们儿，背着她多有不便。庞无忧的性子倒是有点儿像当年的庞天然，愣是没看出许乔是个姑娘，时常与之插科打诨，嘻嘻哈哈，还差一点儿闹出了大笑话。

　　他们一路下行，洞内阴暗逼仄，只能靠火把和头灯照明。众人许久未见阳光，也不知他们距地面有多深，更不知道还要走上多久才能走到洞底。好不容易到了宽敞些的地方，庞无忧尿急，也懒得遮掩，当着许乔的面就要脱了裤子尿尿，结果被许乔打了一巴掌。许乔涨红了脸，气得说不出话来，半晌才憋出一句："流氓。"

　　庞无忧被打得一愣，骂人的话刚要出口，在一旁看笑话的周顺意开了口，说道："许大小姐，你又不是没见过老爷们儿尿尿。小时候有人在你面前撒尿和泥，也没见你脸红过半分。"

　　这一句话后，庞无忧诧异地看向许乔。他之前怎么没发现，这许乔虽是短发，眉眼却比大老爷们儿秀气许多。他这才恍然大悟，脸也红成了猪肝色。从此之后，他与许乔四目相对时，总有些月朦胧鸟朦胧、老百姓都跟着朦胧了的感觉。

最为难行的地方，路基本被堵死，只有两块岩石中间巴掌大的地方可以过人，许乔身体轻盈，一个侧身轻松而过，可轮到周顺意便怎么也挤不过去。他用力憋气，依旧卡在其中，最后只得脱了上衣，这才顺利通过。

　　一路上一行人艰难险阻，百步九折萦岩峦。在下洞第三天的时候，他们终于到了一处开阔地，这里有三四个足球场那么大。狭窄的地方根本无法休息，所以一路上大家都有些疲惫。此时大家总算可以好好地休息一下。

　　南宫骁并没有急着休息，而是先去查看地形。他带队入洞，每个细节都关乎着一行人的生命安全。所以他一路上谨小慎微，不容自己有一点儿闪失。他仔细查看着山壁，发现这里有人工开凿的痕迹。他继续查看，终于有了重大发现，这让他兴奋不已。他喊道："南宫勇，快，把所有的灯和火把都拿来，这里有壁画。"

　　众人闻讯而来，聚拢的光亮照射在洞壁之上，一组壁画呈现在大家的面前。壁画之大，几乎覆盖了整面石壁，其雄伟程度让人叹为观止。这里阴暗潮湿，也不知道当初画这壁画之人用的什么材料，方才使得这些壁画保存至今。南宫骁让大家继续休息，他则和南宫勇研究起壁画来。

　　那壁画虽保存了下来，但依旧有脱落和褪色的情况，其绘画的手法十分写意，且带着些神话色彩，却没有一个文字，只有一些晦涩难懂的符号。其实很多文明，都是因为没有文字便消失在了历史的长河之中。

　　南宫骁对此颇有研究，他在壁画上比画了几处，说道："你看，这几处画的应该是龙，我推断，这应该是一幅九龙图。这组壁画，说的便是这'九龙宝藏'以及九天悬龙洞的故事。"

南宫骁据壁画所绘图案分析，在上古时代，这里有一天然的地坑，那地坑中汇聚了上古的神秘力量，之后那神秘力量化成九条飞龙。这飞龙与现在我们所见的龙并不一样，似蛇非蛇，似虫非虫，倒是与青铜夔纹中的龙纹十分相近。

后来也不知为何那九条飞龙腾空而起，直飞冲天。在壁画中，人们觉得这九条龙直达天庭成了神仙，也就是飞升。之后为了纪念这九条龙，一个神秘部落的人，开始在这地坑之中铸造青铜器。这个过程十分复杂，他们分工明确，有人负责开山劈石；有人负责青铜冶炼；亦有人负责绘制图纸；还有人专职监工，监督青铜器铸造的每一个环节。

待所有的青铜器铸好之后，再将所有部分拼接组装，最终组成了一株通天的青铜神树。当那巨大的青铜神树完工后，所有的人都为之欢呼雀跃。

根据壁画所记，那青铜神树的每一个部分皆有它的含义，有盘古开天的，也有象征三界的，亦有象征天空星宿以及四海八荒的，还有一些上古传说的部分。从壁画上可以看出，古代的人想象力十分丰富。那一个个传说，最后都成了一件件青铜器，而将这些青铜器拼接而成的青铜神树，更是象征着整个宇宙世界。其构思之精巧，不得不让人为之赞叹。

此后人们时常在这青铜神树下祭祀，杀牛宰羊，供奉神树，人们还会戴着面具跳起祭祀的舞蹈，祈求青铜神树能与天神沟通，让他们安居乐业。

若干年后，洪水泛滥，生灵涂炭，许多部落都被无情的洪水所淹没，百姓流离失所。人们认为，这便是人间的杀戮产生了怨气，导致妖邪之气横行，方才引得洪水泛滥。这是上天对人们的惩罚。那个部落的人又在青铜神树下举行了隆重的祭祀活动，祈求天神能让洪水退去，让人们可以恢复正常的生活。

也许是这些人的诚意感动了上天，就在这时，天空突然炸裂开来，就见有九条飞龙从天而降，在天空中盘旋许久，并化成了九个不同颜色的火球，将整个天空照亮，最后散落各地，那是九个不同的位置。

这个部落的人认为那是九龙降下神迹，指引着他们战胜洪水，重新过上安宁祥和的生活。之后他们按照神的指引，将青铜神树拆分为九个部分，经过长途跋涉，分别送往那九条龙降落的地方，以青铜神树镇压地下妖邪之气，好让洪水退去。

那个部落的人又铸造了一些青铜器皿作为祭品，与那些青铜神树的部分一同送走，这便是"九龙宝藏"的由来。那个部落的人认为，待洪水退去之后，宇宙就会迎来新的契机，这时再将青铜神树组合起来，便可借九龙之神力，飞升成神。

众人方才明白，原来青铜神树并非一个，而是由许多部分组成，所以像"龙神沟"那样的藏宝洞就有九个。这里很有可能就是青铜神树的铸造地，那树基是整个青铜神树最关键的部分。但这最重要的树基，却并非由这个部落的人所铸造。

在壁画中，南宫骁看到了蚩尤大帝，按壁画上的内容推断，那树基可能是蚩尤神力所化而成。之后这个部落的人借着这蚩尤神器，铸造了庞大的青铜神树。那蚩尤神器才是整个"九龙宝藏"的终极秘密。当初铸造青铜神树的人，也分散于全国各地，守护着那九处宝藏。此后这些人繁衍生息，这便是蒋家和庞家等护宝守洞人的由来。

南宫骁与南宫勇兄弟两人看完了九龙图后，心情久久不能平复，南宫骁说道："大洪水时代是世界多个民族的共同传说，不过值得庆幸的是，这壁画被完整地保留下来。"

南宫勇说道："这青铜树果然与'蚩尤残卷'有关，可这些事情，祖父为何没有记在笔记上？"

南宫骁也陷入了深思："小勇，其实我一直在想，祖父当年是真的不知道这'九龙宝藏'的秘密，还是故意配合着神秘人和蒋裴延。从川渝到关外，祖父看似被耍得团团转，可他又何尝不是耍得林家和那些洋人团团转？当时内忧外患，多少势力多少人在觊觎这'九龙宝藏'，那个时候，绝非让'九龙宝藏'重见天日的好时机。所以祖父一边在寻找宝藏，一边又在寻找当年的那些护宝守洞人，他努力为后人扫清障碍，这才有了甲子之约。我怀疑他已经猜到了神秘人的身份，甚至在那之后，他也曾来过这些地方。可他为什么没有在笔记中记下这些，我想他是怕笔记被有心人发现，抑或是还有另外一本笔记，也有可能他当时出了事儿。不论是什么原因，我们现在都无法得知当年事情的全部，只能等理清了所有线索，方能合理地揣测。这就是我们的使命。"

这壁画算是解开了南宫骁心里不少谜团，他们继续向地下深处走去，只有找到了青铜神树，才能解开所有的疑惑。

再往下走，路更为陡峭，直到一行人来到了一处最为幽暗的地方，此处已是极暗之处，即便是月食之时，也不曾如此黑暗，真真地伸手不见五指，这样的地方是对人最大的考验。人在幽暗的地方，就会产生莫名的恐惧，这是人的本能反应，一行人既要承受因多日体能消耗而带来的身体不适，又要承受黑暗带来的心理压力。在身体和心灵双重的压力下，每个人的表情都显得异常凝重，且越来越沉默，就连周顺意也很少与许乔斗嘴了。

好在这里还有空气流通，南宫骁让人把所有的探照灯都点亮，即便如此，探照灯和火把的光照范围依旧有限，根本无法满足照明所用。所有的光亮都仿佛被什么东西吞噬了一般，留下的只有黑暗——无尽的黑暗。

南宫骁已经记不住是第几次让队伍停下来休息，这种诡异的黑暗，已经严重影响到了他们的行进速度。南宫骁不得不时时关注着队伍里每个人的精神状况，频繁地更换探路人。极度的黑暗，已要把所有人的精力消耗殆尽，这时南宫骁终于想到了"一灯罩九山"的"玉烛龙"。

他从背包里拿出了"玉烛龙"和"玉灯罩"，将其合二为一，又敲开那块从"长生库"里取出来的黑色石头的外壳，露出了里边的天外飞石，再将那天外飞石放到了灯中。便见那天外飞石飞速地旋转着，并有一道光亮进射出来，照得四周犹如白昼，果然如之前南宫骁所推断的一样，"玉烛龙""玉灯罩"与天外飞石可以形成特殊的磁场，而天外飞石在这磁场的作用下，发出了奇异的光芒，这便是"一灯罩九山"的神灯了。

再向前一看，不由得后怕，那前边居然是悬崖峭壁。而那峭壁之下，便是漆黑一片的万丈深渊，其深度无法估计，因为连神灯都无法照其全貌，若不是南宫骁提前打开了神灯，走在队伍前边的人一步踏空，那便是万劫不复，粉身碎骨，怎能不让人心惊胆战？

悬崖之下，留有古老的栈道，并无护栏，且十分陡峭，只能容纳一人走过。

"栈道是在洞壁上人工开凿而成，一直延伸到下边，工程量巨大。可见这洞十分重要，且若只为人行走方便，也不必如此耗费工力，想必这些栈道，是为了运输大量的物资才建造的。这里很有可能就是壁画上所画的青铜神树的铸造地。"南宫骁有些兴奋地推断道。

庞无忧惊叹道："那要是这样的话，这青铜神树，远要比我们想象的还要庞大。"此前众人在壁画上看到神树与人的比例，皆以为是古人绘画时的手法夸张，现在看来，并不尽然。

"这么庞大的工程，那个部落的人究竟是如何做到的？"周顺意问道。

庞则旭揣测道："我想，当时这个部落的人应该很多，且他们应该用了不止一代人，方才铸造了这巨大的青铜神树。想必那个时候，所有的女人都在外面养蚕，而所有的男人，则在这里铸造青铜神树。"他想着自己就是这个部落的后裔，自豪感油然而生，毕竟可不是谁的祖先，都有这样的智慧和能力。

"也有另外一种可能，他们之中有异人的后裔，拥有神力，所以才会完成这样的壮举。"南宫勇说道。众人皆点头，确实有这种可能，否则那些个上古传说，怎会有迹可循？

南宫骁让所有的人系上安全绳，排成一排，向下边走去。大家走得万分小心，因为一个不留神，就是深不见底的深渊。好在每走上一段时间，便有人工开凿的崖洞供所有人休息。那些崖洞中都有生活过的痕迹，看来这个部落之人想要上下一次，也要走上许久。

第二十四章　巨蟒

南宫骁指着崖洞壁上的孔洞说道："你看这些孔洞，是不是很眼熟，前几日在悬崖上我们就见过。我想，这是用来固定绳索的，这里上下一次费时费力，所以这里的人就用绳索来运送物资，我感觉，我们应该离洞底不远了。"

就这样，一行人又走了整整两天，这两天之间，若不是有强大的信念支撑，只怕所有的人都会控制不住自己的心魔，毕竟这里比上边更为阴暗。黑暗就如同一只凶猛的野兽，仿佛下一秒就会将人吞噬掉，这样的恐惧，已然让人心理的承受能力到了临界点。好在一行人皆受过不同程度的训练，且南宫骁适时地做出调整，一行人虽疲惫，却也没出什么意外。

一行人轮流打头阵，这次走在前边的是周顺意，南宫勇紧随其后，庞无忧和许乔则跟在后边。许乔揉了揉有些发酸的胳膊，一个不留神，就撞到了庞无忧的身上。许乔推了推庞无忧，小声地问道："你怎么不走了？"

"不知道。"庞无忧探着脑袋往前看着，但见走在队伍最前面的周顺意就这么停在那里，后背绷直一动不动，也不知是何原因。不知道过了多久，就在后边的人快要跟上来的时候，周顺意终于有了动作，他伸出了一只手指摆了摆。

跟在周顺意后边的南宫勇愣住了，这是撤退的意思，且还是遇到了大麻烦，紧急撤退的意思。这说明前边出现了所有人都无法解决的困难。可前面到底有什么？南宫勇根本猜不到，毕竟在这种幽暗的地下深处，危机四伏，任何危险都有可能会发生。

兹事体大，南宫勇向后边做出手势，示意大家按原路退回，注意安全。他则继续向前，刚走没几步，庞无忧就跟了上来问他到底看到了什么？他只得回道："不知道，周顺意示意我们，前边有麻烦。"

"不会吧，你也不知道。我是没感觉有哪里不对。"庞无忧惊讶地说道。也不知道周顺意到底发现了什么，才会做出如此反常的举动。

南宫勇蹙眉："黑咕隆咚的，我啥也没看到，更没听到任何异响，只是觉得这里比上边黑了许多。不过我相信周顺意不会乱开玩笑，这下边一定是出了什么大的状况。等队伍都安全后退之后，我再去看个究竟。"

"哎哟，南宫勇你老眼昏花了不成。"许乔嘴上揶揄道，可心里也在犯着嘀咕，她似乎嗅到了危险的信号。

南宫勇横了她一眼，一直跟在后边的庞则旭跟了上来，问道："出了什么事儿，怎么停下来了？听回声，我们好像快到洞底了。"

这时周顺意也回来了，他有些惊魂未定。他平时也算是个稳重的人，办事靠谱，且很有经验，只有在熟人面前才会贫嘴，可此时他的脸上满是惊恐的神色，这让几人都意识到危险就在附近。

庞无忧已然觉察到了问题的严重性，他小声地问道："我说，这下边到底什么情况，不会有什么僵尸怪兽吧？"他们一个两个，皆神神秘秘的，这让他心里好生煎熬，恨不得冲上前去，看个究竟。

许乔抬头瞪了他一眼，说道："可闭上你的乌鸦嘴，不知道在地下不能说黑粽子吗？这叫避讳。"庞无忧立马噤声。

面对众人的质问，周顺意半晌才慢慢地吐出一句。"蛇，下面有条蛇。"

周顺意的声音有些颤抖。他这一句话立刻引起了许乔的嘲笑："我说周顺意你没毛病吧，你杀的蛇没有一千也有八百了吧？你竟然因为一条蛇让我们全体后撤，我看还是让南宫勇走前边吧，他比你靠谱。"

此时南宫勇和周顺意换了个位置，南宫勇向下走了几步，看了又看，瞧了又瞧，突然他的身子一僵，声音也变得颤抖起来。他说道："周顺意你个王八蛋，你管那东西叫蛇？那分明是条巨蟒！"

南宫勇已然看得分明，他们确实快到洞底了。可山洞的下边正盘踞着一条巨蟒，那巨蟒的中间，他看不清楚，应该是有什么重要的东西。想必那巨蟒，正是为了守护那些东西的。这就难怪周顺意会发出紧急撤离的信号，这巨蟒体型巨大，确实是个难以解决的大麻烦。若是他们一不小心惊动了那巨蟒，后果可想而知。且那巨蟒很是诡异，难道说，这巨蟒有某种神奇的能力，方才使得这里黑暗如墨？

是的，就是如此。

南宫骁收到了前边传来的后退的信号，他不知道前边发生了什么状况，只得盯着所有人先后撤到最近的崖洞中休息，他紧贴着洞壁逆行向前，准备与打头的几人会合，问个究竟。

待人都撤退后，南宫骁将神灯向下照去，只是隐约看到，下边已然可见洞底。原来这洞底如此之大，竟一眼望不到头，可依旧没看出究竟发生了什么，他只得继续前行。

南宫骁费力地挪到前边，他让许乔等人先上去。他则与周顺意换了个位置，这时南宫勇按住了他提灯的手。南宫骁不免急切地问道："小勇，你们到底发现了什么？"

南宫勇蹙眉，他此时的表情已然说明了事态的严重。他小声地回道："哥，那下面好像有一条挺大的巨蟒。而且我终于明白，这里为什么会这么黑了。"

南宫骁有些摸不着头脑，他立刻追问道："为什么？"

南宫勇回道："这里之所以这么黑，不是因为这里在地下百米，也不是因为这里终日不见阳光，而是因为那巨蟒。我猜是那巨蟒把所有的光亮都吞噬了，这是不是有点儿匪夷所思，但我觉得，就是这样。"

周顺意没有接话，却在拼命地点头，赞同南宫勇说的话。

这句话立刻引得南宫骁严肃了起来，究竟是怎样的巨蟒，才会让南宫勇用吞噬光亮来形容。难道那巨蟒长着三头九尾？否则怎会让见多识广的南宫勇和周顺意都吓破了胆。"小勇，我们这一路上也见识了不少，你倒是让我看看，那蟒蛇到底长什么样。"

南宫勇再次开了口："哥，要不你把这神灯拿远一点儿，自个儿看去，现在有这灯在，那蛇你可能看不清楚。"说罢他用手指了一个方向。

南宫骁最初还没理解，"有这灯在……可能看不清楚"是什么意思，等他将灯交给南宫勇后，他向下望去，定睛一瞧，不由得背脊一僵，倒吸了一口凉气。这巨蟒身体委实太过庞大，若它醒来，众人只能等着被一个接一个地吞掉。

南宫骁早就想过，这里若真的有蚩尤神力所化成的青铜神树树基，就必定会有凶兽守护着，却不承想，守在这里的会是如此之大的巨蟒，他不免为接下来的行动捏了一把汗。此时即便他们人员齐备，装备精良，也未必是这巨蟒的对手。

那巨蟒的奇特之处并不只在于它的身形巨大，更在于它周身的鳞片漆黑，且即便是神灯的光亮，也依旧淹没于它周身密布的鳞片之中。不想这天下居然有可以吸收光源的鳞片，而且这里四周满是那蟒蛇的蟒蜕。正是那些蟒蜕吸收了这里的光，才使得这里如此黑暗。

而这神灯的奇特之处，则不在于它能发出耀眼光芒，而在于它的光亮可以穿透一切物体，所以神灯穿透不了的物体，便是那巨蟒的身体。周顺意练就了一双火眼金睛，他一直在前，只怕也确认了好久，方才发现了那巨蟒。而南宫勇之前就见过天外飞石发出的异光，所以也熟知神灯的习性，继而才看到了蟒蛇的存在。

说存在又有点儿不太贴切，若是在正常人的眼里，这蟒蛇是不存在的，换句话说，若没有这神灯，那蟒蛇完全是隐形的。

再说蟒蛇的中间还有三米高的高台，因为上边也满是蟒蜕，具体情况不明，但根据其外形及此前看到的壁画可以推断，那应是个石头制的祭台。可现在那里被巨蟒守着，若是惊动了巨蟒，只怕是谁也跑不掉。

南宫骁多希望那只是一条死去的巨蟒，或是化石、石刻，可那巨蟒身体时不时微微起伏一下，应该是在打鼾，看来睡得十分香甜，却让人不敢忽视它的存在。

"这东西诡异万分，你们兄弟俩还是拿个主意吧。"周顺意说道。其实刚才他不是有了退意，他只是想让一行人退到安全的地方，再商量如何对付下边的巨蟒。

南宫骁和南宫勇都有些绝望，特别是南宫骁，下来之前，他设想了许多种这里的情况，并在脑海里反复推敲，一一应对，这才使得一行人有惊无险地来到了这里。可即便他再心思缜密，思虑周全，依旧没有事先做好应对巨蟒的准备。他在心里掂量了又掂量，依旧没有几分把握制服巨蟒，拿到下边的东西，并带着所有人全身而退。

此时摆在他面前的有两条路，一是带着人冒险下去，二是原路返回，待做好充足的准备后，再回来完成他们的任务。可眼下，这里已然暴露，且盯上这里的人众多，只怕没等他们做好充足准备，这里便被其他的人"光顾"了。

几年前，山西便有一伙盗墓贼，与洋人勾结，盗取了不少好东西，其中不乏国宝级的文物。像这样的事情不止一两件，今天若有三分的可能，他也想将那下边的东西带走。

而且下边的巨蟒守着的东西，与"蚩尤残卷"的秘密息息相关，他亦不能让南宫家，以及其他家族几代人的努力付诸东流。他长叹了一口气，心中万分艰难。

"哥，我知道你心里为难，毕竟这里这么多人的性命，都掌握在你的手里。现在看来想要下去，只怕我们要付出巨大的代价。但我不想走，我要下去，即便搭上我这条命。这是我的责任，也是我作为南宫家后人的使命。"南宫勇表情坚定地说道。

南宫骁点了点头，他们本就是兄弟，自是心灵相通。他们身负重大责任，又怎能轻易地退缩？他只是不想有太多的伤亡。当年阿全和庞天然的死，以及云玲珑的失踪，成了祖父南宫无量的心结。多少年后，南宫无量依旧无法释怀。可现如今形势所迫，他不得不冒这个险。所以他现在要做的就是，制定一个周全的计划，并尽量减少他们的伤亡。

周顺意故作轻松地说道："要不咱们绕过去试试，兴许这巨蟒在冬眠，根本不会发现我们的存在。"

南宫骁摇了摇头："之前我已经看过了，这巨蟒就是为守护这里而存在的，现在我们想要拿到地下的东西，就只能从巨蟒的身上跨过。"

周顺意又说道："我们下来还带着炸药，要不我们将这巨蟒炸了？"

这次不只南宫骁，就连南宫勇也跟着摇头了。单巨蟒的头就足有一辆坦克那么大，其身体的直径也有两米多，想要将其炸毁，那得需要多少炸药。再则这里本就是山体下方，若贸然炸了巨蟒，只怕引来塌方，到时候他们都得给这巨蟒陪葬。再则若炸巨蟒，根本无法保证他们所寻之物的安全。

众人面面相觑，整整沉默了两分钟。周顺意方才再次开口："能不能想个其他的办法？"南宫勇想了想后说道："巨蟒周围比较空旷，不如我们想办法将它引开。"

这叫引蛇出洞，就如同治水，并不是非得堵，也可以疏通。几人觉得这招可行，且最为稳妥，虽然难度系数依旧很高，但总得试试。

南宫骁最后说道："这样，我们得把下边情况跟大家说一下，看看大家的反应，毕竟这里不只我们的人，还有庞家的人。若有人想回去，我们也不拦着，选择权在大家的手上，留下来的，我们分工合作，总有几分胜算。"

兄弟两人互看一眼，南宫勇立马说道："我来说，哥你比我考虑得周全，你再好好研究一下对策。"

南宫勇将下边情况一五一十地说了一遍，并称如果有人想要回去，就可以带着食物和水离开，留下的人则要有心理准备，这定是一场硬仗，难免会有伤亡。

众人根据南宫勇的提示，也都看清了下边的巨蟒，皆震惊不已，庞则旭说道："小的时候听我父亲说过，'九龙宝藏'里有不少的护宝神兽，你们说的办法都未必奏效。这巨蟒活了几百上千年，怎是那么好对付的。"说罢他从身上拿出一块令牌，说道："这是'神侯令'，只可惜当年那青铜面具是假的。"

南宫勇看着那传说中断了又自行修复好的"神侯令"，想着若是有青铜面具在，那么就可以让巨蟒乖乖地听话了。

庞无忧则掏出根烟，一屁股坐在地上抽了起来。他吐出一口烟雾说道："我们人多，就下去拼一拼。"话虽这么说，可他的眼中也满是迷茫，毕竟前路不明，而且能守着宝藏的巨蟒肯定很难对付。

许乔则表现得有些紧张，别看她平时大大咧咧，天不怕地不怕的样子，可她最怕蛇，她看了一眼那蟒蛇后，感觉瞬间腿软，若不是深知青铜神树的重要性，只怕她早已原路返回了。不过她倒说了句很有用的话："要不我们找人作饵，吸引那巨蟒的注意力，我再用绳索荡过去，看看那巨蟒护着的究竟是什么东西，若真是青铜神树，咱就是拼了命也得拿到。"

众人七嘴八舌，倒是没有一个想退的，各个一脸正色，势必要与下边的巨蟒血战到底，这也让南宫兄弟俩感动不已。

南宫骁也说道："虽然下边被蟒蜕所覆盖，但我推断那巨蟒中间应该有个祭台，那祭台之上应该就是青铜神树的树基部分。但古人很聪明，知道如何来驯化比自己高大勇猛的动物。他们一定是用了某种能制约住巨蟒的方法，因此只要有人接近祭台，巨蟒必会有所动作。不只如此，就连此时我们都很危险，那巨蟒随时都会醒来，以它的身形，即便我们在上边，也一样能将我们一网打尽。"

说话间，几人感觉一个黑影在身后升腾。南宫骁的手蓦然收紧，他不敢回头，许乔却说道："为什么我感觉这里突然变黑了。"随即众人便听到了"沙沙沙……"的声音。

"快撤！"南宫勇拉着许乔喊道，他很怕再慢一步，许乔就会被那巨蟒吞入肚子里。

　　庞无忧已经将强力弓弩架好，看他的表情，似乎有一些兴奋。"小时候父亲经常带我上山打猎，他说最好的猎手是不畏惧任何野兽的，这也是他师父蒋裴延告诉他的。"与此同时庞则旭和他带来的人也拿出了弓弩，这是庞家人除了枪外惯用的武器。毕竟现在不比当年，带枪多有不便，还容易引来不必要的麻烦。

　　这时那黑影却悄悄地退了下去，就连那"沙沙"声也戛然而止，众人这才松了口气，刚才算是虚惊一场。

第二十五章　决战

"庞无忧，你家这弓弩的威力有多强？"周顺意问道。

庞无忧回道："看这巨蟒的体型，恐怕很难射杀，我的目的是想伤其眼睛，让它看不到我们，这样我们就可以声东击西，从而拿到那青铜神树。"

南宫勇点了点头，觉得庞无忧这计策可行。但周顺意说："我看未必，没有十足的把握，不能轻举妄动，以免惹怒了那巨蟒，那可不是闹着玩的。"

可此时已经看不到下边的巨蟒了，也不知道那巨蟒去了哪里。南宫骁把神灯伸了出去，虽没看到巨蟒，却发现不远处有水光，仔细一看，应该是一处地下暗河。

"那巨蟒一定是醒了，大家做好防御准备，也不知道那巨蟒跑哪去了，没准是进了那条地下暗河。"南宫骁眉头拧成了川字。现在即便他们想全身而退都很难了。

"庞先生不是可以用蛊毒吗？"南宫勇扭头看向一旁的庞则旭，之前庞则旭就曾给他们下了蛊毒。庞则旭也正盯着巨蟒，不知道在想什么。见南宫勇问他，他方才回道："这么大的巨蟒，需要大量的蛊毒，我身上只有一小瓶蛊毒了，若等着这些蛊虫自行繁衍，遍布那巨蟒的全身，只怕要等上十天半个月。"

所有的计策皆不可行，南宫勇愁眉苦脸地坐在地上，许乔则紧张兮兮地盯着巨蟒，说道："你们助我荡过去看看情况，然后再做决定。"南宫骁想知道那里的情况，可又担心许乔的身体吃不消，但眼下也没有更好的办法。

庞无忧用弓弩将一条绳子射向了另外一边的山壁，之后周顺意和南宫勇拉住绳子，助许乔顺绳荡过去。南宫骁将一个望远镜交给了她，说道："安全第一。"

许乔用力一荡，用望远镜仔细地观察了那巨蟒和祭台上的情况，因为那巨蟒特殊的鳞片，它几乎和所有的蟒蜕融为一体，所以才像消失了一样，但离得近了，还是能分辨得出其轮廓。此时那巨大的蟒头一直趴在地面上，一动不动，若不是它的身体在微微地抖动，谁看上去都会以为这是一座蜿蜒的大山。

而那蟒蛇的不远处，的确有处地下暗河，估计巨蟒就是食这暗河里的鱼虾方才活了这成百上千年。而且那巨蟒的身体极长，即便睡觉的时候，也将那祭台圈在身内，任谁也无法接近。看来想不惊动巨蟒就拿走那祭台上的东西，几乎是不可能的。这些都与南宫骁推断的如出一辙。

许乔回去后，将巨蟒的情况说了一下。南宫勇说道："唉！之前一个獒貅就够我们喝一壶的了，但至少还有溶洞让我们躲避，这里这么空旷，对我们十分不利。"

南宫骁想了半天，说道："看来刚才并非那巨蟒醒了，而是那巨蟒能根据周围的光亮来调节身上鳞片的颜色，以达到隐身的效果，刚才正是我们带来的火把和探照灯，让巨蟒的鳞片变了颜色，我们才会感觉周围突然变暗。至于那声音，应该是巨蟒鳞片发出来的。"

引蛇出洞倒是可以，可那巨蟒身形庞大，南宫骁想了半天，依旧没有想到好的方法，这让他感觉头痛欲裂。他清点了一下武器的情况，庞家人善用弓弩，且他们还带了几把枪，南宫骁和南宫勇也带了枪。许乔，还有几个人的身上都带了一些雄黄粉。虽说雄黄粉对那巨蟒未必有用，但聊胜于无。南宫骁把所有的雄黄粉都交给了许乔，她高来高去，撒雄黄粉更为方便一些。

好在这次下来，他们带了不少的绳索，现在倒是能派上用场。南宫骁让庞无忧的人在山壁之上多固定几根绳子，尽量靠近那巨蟒。

"若那下边是轻便的东西，我们做好准备，让许乔荡过去，取了便走即可。可我们现在不知道那下边的东西有多重，但从壁画上看，虽然只是青铜神树的一部分，但也不小。青铜器沉重，想要带走，并非易事。所以我们这次只能说是尽全力，如果不行，那便原路返回。"南宫骁说道。

南宫骁觉得，能不惊动巨蟒就尽量不要惊动，所以他们必须做好万全的准备。于是庞无忧等人开始在空中架设绳网，在许乔的帮助下，他们很快就将几根绳子固定好，最近的一条离巨蟒有五十米远，这样再借助绳子荡过去，应该可以在巨蟒身边二十米左右的地方落地。

第一批人由庞无忧、许乔带队。他们的目标是跳上祭台，看看那里是否真的是青铜神树，如果是，又能否拆解，然后再带到安全的地方。这也是目前最可行的方案。

而第二批人则是由南宫勇带队，如果巨蟒醒了，他们必须想尽办法驱赶那巨蟒，以保证第一批人的安全。

第三批人则是由周顺意带队，他的手里是火药，这里不能进行大规模的爆破，但小范围的可以尝试一下。可爆破也有一定难度，这里虽然空旷，四周的山壁却很厚实，回音一定会很大，即便小规模的爆破，声音也是震耳欲聋的。众人做好了所有的准备，便开始向着那巨蟒展开行动。

许乔带着庞无忧荡至距巨蟒二十米的位置轻轻落地，还好没有惊动这巨蟒。两人便小心翼翼地向祭台靠近。两人走得十分小心，蹑手蹑脚，一步一停，生怕惊动了那巨蟒。两人的每一步，都牵动着在场所有人的心。

南宫骁的心更是提到了嗓子眼，他一动不动地盯着那巨蟒的头，生怕下一秒，那巨大蟒头上的双眼会突然间睁开。

许乔和庞无忧很快来到了巨蟒前，现在他们面前便是巨蟒的身体，只有越过这巨蟒的身体，才是祭台。庞无忧将许乔抱起，再双手交叉托住了许乔，许乔用力一蹬，庞无忧同时双臂发力，这时许乔使出了"天外飞仙"的绝技，稳稳地落到了祭台之上。

只是那祭台之上，满是蟒蜕，还有一些蜕下来的鳞片，看得许乔心里发毛，不知道先迈哪条腿好。可即便再害怕，她也得完成任务，她这一身的绝技，只在这个时候才能派上用场。她轻轻地挪步，一来是怕惊动了巨蟒，二来是她真的双腿打战。好不容易来到了正中间，她伸手刚要掀开蒙在上边的蟒蜕，突然那蛇尾便扫了过来。就见那蟒蛇虽没睁开眼睛，却已将蟒头对向了许乔。

南宫骁心头一紧，一想这是要坏菜。于是他喊道："许乔，快用雄黄粉。"此时那巨蟒已然将一旁的庞无忧扫出去老远，好在庞无忧早有准备，只是被蟒蛇的鳞片擦伤了手臂。那边巨蟒的头已经靠近了许乔。

许乔的心脏漏跳了半拍，立刻闭上了双眼。这也太吓人了，她连巴掌大的小蛇都怕，更何况面前这条比坦克都大的巨蟒了。她听到南宫骁喊雄黄粉，便掏出了一把，看也没看，就撒了出去。那雄黄粉撒到了巨蟒身上，只见巨蟒突然跳了一下，又"轰隆"一声落在地上，溅起了一层蜕下的鳞片，可把许乔恶心坏了。

那巨蟒抖动着身体，头便撞向了许乔。许乔感觉危险逼近，本能地掷出保命的仙索，其实就是带着抓钩的绳子，那抓钩挂到了巨蟒的鳞片之上。

许乔也是被逼得急了，心一横，脸上露出了视死如归的表情。她借力腾空而起，轻点着那巨蟒的头，便坐在了蟒蛇的脖子上。这便是艺高人胆大，可许乔的心里也怕到了极点，生出一身的白毛汗。

那巨蟒不断地摇头，想要把许乔甩下去，可许乔习的是轻功，自然有办法保持平衡。接着她又从兜里掏出了一把雄黄粉，撒了出去。那巨蟒突然抖动起来。

按这情形看来，只要许乔一路将雄黄粉撒过去，就可以将那巨蟒驱逐到地下暗河。可不想那巨蟒精得很，对着一地的雄黄粉，突然打了一个喷嚏，直将那些雄黄粉喷出老远，再也威胁不到它。

那巨蟒喷走了雄黄粉又要向许乔发起攻击，这时南宫勇飞出一支火把，却被巨蟒弹了回去，差一点儿将南宫勇点着。南宫勇气得牙根痒痒，心想这巨蟒成精了不成，如此狡猾，多亏已经灭绝了，否则这地球兴许就不是人类的，而是这些巨蟒的了。

许乔见一把雄黄粉被巨蟒喷得老远。又抓了一把，她是想直接将雄黄粉撒到那巨蟒身上。

巨蟒见甩不下许乔，竟然抬着脑袋吐出芯子，那芯子上满是倒刺，被舔上一口，最少要掉下一层皮肉。许乔连忙将脸贴在巨蟒的身上，双手紧握着挂在巨蟒身上的绳子，以免自己被弹飞出去，可在巨蟒的剧烈摇晃之下，她还是感觉头晕眼花。

巨蟒发出"嘶嘶"的声音，显然是失去了耐心，它一个用力，整个身子突然腾空，再用力一甩，许乔连人带绳子都甩出去老远，好在她快速用保命仙索搭到了空中的绳子上，这才不至于被那蟒蛇弄伤。可下边的几个人没有那么幸运了，那巨蟒一个神龙摆尾，就将一群人扫到了一旁。

庞则旭跑来帮忙，结果被蟒蛇扫得撞到了庞无忧的头上。两人的头瞬间长出了大包。剧烈的撞击让两人的脑袋如同坐了过山车般，天旋地转，嗡嗡直响。好半晌都没有反应过来，南宫勇躲避得及时，否则也是同样的下场。

只是周顺意虽然被撞击得很轻，头却被蟒蛇的鳞片刮伤，头上鲜血直流。他一气之下，借着许乔的力，便跳上了那巨蟒的头。"你不仁我不义，看老子不弄死你。"说罢他掏出菜刀，正要砍那巨蟒的脖子。可那巨蟒一摆头，他手里的菜刀便飞了出去，他立马抱着巨蟒的脖子，蟒蛇没伤到，自己的手臂却是被伤了。

那巨蟒左右摆动，周顺意也来了火气。将手里的炸药塞到了蛇头的鳞片之下。之后纵身一跃，落在地上，捡起菜刀撒腿就跑，边跑还边喊道："快撤，我要炸死它！"等众人跑远之后，周顺意毅然决然地按下了引爆器。

这时所有人都捂住了自己的耳朵，可不想那巨蟒身体一抖，那炸药居然掉在了地上。只听"砰"的一声，地上的蟒蜕被炸得四分五裂，鳞片飞扬，那巨蟒却毫发无伤。

但这还不算完，四周也响起了此起彼伏爆炸的回声。一声接着一声，一波接着一波，且一浪高过一浪。反反复复，直震得众人耳膜差一点儿穿孔，好在没有引起其他的连锁反应。周顺意真有些后怕，看来之前南宫骁推断，这里太过空旷，不适合大范围的爆炸是对的。

南宫骁脑袋里也跟进了成千上万只蜜蜂一样，响个不停，且还五脏翻滚，他第一次坐飞机也不过如此。其他的人也没好到哪里去，所有人的耳朵暂时性失聪，嘴里皆有血腥味，这感觉要多难受就有多难受，不亚于被飞机轰炸。

炸药用不成，只能改成火攻，可那巨蟒只眯缝着眼睛，却是不怕那小小的火把。南宫勇有些无奈地说道："这东西兴许并非不怕火，而是我们手中的火把太小了。"说完，他脑子里便一直在想如何改进火攻的办法。

庞无忧改用弓弩射向那巨蟒的头，但那弓弩威力太小，只听到金属摩擦鳞片的声音，却不见那弩箭进入蟒蛇的身体。南宫骁举起枪，大喊一句："将耳朵堵上。"之前那炸药爆炸时的回声，让众人产生了心理阴影，于是纷纷找了东西，将耳朵堵住。实在找不到东西的，只得用衣服将头裹住。

南宫骁手枪上装了消音器，他先开了一枪，还是有回声，但在可以承受的范围之内。子弹却卡在蟒蛇的鳞片之上。此时大家都有些绝望了，火攻不行，雄黄粉也只是隔空搔痒。子弹虽然伤到了鳞，却也不能一直使用，毕竟这里的回声太响。

那巨蟒扭动身体，拖曳着向着众人而来，可它的身体一直没有离开祭台。众人纷纷退后，庞则旭又组织了新一轮的进攻。这次他们是学许乔，使用绳子，想与那巨蟒来一次近身的肉搏战。

方法很简单，就是三人一组，两人将第三人用绳子甩到巨蟒的身上。庞家人的配合力很好，有几人成功地落到了巨蟒的身上。几人用力地去刺蟒蛇的身体，可那刀还不等落下，几人便被蟒蛇腾空甩了出去，重重地落在地上，又被蛇尾一扫，彻底晕死了过去。

南宫骁跑到了蟒蛇之前，看来引开蟒蛇行不通，只能将其除掉。任何的动物都会有弱点，如果这蟒蛇上边的鳞片坚硬如铁，那它下边肚腹的鳞片呢，会不会柔软一些。于是他再开一枪，这一枪直射向巨蟒的肚子。他们没有任何的经验可以借鉴，只能不断地去尝试，但与此同时，他也将自己置身于巨大的危险之中。

那巨蟒吃疼，抖动了一下身体，那子弹便又滚了出去，显然是没有伤到。巨蟒转过蟒头看向了南宫骁，接着便直冲了过去，南宫骁迅速后退。

这时南宫勇对周顺意喊道："给我一包炸药。"周顺意说道："不行，不能再用了，再用我们的耳朵就聋了。"南宫勇只能解释道："我不是想炸它，我是想烧死它。这么多方法都没用，那我们就玩把大的。一会儿起火之后，大家可以跳到那地下暗河中去，估计我们顺着河游，肯定能找到出口。"

南宫骁觉得这主意不妥当，他们并不了解那地下暗河的情况，万一那里边还藏着什么比巨蟒还可怕的东西，那样岂不是羊入虎口？但现在什么办法都得尝试一下。于是他对周顺意说道："给他。"

南宫勇拿到一包炸药，便将其打开，拿出引信。又让庞无忧等人想办法引得那蟒蛇腾空而起，这样他好在那蟒蛇的身下撒上炸药，待所有人到了安全的地方，再由庞无忧用弓弩点燃，这样即便烧不死那巨蟒，也会震慑住它。

几人按计划行事，许乔先荡过去，撒了一把雄黄粉，接着庞无忧等人便向着巨蟒射击。那巨蟒果然腾空而起，这时南宫勇跑了过去，将炸药的粉末撒到了巨蟒身下。他一摆手，众人便开始撤退。

那巨蟒虽然说攻击力很强，但它始终不会离开那祭台。所以众人只要跑出巨蟒的攻击范围，便可相安无事。等所有人撤到了安全的地方，庞无忧便发出火弩箭，那巨蟒的身下瞬间被点燃。

火很快便开始蔓延，但也都是有火药的地方，巨蟒的身体在不断扭动，嘴里还发出"哧哧"的声音。大家以为这一招终于见效了，可不想，那地上原本熊熊的火焰，在巨蟒的碾轧下，两三下便被熄灭了。从火起到火灭，中间只用了不到一分钟。

南宫骁看着那祭台，虽那里就在近前，他却感觉距他有几千里远。人类的力量还是太渺小了。

南宫勇看着火焰熄灭，也来了火气，提刀便又冲了过去，他跑到蟒蛇的近前，抬腿用力一脚，用的是蛮力，却如同踢到了铁板之上。那蟒蛇向南宫勇吐着芯子，表情显然有些轻蔑，但下一秒，就已经俯身向着南宫勇冲了过去。

第二十六章　青铜神树

"南宫勇小心下边。"许乔喊道，随即她一个"仙人飞升"，吸引了巨蟒的注意力。这时南宫骁说道："我有一个办法，不知道能不能行。"

周顺意一听有办法，眼睛都亮了起来，他连忙说道："我说大哥这都什么时候了，你还不麻溜说。"南宫骁看向南宫勇说道："'神侯令'。爷爷的笔记中说这'神侯令'能自我修复，这说明'神侯令'也许是活的。把它插入巨蟒的身体里，不知道能不能震慑住这巨蟒。"这也是没有办法的办法，众人不得不放手一搏。

庞无忧说道："你不是在开玩笑吧？这巨蟒如此凶狠，我们很难靠近，更别提将这'神侯令'插到它的身体里了，那无异于以卵击石。"周顺意却说："那你还有更好的办法吗？你倒不如想想用你的弓弩是否能将这'神侯令'射到巨蟒的身上。"

庞无忧叹了口气。之前他们几人试过，那弓弩的箭射到巨蟒之后，便被弹飞，根本对巨蟒造不成任何的伤害。他将目光落到了周顺意的手上，说道："不成，我的弩箭太轻了，若是换成你的菜刀，兴许还有可能。"

周顺意看了一眼手中的菜刀说道："可我的菜刀太重，你这弓弩恐怕不管用，除非近距离，否则这菜刀也对那巨蟒造成不了任何伤害。"

这时那巨蟒一个摆尾，又将一人甩出老远，好在那人抓住了安全绳，只是背包落到了暗河之中。

形势严峻，刻不容缓，南宫骁最后说道："我、庞无忧和许乔掩护，小勇和周顺意想办法靠近那巨蟒，然后将'神侯令'插入那巨蟒的身上，这是我们最后的办法。"

庞无忧用弓弩吸引那巨蟒的注意力，周顺意则对南宫勇做了个小心的手势，其他人也是一脸担忧地看着他们俩。南宫勇强装镇定地点了点头，随后两人一同攀上绳索，向那巨蟒荡去。

下边并没有躲避之处，两人只是尽量在靠近巨蟒的地方落地。但他们带来的绳子长度有限，最多只能将两人送到离蟒蛇二十米的位置。这时其他的人拼命向蟒蛇发起攻击，吸引蟒蛇的注意力，为二人靠近蟒蛇赢取时间。许乔也在空中，不时丢下一些雄黄粉，使得那巨蟒烦躁不安。

周顺意和南宫勇，悄悄地靠近巨蟒。他们已然清晰地看到了那巨蟒身上黑色的鳞片。周顺意看了一眼手中的菜刀，内心算计着，他这会儿要用多少的力气，才能劈开那蟒蛇坚硬的鳞片，将"神侯令"插入其身体内。

这么近的距离，若是巨蟒在这时候回头，南宫勇和周顺意连跑的机会都没有，南宫勇的脚步如同被钉在了原地，良久都没敢踏出去。等了一会儿，他深深地吸了一口气，再次提起脚步。

耳边传来巨蟒尾巴摩擦地面的声音，吓得两人不得不停下了脚步。南宫勇抬头看去，就见巨蟒的身躯竟然向着他们在缓缓地蠕动！两人屏住了呼吸，周顺意已经做好准备，可菜刀刚要出手，那巨蟒的尾巴便扫了过来，周顺意只能退后。因为巨蟒一直在动，这给两人的任务又增加了很大的难度。

　　两人继续配合，几乎匍匐前进，方才找准了空当。这时周顺意突然出手，用了十足的力气。菜刀在空中盘旋几下，直奔巨蟒的七寸。可这一击居然没中，也许是力道不够，菜刀划过鳞片发出"嚓嚓"的声音，然后落了下来。南宫勇手疾眼快，接住了那把菜刀。

　　巨蟒却突然扫尾，那巨大的尾巴在祭台周围，扫了好几下，两人也顺势被扫走。不知道过了多久，巨蟒的尾巴终于没有再动，两人缓了缓心神，继续向前而去。

　　南宫勇屏住呼吸，还没做出反应就看到巨蟒的尾巴朝两人这边甩了过来，直接砸在了南宫勇的背上。"啪"的一声，南宫勇龇牙咧嘴，被扫了出去，重重地落在了地上，发出了不小的声响。

　　巨蟒已经发现了周顺意和南宫勇，扬起尾巴又拍了一次，南宫勇死死地趴在地上，嘴里都尝到了血腥味，瞬间感觉五脏俱焚。

　　接着那巨蟒的尾巴又扫了过来，南宫勇一把推开周顺意，结果自己又被重重地一下拍在身上。南宫勇吐出一口老血，还没反应过来就突然觉得自己的腰间一紧，他竟然被巨蟒的尾巴缠住了，卷到了空中。

　　此时众人都紧张起来。南宫骁向着巨蟒连开数枪，情急之中，他想起背包里还有清瘦老人留下的麻药。那是当时给许乔用的。他将麻药给了庞无忧，让他务必将麻药射到巨蟒的口里。

　　那边南宫勇被巨蟒带着在空中飞舞，已经被甩得意识模糊。周顺意也急了，拿着菜刀爬上了巨蟒的背，可那鳞片太滑，他没有成功，反而被扫到了地下暗河之中。南宫勇只觉得一股血腥气从胸腔到喉咙，他用短刀去刺那巨蟒的身体，却根本没有作用，反而让巨蟒的尾巴越缠越紧。

"南宫勇，我来了。"庞无忧怒吼一声，拿着弓弩向着巨蟒跑去，巨蟒张开大口，庞无忧找准时机，将带着麻药的弓弩射出。身后的庞则旭却喊道："无忧快回来。"眼见着庞无忧就要入那巨蟒口中，好在庞则旭带着人将他拉了回来。

那巨蟒吞下麻药，扭动了几下却根本没有晕倒，看来那点儿麻药对于这巨大的蟒蛇来说，根本起不了任何的作用。南宫骁又开了几枪，可那巨蟒根本没有松开南宫勇的意思。巨蟒的尾巴扫来扫去，被卷着的南宫勇已经连隔夜的饭都吐了出来，他拼命地挣扎着。

"小勇，你不要动。"南宫骁朝南宫勇吼了一句，"你越挣扎，它缠得越紧，千万别动，不要再激怒它。"众人也急得团团转，这时周顺意终于从地下暗河里爬了出来，他三步并作两步，众人也为他掩护，他好不容易来到了巨蟒的七寸下，接着他用力飞出手中菜刀，就听到"咔哧"一声，那菜刀居然钉入了巨蟒的身体之中。

周顺意喊道："南宫勇，'神侯令'。"南宫勇已经听不清了，他感觉自己很快就要成了压缩饼干。"南宫勇，南宫勇……"周顺意不断地喊着。南宫勇终于听到了周顺意的喊声。他用尽全力，将"神侯令"飞了出去。那"神侯令"却直直地掉到了地上。

周顺意捡起了"神侯令"想要爬上那巨蟒，可这时那巨蟒居然晃了晃身体，直接倒在了一旁。众人一脸蒙，这才想起，那巨蟒吃了麻药，此时方才起了效果。与此同时，南宫勇也掉了下来，好在周顺意就在身边，将他接住。

南宫骁这时候人也冲了过来，他的手臂一振，迅速抓住了对方的胳膊，将南宫勇带到了安全的地方。混乱之中，周顺意爬上了那巨蟒的身体，想要将"神侯令"插入那巨蟒的身体，可是，他上去之后，却发现那菜刀虽然磨得十分锋利，奈何他这回遇到的是皮肤异常坚硬的巨蟒，这玩意儿禁得起斧砍刀剁，菜刀根本没有伤其皮肉，只是卡在了巨蟒的鳞片之下。

这说明即便如此锋利的菜刀，也无法伤到那巨蟒。想想也对，刚才那么多子弹都打出去了，却依旧没有伤那巨蟒分毫，又何况他这菜刀。若是这样的话，待那巨蟒醒来，想必又是一场鏖战。

到了这会儿，南宫骁大概也看出周顺意的表情，猜出"神侯令"无法放到其体内，本来也就是那么一试，此时巨蟒已然睡着了，他们必须早些离开。他看了一眼那祭台之上，那蟒蜕之下便是那青铜神树的所在之处，虽然到了现在，他还是看不清青铜树的全貌，却能看得出其外形。

望梅止渴，望树兴叹。

不知为何，他长叹了一口气，多日来的辛苦努力，恐怕要功亏一篑。他对所有人说道："收拾东西，准备撤退。"

周顺意瞪大了眼睛问道："为什么，都到现在了，你却让我们回去？"南宫骁摇了摇头说道："留得青山在，不怕没柴烧。"

庞则旭和庞无忧听了南宫骁的话，也是蒙了，他们也不理解南宫骁的选择。

庞则旭说道："我们好不容易来到了这里，为什么要现在离开？现在巨蟒已经睡着了，我们人手多，只要一点点儿时间，我们就能将东西带走。否则，这么多人的努力岂不白费？"庞家也为这青铜神树做出了不少的努力，就此让他们放弃，他们如何情愿？

南宫骁却说："不要小瞧了这地方的机关埋伏，禁锢藏宝之地，都有暗藏的玄机，不是一般人轻而易举就能够看破的。你们觉得没了危险，其实，这才是最大的危险。那巨蟒恐怕也只是暂时性昏迷。如果你们上了那祭台，动了那上边的东西，未知的危险系数将会大大地提高，到那个时候，巨蟒将会醒来再次袭击大家。我知道你们现在都很不情愿，但是现在我们没有那青铜面具，根本无法使用'神侯令'，我们找不到巨蟒的弱点，它随时都会醒来，我们唯一能够做的事情，就是快些撤退。待到以后找到那青铜面具，再回到这里。"

南宫骁的话说得很清楚，道理也讲透了，不过，事情到了这个地步，道理是道理，脾气秉性和个人意志，却是无法改变的，并不是所有的人都能够理解南宫骁的良苦用心的。

这不，有人提出了异议。

庞则旭就是硬生生地不肯离开，他说道："规矩道理，都是讲给自己的，无非是给自己的做法找出来合理，或者说是尽可量合理的解释。嘿嘿，这么多年里，'水心斋'古董铺子的传说没少听说，'南宫纸，天下行'这几个字，古董憨宝搜奇跟收藏界的行家，也都没少说，我一向以为，都是唯南宫马首是瞻，不承想，南宫家也有如此胆小之人。我相信，那巨蟒守着的就是青铜神树，既然你不想取那青铜神树，那我便将它取了。觊觎青铜神树的人很多，我们这次下来，青铜神树和'九龙宝藏'的秘密就再也藏不住了。我带走这青铜神树，并非为了我一己私欲，而是为了大家着想。"

南宫骁怎会不知他此言有理，可他不能用所有人的命来换那青铜神树。他本想再劝庞则旭，可庞则旭已经命人向祭台走去。庞则旭对他说道："对不住了，你们快些走吧，我就算是死，也要死在这里。"

南宫骁知道劝他不住，只得让其他人先离开。南宫勇终于睁开了眼，又吐了一口鲜血，似是伤了肋骨。他大骂一声："老子非把这大蛇穿成串，烤着吃了，否则难解我心头之气。"

南宫骁见他还有力气骂人，便放下心来："你有那力气骂，不如站起来快点儿离开。"南宫勇一听南宫骁要离开，自然也是不情愿："哥，我刚才差一点儿被那蛇缠成了压缩饼干，你这却说走就走。我不同意。我最少也要看看那青铜神树长什么样。"刚才他算是离祭台最近的一个人，可看到的都只是蟒蜕。

说话间，庞家的人已经爬上了祭台，就在这时，那巨蟒猛地起身，一头就撞向了那祭台上的人。那人被撞飞出去，掉到地下暗河之中，再也没有爬上来。接着那巨蟒又是一个扫尾，将身边所有要取那青铜神树的人扫到了一旁。就见那巨蟒睁开了双眼，眼睛中是红色的瞳孔，看着好不吓人。

南宫骁喊道："快撤。"庞家人纷纷向上边逃，可这巨蟒像是被激怒了，先是扫掉了挂在上边的绳索，又将几个人扫飞了出去。庞无忧和庞则旭都受伤不轻，就连通往上边的栈道，都被巨蟒损毁了不少。

显然，这巨蟒是彻底被激怒了。它开始主动攻击人，之前它是护着那祭台，现在它是想要杀人。想来倒是他们贪心，不该强取那巨蟒守着的东西，可现在说什么都为时已晚，只能想办法尽快离开。

巨蟒的攻击力极强，且还是在盛怒之下。南宫骁连开几枪，打光了所有的子弹，却依旧没有对那巨蟒造成任何伤害。为救庞无忧，南宫骁和周顺意以及许乔都冲了下去。可那巨蟒太过庞大，在它的面前，人类就如同蝼蚁。

情急之下，南宫骁念动了《驭兽经》，可因功力不足，难以驱使这巨蟒。巨蟒一个扫尾，将南宫骁也卷到了一旁。南宫勇见状，再也顾不得身上的伤，跳下来便向着那蟒蛇而去。结果还没到巨蟒近前，就被扫飞了出去。他本就身上带伤，这一下彻底晕死过去。

"南宫勇。"南宫骁大喊一声，却不见南宫勇有所回应，他冲向了南宫勇，结果那巨蟒居然张开了嘴，便要将兄弟俩吞入腹中。

这时不知从何处飞来一个东西，直接落到了南宫勇的身上，南宫骁低头一看，居然是那青铜面具。他记得在爷爷的笔记里提过，那青铜面具被神秘人调包了，原来是真的。所以说那神秘人就在他们的身边，只是一直没有现身。

他捡起青铜面具，周顺意也冲了过来，他将"神侯令"丢向了南宫骁，自己却被巨蟒吞了下去。许乔急了，一个飞身就要去踹巨蟒的头，结果也被一口吞下。

南宫骁眼见着两人被巨蟒吃了，急得红了眼眶。可他必须冷静下来。他想到：九天悬龙有洞天，神侯一令方开山，北斗星下垂神树，洞前一灯罩九山。如果青铜面具和"神侯令"皆不管用，那要是再加上《驭兽经》呢？

南宫骁终于找到了答案，他戴上了青铜面具，将"神侯令"埋入地下。嘴里念念有词。只见那神灯的光芒照到"神侯令"上，那光线又折射向了巨蟒的眼睛。那巨蟒的眼睛突然变了颜色，它扫出去的尾巴也停了下来。

接着它张开了嘴，吐出了几人。那几人满身绿色黏液，不等别人恶心，自己就先吐了个昏天黑地。等吐够了，却发现那巨蟒一动不动地看向南宫骁。南宫骁依旧念着《驭兽经》，直到那巨蟒的瞳孔从红色变成了黑色。最后低下巨大的蟒头，竟然如一只忠实的猎犬一般，趴在了主人的身旁。

南宫骁感觉不到巨蟒躁动的气息，方才停下了《驭兽经》，他将手抚上了巨蟒的头，轻拍几下，说道："千百年来，你守着这里，辛苦了。现如今我要将你守着的东西带走，此后也由我们来保护它，你自由了，可以离开了。"

那巨蟒点了点头，却不愿离开，他看着祭台的眼神，变得有些忧伤。

南宫骁拿出周顺意的菜刀，用力地劈向那祭台。只听"哐当"一声，那祭台被劈开了一个口子，露出了一个黑色的巨蟒蛋。毕竟被封在里边成百上千年了，早已成了化石，那巨蟒流下了眼泪。

正如南宫骁想的那样，那个部落的人为了让这巨蟒守住这青铜神树，便将它的蛋封在了祭台之中。以此来制约巨蟒，让它一直守在这里，不想大叔公和二叔公小时候跟他讲的故事皆是真的，想来那些人也太过残忍，但任何生灵皆有灵性。

南宫骁的心情有些复杂，他将那化石蛋取了出来，还给了巨蟒。巨蟒便卷着那黑色的蛋，向着那地下暗河而去。它终于可以离开这里，带着它唯一的东西，即便那蛋再也孵化不出一条像它一样庞大的巨蟒，可对于它来讲，这是它在世上最宝贵的东西。

南宫骁收起了青铜面具和"神侯令"，接着便去查看南宫勇的伤势。南宫勇伤得不轻，南宫骁喂了一颗药丸给他。而周顺意等人则在暗河边用河水清理身上的黏液。

第二十七章　面具背后

南宫勇醒后四周环顾，不见巨蟒，只见地上留有大片的绿色黏液和巨蟒爬行后的痕迹，他问道："巨蟒呢？"南宫骁指了指那不远处的地下暗河说道："走了，它自由了，带着它的蛋，想必再也不会回来了。"

兄弟二人起身，走到那巨蟒之前盘踞的祭台前，只见一层层蟒蜕之下，包裹的正是那青铜神树，这青铜神树之上饰有夔纹，粗略计算一下，这棵树足有一米之高。粗壮的枝干和树叶，有些像是整个银河系，枝为星系，而叶则是星球，最中心的那片叶子最为突出，且叶片比较宽大，叶片之上的纹饰也更为复杂，应该就是地球。

按照壁画上的记载，"九龙宝藏"中的青铜器，皆是以这个青铜树为根基，方才组成了那个庞大的青铜神树。而那巨蟒便是被这里的族人驯化的古老物种，从而成为一直守在这里的守护兽。此时它已顺着地下暗河离开这里。可它不知道，在这千百年里，它的种族已经灭绝，它成了这世上最孤独的蛇。

南宫骁没有时间去想那巨蟒的归宿，此时距离他们下来已过去了五天。刚才与这蟒蛇搏斗，他们不少人都受了伤。一些装备也掉到了地下暗河中，他们需要即刻返回，否则所剩的食物和水，恐怕很难支撑到他们返回地面。

于是众人将青铜树拆解，并包装好放在背包里往回走，又走了一天一夜，便到了一处崖洞。回来的时候要比去的时候快，主要是心境不同了。就当大家兴致勃勃地准备吃晚餐的时候，就见一群人顺绳而下，落到了他们的休息处。那带头之人正是川岛右子。

　　此时的川岛右子已经卸下了人脸面具，露出了原本苍老的脸。见了众人后，她恶狠狠地说道："你们居然敢将我吊在树上。今天我一定要杀了你们。还有你庞则旭，你居然背叛我们，背叛'红衣教'，你很快就会毒发，肠穿肚烂而亡，到时候你可别来求我，即便来求我，我也不会放过你的。你和他们一样，都得死。"

　　说罢便开了一枪，可这里太过黑暗，他们带来的探照灯根本照不到人，没等枪响，所有人都躲了起来。南宫骁自然也是用布罩将神灯罩住。川岛右子这一枪并没打到任何东西，一枪之后，洞内回声越来越响，仿佛耳边一直有人在开枪，震耳欲聋，直震得人耳膜生疼，头晕眼花。

　　南宫勇笑着骂道："你也不撒泡尿照照自己的德行，外八字的罗圈腿，居然还敢在这里开枪，也不怕把自己震聋了，真的比王八还笨，比猪还蠢。我要是你，就跳下去摔死得了。"

　　那川岛右子一听，气得七窍生烟，她要是没听错，这说话的男人便是当时将她捆在树上的人。她今天必须要抓住这个可恶的男人。

　　想到这里，她举起用来照明的探灯，大喊着让所有人冲过去，杀掉这些人。此时许乔带着神灯利用绳钩，悬于那些人的头上。许乔打开了灯罩。川岛右子等人的头上骤然一亮，他们的双眼毫无准备，连忙闭眼，结果一个不留神掉到了黑洞之下，只听几声惨叫，想必那些人没等掉下去摔死，就已经吓破胆而亡了。

川岛右子见自己带来的人惨死，便更加疯狂地向南宫骁等人发起了进攻。她虽上了年纪，可功夫确实不低，但这里地方狭小，再则许乔在上边荡来荡去，时不时就熄了灯，搞得川岛右子没了脾气。

若要是放在平常，这些人也不会是南宫骁等人的对手，但他们几日来没有好好休息，再则又与蟒蛇搏斗，多多少少都受了一些伤，自然就影响了发挥。特别是南宫勇，他受的是内伤，本来可以一招擒获川岛右子，结果牵动了内伤，吐出了一口老血，而川岛右子借机将匕首抵到了南宫勇的脖子之上。

"哈哈哈，所有人都给我停下来，否则我现在就杀了他。"川岛右子喊道。南宫骁见南宫勇被擒，只得放下了手中的武器。很快被川岛右子的人按到了地上。形势急转，川岛右子狂笑出声，只是她的笑声委实恐怖。

川岛右子拿出一粒药丸，说道："这是我们'红衣教'最厉害的毒药，只要你吃下去，这辈子都只能任我摆布，而且这药无解，若想脱离这药的控制，除非你死。哈哈哈哈哈。"

南宫勇沉下了脸，之前庞则旭就说过，"红衣教"的手段十分残忍，中了"红衣教"的毒，那才是真正的生不如死。说这话时庞则旭的脸上满是惊恐的表情，否则当初庞则旭也不会想要去自杀。

他看向下边幽暗的万丈深渊，他情愿死在这里，也不愿意任这些人摆布。南宫骁心急如焚，他们是兄弟，他怎么不知南宫勇那一脸决绝的表情意味着什么。他心中大乱，此前他经历过种种危险，却没有一刻如此时般让他方寸大乱，他强迫自己镇定下来，嘴里则念念有词。

那边川岛右子已叫人掰开南宫勇的嘴，南宫勇也做好了心理准备。以他的本事，放手一搏，他没有逃脱的把握，但拼得一死还是不成问题的。此时两人已经将手伸向了南宫勇。南宫勇冷哼一声，正要绝地反击，就听下边一声嘶鸣，虽不大，却十分空灵。

接着一条黑影蹿了上来，直奔川岛右子。还没等众人反应过来，就见那巨蟒已经卷着川岛右子和她的几个人向黑暗处坠落。须臾，巨蟒和那些被卷走的人皆已被黑暗所吞噬，下边只传来一些回声。而那些川岛右子带来却没有被巨蟒卷走的人也缴械投降了。

一行人继续向上走，就在筋疲力尽的时候，遇到了前来接应的人：大叔公、二叔公，还有南宫乾、南宫坤兄妹俩。因为二叔公在"龙神沟"下的洞里看到了壁画，知道守在这里的是一条巨蟒，所以他与大叔公会合之后，便急着来接应几人。

此时南宫勇已经昏迷了，而其他的人也在苦撑。等所有人出得洞外边，就听到里边一声巨响，那洞口居然坍塌了。南宫骁知道，那巨蟒千百年来，一直守护着青铜神树，此时它已经卸下重任，便不再希望有人打扰到它。它之后也许会进入休眠期，也许会顺着地下暗河去往别的地方，总之，它自由了。可他和南宫一族的家人们又何时才能卸下身上的重任呢？

下了蜀山，受了伤的南宫勇及时吃上了大叔公采的药，也是他自幼习练宗门功夫，修为十分了得，吃了药之后，昏睡了一天一夜，人便从伤痛中脱离出来。稍事休息，在外人看来，倒是没几天就可以动了，不过，只有南宫家的人知道，这样的状态下，南宫勇并没有痊愈，他身上还是有内伤需要调理，这需要一个过程。在这些天里，南宫乾和南宫坤将"龙神沟"发生的事，一五一十地讲给了南宫骁和南宫勇。根据所有的信息进行了一番分析，南宫骁印证了自己的推测。

隔了几天后，南宫乾和南宫坤兄妹俩准备回东北，他们还有许多事情需要处理。也不知这几天都经历了什么，周顺意居然也要去东北，非说要打只傻狍子吃。估计是被南宫乾给忽悠了，南宫乾把东北的老林子吹嘘得天上有地上无的，说得遍地是宝。

庞则旭也要去东北，因为有几个庞家人进了局子，他须得过去做善后工作，不过是该罚的罚，该骂的骂，犯了法的自然交给政府来管理。六十年了，他们庞家人也是时候该醒悟了，在他看来，庞家是要为这六十年来所做的错事赎罪了。

庞无忧为救许乔受了伤，伤势虽然不算重，但也不知道为何，就是迟迟不好。这小子也不知是身体不行，所以一直重伤未愈；还是身体还行，就是内心里不肯，所以才迟迟不好。总之，他跟许乔见天地在医院称兄道弟，再时不时背着医生护士喝点儿小酒，两人倒是自得其乐。

南宫勇这会儿已然算是好得差不多了，内伤需要有一段时间长期调理，还需要补充一些特殊的营养。好在，只要是不再剧烈的打斗就不会出啥大问题。这会儿，算是有点儿闲暇，他便和南宫骁早起看日出。"哥，你说一路上皆是神秘人指引着我们，那他到底是谁啊？"南宫勇问道。南宫骁淡淡一笑："你觉得他会是蒋裴延吗？"南宫勇摇头："不会吧，六十年前在'龙神沟'的时候，蒋裴延不是出现了吗？"南宫骁却拍了拍南宫勇的肩膀说道："可他们并没有同时出现过。不，应该说，在朝天门码头的时候，虽说他们之间曾经有过交集，可没有人同时见过他们，不是吗？"

南宫勇想了想，确实如此。"所以说，我判断，那神秘人极有可能就是蒋裴延。"

听到南宫勇这话，南宫骁的表情变得不置可否，继而，他又轻轻摇了摇头："你怎知在朝天门救了爷爷，后又出现在'龙神沟'的人就是真的蒋裴延？"这下南宫勇彻底糊涂了。

南宫骁负手而立，目视远方："假到真时，是真亦假啊，真到假时假亦真，真真假假，虚虚实实，也许他们就是同一个人，也许他们本就是两个人，却负有同样的责任。也许他们同时都是蒋裴延，也同时都是神秘人。也许，不管是神秘人，还是蒋裴延指的都是同一类人。就如我们的姓氏南宫一样。他们也好，我们也罢，虽路不同，但殊途同归。"

南宫勇也看向了远方："倒是这么个理儿。不过哥，那个神秘人，一直在我们的身边，可他为什么不现身呢？还有，他若是还活着，那不得一百多岁了……"南宫骁继续摇头："兴许不止一百岁，他做的一切，可不是一百年内就能完成的。从神迹到青铜神树，那得多少个百年啊。小勇，其实我一直有个大胆的推测。若当年有一人，与本见先祖一同守护着'蚩尤残卷'的秘密，而那人禅悟了'蚩尤残卷'的终极秘密呢？那他……"

南宫骁欲言又止。他曾在爷爷的旧物中看到过云玲珑的照片，而在水中救起他的女人，长得极像云玲珑。生死一线之间，他也不敢肯定，那时是真的见到了云玲珑，还是因溺水而产生了幻觉。可这一切，似乎又说明了一些东西，一些他现在还无法解释得清的东西。

南宫勇一脸吃惊的表情，这想法太过大胆，可又一想，他们也经历了许多。关于"蚩尤残卷"的事情，总是诡异且离奇的。按现在的情况看，这并非不可能的事儿。突然间他想通了一切："所以说，那个神秘人也许有过很多的身份，而他会一直守护着'蚩尤残卷'，也会密切关注着我们南宫家族。"南宫骁点了点头，这也是他所想的。

远处，两人看着兄弟俩的一举一动。清瘦老人说道："您瞧着，这兄弟俩哪个更像？"一旁的人眼神迷离，目光仿佛透过前边的两人，穿过岁月的长河，与当年那个身影重叠。"两个都像，可也都不像。大的过于沉稳，小的过于活泼，都不似他的性格。"

清瘦老人也猜不出身边人的想法："您说他后来也去了那里，说不定他也活着，跟您一样。有些事我还没太搞懂，等搞懂了，兴许会有好的消息。"

那人却苦涩一笑："兴许吧，可即便活着又怎么样，再见着，还是同样的结果。好了，不必操心我的事儿了，忙你的就好，也该回去了，还有一摊子的事儿呢。"

等所有人都离开后，一个人从隐秘之处走了出来，他看着所有人离去的方向，小声地呢喃道："真快啊！这又是一代人……"

尾声　疑似故人来

四九城，十二别院。

一个人独自坐在院子中假山上的亭子里，慢慢地看着逐渐挪移过去的正午时的大太阳。他的目光有些阴暗，似乎是没有什么人，能够打动他现在的内心。足足有半个时辰的光景，这个人的坐姿都是一动不动的，好像，他原本就是一个木头人一样。"先生，有电话找您，是订了一桌的。"被称作先生的人，没有吭声，他抬头看了看天，用手戳了一下亭子的栏杆，那种几百年前，不知名的古木，质感还是那样温润，然后，他才缓缓地开口说道："说什么人了吗？一桌子，订的是哪一天？"亭子下的仆人很守规矩，一丝不动地站着。他的样子，有点儿像一块孤独的木头，巧的是，他的名字里，真的有一个木，他叫余木，到"厨行金九"家，整整二十年了。他是四十岁那年，在家乡遇见了一桩绕不过去的事，家里生了变故，才无奈去了保定府。

保定府里的人，是余家上两辈的亲戚。已然不大亲了，没有帮衬钱物，却指了条明路，到"厨行金九"这儿做事。并且告诉他，只要金九这儿答应了，他以往惹下的是非从此就算一笔带过，翻篇了。

余木刚开始时并没有相信，以为这是老辈子人亲戚疏远后的推托之词。后来发生的事变得不可理喻，不由得让余木觉得十分诡异和摸不着头绪。一次，他奉了金家的意思，去四九城见一个人，这个人住在距离后海不远处的一处老旧的胡同之中。他去的时候，查着门牌号走，到了地方，不由得愣住了。那地方没有什么大户人家的住宅，是一处狭窄的胡同分支，看上去是进不了车马的，更像是一处私密的隐所。一个人，身子若是胖一些，大抵是无法正常通过的。除非，是身子板瘦弱的人，稍微粗壮的人，都需要，侧着身子走过去。

这个胡同的分支，车是肯定进不去的。余木没有车子，那个时候，有车子的人都是公家的。余木到了四九城车站的时候，刚出车站的出口。就有人过来，朝他比画了一下，余木就知道，是东家事先打过了招呼的。他一言不发地跟在来人的身后，朝东总布胡同的方向走。

人到了这胡同口，附近的一处院子出来了一辆车，车子很平稳，一掉头，开上了长安街。余木看到接自己的人，递给自己一块布，他自己也取了一块出来。余木马上明白了。这是要自己蒙住双眼，不要记住他们行进的路线。

余木照着对方的要求做了。

眼睛蒙上了布，这布也是稀奇，虽然光滑得像丝绸，却不透光，好像，从气味里还带着陈年的香气。以余木的旧时经验琢磨，这布，不，这丝绸，应该价格不菲，该是出自江南大户或者是四九城时宫里面的藏品，虽然是多年前的老物件，却没有年代里的陈腐之气，说明，保存得很好。并且是有人用了独有的收藏方式，进行了特殊的处理。

什么人会有这样大的排场和架势呢？

余木不敢往深里想。

虽然说是不敢深想这块布的来历，可是，余木还是想到了他们走的路线。

毕竟，他的脑子是清醒的，这会儿没有停止转动，余木在这之前，已经是背熟了四九城里的路线，他这些年，受到金九的特别调教，即便是闭着眼睛，也可以记住他被移动的空间方位。

　　在车子刚开始减速的时候，余木已然知道了，他们去的地方，距离后海并不很远。

　　车子停下来，人自然要下来，下车的余木，被带到了一个院子里，院子的正中，是一棵树，不知名的树，后来，当余木跟着金九住到这里的时候，他特地请了一位国际上知名的植物学家，来院子里看这棵树。

　　这位知名的植物学家看到这棵树的时候，两只眼睛炯炯放光，他说，他从未想过，这样的树，会存活在这个院子里。

　　余木没有说话，他只是在想，头一次进到这个院子里的时候，他看见这棵树时的感觉。树木并不茂盛繁密，孤零零的，倒是和树下的那位老人很相似。

　　"这个院子，我交给金九了，到时候，我会安排人过来，在这里和他做事情，不过，现在的金九，还是厨行的，那就搞一处私人的'小厨'，满足一下好奇者的心理需求吧。"

　　就听了这几句话，余木就从院子里出来了，走的时候，还没上车，他看见一个熟悉的面孔，从他的对面走来，他下意识地想跑，不过，很遗憾，他并没有掌控好自己的腿部力量，他的腿很软，没有跑起来。

　　对面的那个人也愣了，他是余木的仇人，他到这里来，显然也是有原因的，不过这个原因，除了他自己，谁都不大清楚。

　　"你是从这个院子出来的？"

　　对面的人，突然这样古怪地问了一句。

　　余木没有开口，只是，缓缓地点了点头。

他确实不知道该说一些什么为好，没办法的时候，他脸上的肌肉是僵硬的。

"你可以走了，我这辈子，都不会找你的麻烦了！"

对面的人看着余木，他从没有想过，看到自己仇人的时候，自己会说出来这样一句没有锋芒的软话。

余木并没有回答对面的人说的话，他只是独自拉开了车门，坐进了小轿车里，闭上眼睛，他什么都没有想，唯一的一点儿思想就是，从此，再也不用东躲西藏，四处地躲避了。

从那以后，余木就安心地在金九家踏踏实实做事，他知道，从此以后，不会有人再找他和他家里人的麻烦了，只要，他跟在金九家。他也知道，虽然没人提及过，可是他无时无刻不感觉到，金九背后的势力和实力。

现在，他在当年拜访过的院子里，住了不止一年了，很少见到访客。

除了订"席面"的人。

当然，这些订"席面"的人，他都是知道些门道的，都是一些知名的商人和名流。

不过，今儿个，大有不同。

这位订"席面"的人，很不守规矩。

他没有人介绍，也没有事先约定，只是派人敲开了院子的大门，递了个老式的箱包进来，说，这里是订金。

都知道"厨行金九"的主厨费用奇高，不知道的人都在传说，他的行为古怪，不是谁的"席面"都接。

这个老式的箱包，外表虽然旧气，却被擦拭得锃光瓦亮，就像古董一般。

"箱子在哪里？"

"厨行金九"的声音，并不是很大，余木却听得清清楚楚，虽然，他们之间，从假山上的亭子到地面，相隔了很远的距离。

"这里。"余木指了指他边上的一张石头桌子，这箱子，他已经找院子里的花匠顾二检查过了，没有什么花哨，也不会有危险的物品存在，但是，没有打开过。

这种老式的箱包，是有锁的，这一只没有锁上，锁孔里，居然插着钥匙。

余木的话没说完，"厨行金九"已经不知道什么时候下来了。

他从假山的凉亭上是怎么下来的，余木也没有看清楚。只是觉得，是一团空气，一下子，就到了眼前。

箱子被"厨行金九"一下子就打开了。

里面是另外一个小箱子。然后是一层一层地套着的箱子。每个箱子的制作材质都不一样，做工也是各有特色，懂行的人甚至都能看出来，这都不是一个年代出来的东西。

打开了。

到了最后。

打开的时候，箱子的里面，是一个人面大小的青铜面具，一眼看上去，就是古物，邪气逼人，闪烁着幽深未知的光。

"这东西又出现了，我始终没有搞清楚，当年的人，究竟搞出来几副青铜面具？你说，这东西，是真的吗？"

金先生的话说得平常，内里的意思，却没几个人能懂。

余木的表情有些呆滞，愣愣地盯着这箱子里的物件，半天都没找出来一句应对的话，这可不是装傻充愣，"厨行金九"问的这句话，真的是余木本人的认知盲区，他这回是确实不知道，该回主家什么。

好在，"厨行金九"的架子虽然大，却不大在这上面较真儿，不在意他是否能够理解和回答。

沉默了好半天，空气仿佛是凝固了一般。

终于，面无表情的"厨行金九"开口了。

只说了一句话。

"他，终于来了！"

"厨行金九"说完这句话，脸上露出莫名其妙的诡异笑容，好像，煞费苦心之后，他终于等到了什么。